Ironia & Piedade

OLAVO BILAC

Ironia & Piedade

TORDSILHAS
Rio de Janeiro, 2025

Ironia e Piedade

ISBN: 978-65-5568-210-6.

Impresso no Brasil – 1ª Edição, 2025 – Edição revisada conforme o Acordo Ortográfico da Língua Portuguesa de 2009.

Dados Internacionais de Catalogação na Publicação (CIP) de acordo com ISBD

B595i Bilac, Olavo

Ironia e Piedade / Olavo Bilac. - Rio de Janeiro : Tordesilhas, 2025.
288 p. ; 15,7cm x 23cm.

ISBN: 978-65-5568-210-6

1. Literatura brasileira. 2. Crônicas. I. Título.

2025-83 CDD 869.89928
CDU 821.134.3(81)-94

Elaborado por Vagner Rodolfo da Silva - CRB-8/9410

Índice para catálogo sistemático:
1. Literatura americana : Crônicas 869.89928
2. Literatura americana : Crônicas 821.134.3(81)-94

Produção Editorial: Grupo Editorial Alta Books
Diretor Editorial: Anderson Vieira
Vendas Governamentais: Cristiane Mutüs
Gerência Comercial: Claudio Lima

Produtora Editorial: Caroline David e Mariana Portugal
Revisão: Wendy Campos
Posfácio: André Caramuru Aubert (Autor de Estevão)
Projeto Gráfico: Joyce Matos
Diagramação: Joyce Matos

ALTA BOOKS
GRUPO EDITORIAL

Rua Viúva Cláudio, 291 – Bairro Industrial do Jacaré
CEP: 20.970-031 – Rio de Janeiro (RJ)
Tels.: (21) 3278-8069 / 3278-8419
www.altabooks.com.br – altabooks@altabooks.com.br
Ouvidoria: ouvidoria@altabooks.com.br

Editora **afiliada à:**

À memória de

Ferreira de Araújo

é dedicado este livro.

SUMÁRIO

PREFÁCIO

Quase todas estas páginas foram publicadas na *Gazeta de Notícias* do Rio de Janeiro. Dedico-as hoje, em volume, à memória de Ferreira de Araújo, meu mestre e meu amigo.

Escrevendo este nome, revivo muitos anos da minha mocidade. Este nome e estas velhas laudas vêm lembrar-me o tempo em que, desconhecido e feliz, com o cérebro e o coração cheios de esperanças e de versos, eu parava muitas vezes, naquela feia esquina da travessa do Ouvidor, e quedava a namorar, com olhos gulosos, as duas portas estreitas da velha *Gazeta,* que, para a minha ambição literária, eram as duas portas de ouro da fama e da glória. Nunca houve dama, fidalga e bela, que mais inacessível parecesse ao amor de um pobre namorado: — escrever na *Gazeta;* ser colaborador da *Gazeta;* ser da casa, estar ao lado da gente ilustre que lhe dava brilho —, que sonho!

A *Gazeta* era para mim um acropólio fúlgido, coroado de estrelas, perdido entre nuvens: o meu desejo, tonto e ansioso, andava em torno dela, como um lobo esfomeado em torno de uma presa cobiçada. Felizmente, a minha mocidade não me permitia mortificações prolongadas: depois de um namoro de uma hora, lá me ia eu, rua abaixo ou rua acima, sonhando e rimando. Tudo então me parecia digno de rimas: o sol que esplendia, a chuva que toldava o céu, o olhar de uma mulher que passava, o bater dos seus pés na calçada, uma criança que sorria, um velho que manquejava, as flores nas cestas das floristas ambulantes, as fachadas das casas, as joias que ardiam nos mostradores dos ourives, e até a tristeza dos aleijados que pediam esmola. Tudo para mim era o ponto de partida de um sonho. Os meus passos moviam-se dentro de uma nuvem perfumada. Nem sempre os meus sapatos tinham as solas perfeitas, nem sempre as minhas calças tinham a barra sem fiapos... Mas o meu andar era soberano e firme, como o de um deus orgulhoso perdido na terra. Os meus 18 anos eram uma riqueza tão grande, que a riqueza dos outros não me podia causar inveja.

Não era, pois, o desejo de ganhar dinheiro que me impelia para a *Gazeta;* ela não era uma rica matrona, arreada de joias e dona de muitas apólices, aureolada pelo fulgor de um grosso dote capaz de lhe disfarçar a hediondez da decrepitude: — era uma linda rapariga, amada e querida de todos, alegre como um canário, fresca como uma madrugada; e eram a sua beleza, a sua alegria, a sua frescura que me apaixonavam. Como eu invejava os felizes que viviam com ela! Os da casa, os que a dirigiam e serviam, — esses já me não causavam tanta inveja. Mas os cortejadores íntimos, os convidados frequentes, os colaboradores regulares — que invejáveis! Como eu silabava os seus nomes com admiração e ciúme! Eram Eça de Queiroz, Machado de Assis, Ramalho Ortigão, Alberto de Oliveira, tantos outros... Quando as minhas mãos abriam a *Gazeta* e os meus olhos liam o nome de algum desses mestres, assinando um conto, uma crônica, um soneto, — eu imaginava tocar um ídolo, numa ara de ouro puro, incensado pela admiração e pelo aplauso de um milhão de homens.

É que a *Gazeta* daquele tempo, a *Gazeta* de Ferreira de Araújo, era a consagradora por excelência. Não era eu o único mancebo ambicioso que a namorava: todos os da minha geração tinham a alma inflamada daquela mesma ânsia. Não era dinheiro o que queríamos: queríamos consagração, queríamos nome e fama, queríamos ver os nossos nomes ao lado daqueles nomes célebres. Nós todos julgávamos, então, que a publicidade era um gozo e que a celebridade era uma bem-aventurança... Onde se vão esses sonhos? Onde se vai essa crença na glória literária? Onde se vai essa fé no trabalho?

Hoje, não há jornal que não esteja aberto à atividade dos moços. O talento já não fica à porta, de chapéu na mão, triste e encolhido, vexado e farrapão, como o mendigo tímido que nem sabe como há de pedir a esmola. A minha geração, se não teve outro mérito, teve este, que não foi pequeno: desbravou o caminho, fez da imprensa literária uma profissão remunerada, impôs o trabalho. Antes de nós, Alencar, Macedo, e todos os que traziam a literatura para o jornalismo, eram apenas tolerados: só o comércio e a política tinham consideração e virtude.

Quando eu tinha 18 ou 19 anos, a *Gazeta* era o único jornal que acolhia e prezava a literatura. Por isso mesmo, os pretendentes formavam fila à porta da dama gentil.

Nunca esquecerei, em cem anos que viva, a manhã do ano de 1884, em que vi um dos meus primeiros sonetos na primeira página da *Gazeta*. Doce e clara manhã! Talvez fosse, realmente, uma agreste manhã, feia e chuvosa; mas a minha alegria, o meu orgulho de rimador novato, a minha vaidade de poeta impresso eram capazes de acender um sol de verão na mais nevoenta alvorada de inverno...

Depois, quando mais alguns anos passaram sobre a minha alma, quando o meu amor dos sonhos diminuiu à medida que crescia a minha consciência das responsabilidades e dos desenganos da vida, quando deixei de crer (com que tristeza!) que o homem capaz de fazer versos não tem a necessidade de fazer mais nada, — então, um novo cerco, mais longo e paciente, começou. O que eu queria, agora, era ter na folha o meu lugar marcado, o meu cantinho de coluna, o meu palmo de posse. Já me não bastava a glória de entrar às vezes na casa, para beijar a mão da linda senhora, e segredar-lhe ao ouvido um galanteio rimado: o que eu queria era um posto na intimidade, um quarto no castelo, um lugar certo na mesa.

Essa satisfação tardou, mas veio. Entramos dois, no mesmo dia, ambos chamados pelo bom sorriso daquele doce mestre que foi Ferreira de Araújo. Entramos dois no mesmo dia, 24 de abril de 1890. Aquele, que entrou comigo, morreu poucos anos depois, em 1895: era Pardal Mallet. Juntos fundáramos *A Rua,* um jornal que morreu de mal de sete... números, e logo depois viemos colaborar efetivamente na *Gazeta*. Alguém, ao saber a estreia dos dois, disse com malícia: "Singular ideia esta, de hospedar dois macacos em loja de louça!..." — o que, até certo ponto, era justificado pela reputação revolucionária que trazíamos das páginas vermelhas de *A Rua*. Mas nada quebramos: ou, se, por excesso de mocidade e ardor, jogamos ao chão alguma xícara ou algum prato, — a benevolência do mestre, que sempre foi moço até a velhice, desculpou logo a estroinice. E durante quase 18 anos, ainda depois do falecimento de Ferreira de Araújo[1], ali fiquei, até 1908, ora residindo numa coluna, ora em outra, no alto ou no rodapé, como os gatos domésticos, que amam a casa, e tanto gostam de estar na sala como na cozinha, no telhado como no quintal.

Neste livro procuro (vaidade das vaidades!) dar mais um pouco de duração à vida efêmera destes trechos da minha ironia e da minha piedade, atirados dia a dia à agitação do trabalho do jornalismo. Quanta tristeza e quanta esperança, quanto sonho vago, quanta palavra alegre ou magoada, quanta ironia mal contida e quanta piedade sincera deixei por aí, na contínua contradição da vida, neste labor diário que se desfaz e desaparece mais facilmente do que as pegadas de um caminhante sobre a neve! Só Deus sabe, porém, se tudo isso se perdeu. Talvez ainda

1 V. o capítulo *Ferreira de Araújo,* no volume *Crítica e Fantasia*.

hoje possa alguém encontrar um pouco de consolo ou de saudade nestas linhas, em que ardeu e sorriu, palpitou e sofreu a minha fantasia...

Eu, por mim, acho saudade e consolo em reviver os meus velhos dias. Não sei se sou hoje mais feliz ou mais infeliz do que antigamente, naquele tempo da minha adolescência, quando, com o cérebro e o coração cheio de esperanças e de versos, eu namorava a *Gazeta*. Nunca sabemos quando somos felizes ou infelizes. E a felicidade não é gênero de absoluta e imediata necessidade... O essencial é viver, pensar, trabalhar e amar, com ou sem brilho, mas sempre com resignação, "en attendant bien doulcement la mort", como dizia o velho Montaigne.

Também dos dias tristes temos saudades, e a saudade é sempre um consolo.

RESSURREIÇÃO

Cantai, sinos vibrantes e alegres! Sobre os campos embalsamados e quietos, sobre os jardins cheios de flores, sobre as ruas fidalgas cheias de palácios, sobre os bairros pobres cheios de pardieiros, — derramai a harmonia maravilhosa das vossas vozes concertadas, ó sinos da Ressurreição! À larga voz das grandes campanas severas, reboando com majestade, una-se a voz alacre dos carrilhões multiplicados; e toda a cidade acorde, ouvindo falar essa música sagrada, que é ao mesmo tempo a música da alegria e da tristeza, do luto e da festa:

> *"Laudo Deum verum, plebem voco, congrego clerum,*
> *Defunctos ploro, fugo fulmina, festa decoro..."*

Pouco importa que entrem no concerto as campas graves, que dobram a finados, e as sinetas melancólicas, que tocam a vésperas: a voz juvenil, ardente, fresca, luminosa dos pequenos sinos dos carrilhões dominará todas as outras, derramando uma alegria radiante sobre a terra... Cantai, ó sinos da Ressurreição!

Ouvindo-vos, a vasta família humana há de congregar-se, na intimidade do ágape cristão, comendo o anho da paz: durante algumas horas, hão de suspender-se as dissenções que turbam os lares, as preocupações que entristecem a existência, as feridas morais que sangram sempre, os ódios e as invejas, as rivalidades e os ressentimentos. Porque a vossa larga voz ó sinos da Ressurreição, vem dar aos homens todos um conselho amigo e generoso, uma lição fecunda e bela...

Aqui está o que dizeis aos homens todos, neste dia de concórdia e de esperança, — ó bronzes da Igreja:

> *"Homens, a morte é uma ilusão! Só a vida é verdadeira e eterna! Nem só os deuses ressuscitam, à clara luz da manhã, depois da noite do suplício e do opróbrio... Todos ressuscitam e tudo ressuscita: deuses e vermes, criadores e criaturas, plantas e animais, estrelas e insetos, aves e pedras. Este, que, no dia de hoje, depois de morto e enterrado, apareceu a Maria Madalena, tocado de luz celeste, dentro de um nimbo resplandecente, sobre a pedra revoltada do sepulcro, — este mesmo, quando reacendeu a chama da vida no corpo frio de Lázaro, quis mostrar-vos que a vida é eterna. Ninguém morre, enquanto ama e espera. Aquilo a que dais o nome de morte, é uma síncope ligeira: também o sol desaparece todos os dias aos vossos olhos, — mas não morre: vai deslumbrar e alegrar outros olhos. Homens, amai a vida, que é eterna! Se a morte não existe, também não existe a mágoa... Vós que sofreis, vós que vos rebelais, vós que amaldiçoais o dia em que nascestes, vós que vos tendes como os deserdados e os órfãos dos bens da vida, — amai e esperai! Ninguém sabe quando virá a ventura: ela, porém, nunca deixa de vir, por este ou por aquele caminho, com este ou com aquele aspecto! Homens, a minha voz é a voz da eterna vida e da eterna esperança! Reconciliai-vos, abraçai-vos, esquecei os vossos ódios e os vossos despeitos... Se sois ricos, não desprezeis os pobres; se sois pobres, não amaldiçoeis os ricos.*

Esta vida de hoje não é toda a vida: é uma das muitas vidas que formam as estações de parada da grande vida infindável. Risos e lágrimas, alegrias e tristezas, festas e lutos sucedem-se, equilibram-se, compensam-se. Nem sempre a águia há de ser águia, boiando na luz solar; nem sempre o porco há de ser porco, mergulhado no lodo. O que hoje vos parece desgraça é apenas o resultado do vosso erro e do vosso desatino. Para que uma alma seja radiantemente feliz, uma só coisa lhe basta: amar. Amar não é emprestar amor, nem trocar um amor por outro amor. Amar é simplesmente amar, sem pedir pagamento, sem esperar indenização. Ser amado — é bom; mas amar — é ótimo. Amor é renúncia, é dedicação, é ternura instintiva, irresponsável, espontânea, universal. Só sabem verdadeiramente amar os que amam pela única satisfação que esse amor lhes dá. Em geral, todos os egoísmos são torpes: mas há um egoísmo sublime, que é esse egoísmo de amar pelo gozo do amor. Amai, e sereis felizes, — porque, amando, não tereis lugar no coração para a inveja, nem para o despeito, nem para o desespero. Inveja, de quê? Despeito, para quê? Desespero, por quê? — os bens e os males; são patrimônio comum: não há ventura que não tenha um dia uma lágrima, não há desgraça que não tenha um dia um sorriso. Nem as dores, nem os prazeres, nem os prêmios, nem os castigos são eternos: só é eterna a vida, que é uma infinita série de quedas e de ascensões, de desastres e de vitórias, de humilhações e de apoteoses; e nesse baralhamento de bens e males, desaparecem, confundidos, prazeres e dores, castigos e prêmios. Esse mesmo Judas que se aviltou na traição, já está redimido ou esquecido... Homens! Amai e esperai — isto é: vivei!"

Assim fala a larga voz dos sinos da Ressurreição. Ouvindo-a, até os famintos, os nus, os chagados, os paralíticos, os inválidos, os galés, os escravos e os dementes sorriem e exultam. Rebenta uma flor de cada poça de lama ; acende-se uma estrela no fundo de cada pântano; palpita uma esperança no seio de cada amargura...

(1897)

OS SINOS

O arcebispo acaba de ordenar que todos os sinos das igrejas da arquidiocese repiquem festivamente, à meia-noite, justamente no instante em que S. Silvestre der passagem ao século que aí vem.

Cantai, sonoros bronzes católicos! Que, com a vossa grave harmonia, todas as nossas almas subam também à dourada planície das estrelas, a esse turbilhão de pátrias desconhecidas de que andamos desterrados! Os canhões das fortalezas e das naves de guerra atroarão os ares, nesse mesmo minuto, com a rouca vozeria das suas negras bocas; mas a voz que há de chegar ao ouvido do Senhor será a vossa, partida das alvas torres que coroam os templos, — casas do ideal, ninhos de fé, albergues a cujas portas, pelas escuras horas da agonia, vai bater o nosso desespero pedindo um raio da graça divina.

O primeiro homem que se lembrou de, no alto de uma torre, fixar um sino, — quis plantar no meio da agremiação humana um símbolo desta vaga aspiração que eleva todas as almas, ainda as mais embrutecidas pelas torpezas terrenas, ao intangível ideal da suprema pureza. Todas as vozes humanas se amalgamam e fundem no bojo do sino glorioso, e saem daí, casadas numa só voz soberana, de asas amplas, que buscam Deus, carregando todas as nossas culpas e todos os nossos remorsos.

O sino é o nume protetor da cidade, em torno do qual todos os habitantes se congregam.

"Vinde, companheiros! Vinde ver o formoso sino! Batizemo-lo! Demos-lhe o nome de *Concórdia,* para que, em torno de si, ele consiga reunir todos os homens em um acordo sincero... Eleva-te, clamante metal! Equilibra-te no seio azul do espaço, vizinho da tempestade e coroado de estrelas; que a tua voz se misture ao concerto dos astros, celebrando a glória do Criador!" Assim, na famosa *Canção do sino,* se exprimia a nobre musa de Schiller, ao alvorecer do século que vai morrer amanhã.

Não há poeta que não ame os sinos, os solitários habitantes das alturas, cuja serena voz leva ao céu as queixas, os suspiros, as preces da terra.

Quando, em faixas de ouro e cinábrio, aponta a manhã no horizonte, ei-los que cantam, ao acordar das serras e dos vales, a glória de viver, o renascimento das gentes e das coisas; mais tarde, vibrando no ar ardente, com o bojo sonoro cintilando à soalheira, ei-los que se desfazem em harmonias alegres, celebrando a febre do trabalho, a palpitação dos campos lavrados, a agitação fecunda dos homens, dos animais, das charruas e das fábricas; e, quando a tarde declina, quando, morosamente movendo os passos, os bois tardios regressam ao curral; à hora em que as luzes se acendem nos lares e os vaga-lumes começam a luzir como estrelas pequeninas no fundo escuro dos arvoredos, — os sinos adoçam a sua forte voz sonorosa, para chorar a agonia do sol e enviar ao claro estendal dos astros os desejos indefinidos dos vermes humanos.

E eles celebram as grandes datas festivas e as datas fúnebres dos desastres; despejam sobre as crianças que se batizam a revoada dos seus repiques festivos; acompanham com o ulular queixoso do seu dobre os féretros que passam, a caminho do cemitério; chamam, dez léguas em torno, das remotas aldeias, a gente piedosa para a missa católica, em que Deus condescende em comunicar com os pecadores do mundo, santificando com a sua presença o alvo seio da hóstia; anunciam aos camponeses descuidados o incêndio das herdades e os estragos das enchentes; e, não raro, atropelando com furor as suas notas rugidoras, propagam o clamor das rebeliões, amotinando o populacho bravio, em defesa da liberdade da pátria.

Mas nunca o vozear dos sinos teve a lata significação que terá amanhã, — quando, unidos na mesma ideia, todos eles se puserem a vibrar, trêmulos e barulhentos, indo, fugindo, descendo, sorrindo, chorando, — agora num esfuziar de notas agudas como numa grazinada de aves, agora num lento desdobrar de notas graves...

Todos eles vibrarão amanhã, aos milhões, pela face de toda a terra: sinos arrogantes de catedrais faustosas, humildes campas de capelinhas aldeãs, sinetas severas de conventos, lúgubres campânulas de hospitais e de prisões, — todos os bronzes ressoarão... Até mesmo aqueles que dormiram séculos, nas esburacadas torres da Idade Média, silenciosamente relembrando todos os horrores que anunciavam, todos os crimes que acoroçoavam, todas as atrocidades que incitavam, — esses também sairão do letargo e, agitando-se entre nuvens de poeira secular, entrarão no concerto geral.

Ainda ontem, dizia-nos um telegrama de Florença que os sinos do palácio "del Bargello", que, no tempo da República Florentina, dobravam, quando os condenados saíam para o suplício, serão tangidos no último dia deste século, depois de seiscentos anos de mudez. Quantos outros, como esses, adormecidos e paralisados há séculos, e carregados de culpas, aproveitar o concerto de amanhã para purificar a sua voz criminosa!

As velhas cidades da Europa estão cheias desses campanários anciãos, colaboradores das hediondas tragédias políticas e religiosas que ensanguentaram o velho continente. Não foram os sinos que deram em França, o sinal primeiro para a chacina de St. Barthélemy?

No Brasil, os carrilhões das igrejas são mais inocentes. A sua maior culpa consistiu na facilidade com que, há alguns anos, se puseram a decorar os tangos indecentes, as lascivas polcas, os ignóbeis *maxixes* com que prostituíram a voz destinada ao serviço divino...

Mas todas essas culpas já estão remidas. As cordas que sacudiam as pesadas moles metálicas, obrigando-as a entrar na cumplicidade das carnificinas ou dos descadeiramentos dos lundus, já apodreceram, desfizeram-se em pó. As mãos que puxavam essas cordas já se desmancharam em lodo no fundo da terra. E as almas, que animavam essas mãos, estão a esta hora, se lhes não valeu a infinita misericórdia de Deus, ouvindo o fragoroso retumbar dos carrilhões do inferno...

Eles, os passivos sinos, é que não são responsáveis pelas barbaridades que os forçaram a cometer.

Bem o disse o nosso amado Luiz Delfino, nos versos de ouro da *Solemma Verba:* — pode um deles cobrir-se de azinhavre, de lodo, de infâmias...

> *"Mas, quando chega, de repente, o dia em que o seio metálico é vibrado, não há infâmias, azinhavre, lodo: para cantar seu hino é bronze todo!"*

Cantai, sonorosos bronzes católicos! Que a noite final do século passe à eternidade, escoltada por esse cortejo barulhento de repiques e dobres! Que, ao grave responso, com que ides acompanhar em cantochão o féretro do século morto, suceda o travesso e trauteado cantarolar com que ides embalar o berço do século infante! E que as vossas vozes, casadas todas numa alegre matinada, digam ao complacente e paternal ouvido de Deus: "Senhor! Os homens são pérfidos, ambiciosos, cruéis; maltratam as crianças, ferem as árvores, espancam e matam os animais; riem das lágrimas dos que têm fome e sede de justiça, e mofam dos andrajos em que passa envergada a miséria; por amor do ouro, deixam sem pão os órfãos, e por amor da glória ensanguentam a terra; os homens estão carregados de crimes, Senhor! Mas, Senhor, porque assim os fizestes tão fracos? Senhor, tem piedade dos homens! Dá-lhes um século de paz e de amor, em que se não veja tanta injustiça triunfante e tanta bondade abatida!"

Cantai, sonorosos bronzes católicos!

(1899)

O SOL

Quando nasce agora o dia, nestas deslumbradoras manhãs de dezembro, sente a gente acordar dentro de si a velha alma dos arianos, adoradores do Sol, do luminoso Surya, fonte de toda a vida, mediador entre o céu e a terra, triunfador das trevas, reanimador dos corações.

Ainda está ressoando a fanfarra do primeiro cantar dos galos, e já se estende no céu o suave rubor que anuncia a manhã. Saltai da cama, preguiçosos! O ar desta hora entra pelos pulmões como um vinho fresco, que fustiga o sangue, sacode os nervos, e desfaz nas articulações as reumas funestas, filhas do abuso da "boa chira". Artríticos, de pé! De pé, macambúzios! Um leve calafrio encrespa, no Flamengo, o lençol azul das águas; Vênus, meio morta de cansaço, apaga o olhar dormente; e, cantando e correndo, aí vem a turba dos banhistas, vultos ainda indistintos no lusco-fusco, enquanto pelas ruas do Catete vai lentamente morrendo a longa reticência das luzes do gás...

Quando o luminoso disco, boiando num lago de sangue, esplende em plena glória, o mais prosaico, o mais boçal dos homens compreende a verdade dos dois lindos versos de Sainte-Beuve:

> *"Il existe, en un mot, chez les trois quarts des hommes, Un poète, mort-jeune, à qui l'homme survit..."*

Felizmente, essa viva exaltação das almas dura pouco tempo; se não fosse isso, encher-se-iam todos os manicômios, porque todos os cariocas, desde o frio banqueiro e o empertigado conselheiro até o buliçoso colegial e o modesto operário, desandariam a fazer versos, e a entoar, com os olhos em êxtase uma ode ao sol fecundo!

A exaltação acaba logo: o carioca mergulha na água salgada, refaz as forças naquela fresca ablução iodada, e, sem mais olhar o céu que flameja, vai envergar a roupa de todos os dias para correr ao sacrifício do ganha-pão.

Mas, os poetas, esses deixam-se ficar, encostados ao cais que a água agitada borrifa, contemplando o chamalote arfante do mar, olhando os morros que se cobrem de manchas de púrpura, mirando as lindas mulheres que saem das ondas, ágeis e esquivas, arrepiadas de frio, calcando com os pezinhos brancos a areia mole da praia.

Fecundo sol, mil vezes fecundo, em criação e alegria... Não era sem motivo que te adoravam os arianos, ó distribuidor das graças divinas!

Tu cais sobre o mísero corpo de uma repugnante lagarta, e acendes nessa massa abjeta toda a ardente pedraria de um escrínio de rainha; bates em chapa sobre um muro em ruína, e, logo, o barro esborcinado e podre cintila, como uma parede de ouro; e tudo, ao teu contato, rejuvenesce e vibra, num hino de força e beleza.

Lá está um bêbado, caído na calçada, em farrapos; mandas a tua claridade beijar aquela miséria, e a cabeça do desgraçado, toucada de um áureo diadema, cintila como a cabeça de um deus. Lá vai para o duro trabalho diário, uma pobre costureira, já comida pela tísica, cosendo-se com as paredes envergonhada e tímida, embrulhada no velho vestido desbotado: tu vais ao encontro dela, recamas de palhetas de prata e fogo a sua triste saia de merino, inflamas rubis e esmeraldas nos gastos botões do seu corpete, e estendes no chão, sob as solas puídas dos seus botins, um tapete de seda coruscante. Ao teu beijo amoroso, os casebres se transformam em palácios, as podridões florescem, — e o mais sujo dos calhaus corusca mais do que a mais rica pepita de ouro de Morro Velho. Salve, pai da ilusão e da crença!

Ah! Quem dera, que, em toda a parte, servisses apenas para trocar em galas as misérias, amadurecer no seio da terra as sementes, matar os miasmas e transformar as flores em frutos!

Mas, não. O banquete da vida não é servido com igualdade. Aqui, és a nascente de todo o bem: um pouco mais adiante, és a nascente de todo o mal; aqui, derramas os teus raios como uma chuva de bênçãos: ali, desabam eles como um flagelo, comendo os campos e devorando as vidas. Os brasileiros que vivem no extremo norte da pátria não te saúdam, como te saudavam os arianos primevos, elevando para o teu globo de chamas a alma agradecida: nas paragens desgraçadas, em que o solo gretado pelo teu calor bebe inutilmente o suor e as lágrimas dos que trabalham, os olhos, que te fitam, coruscam de ódio impotente, vendo-te implacável, no céu sem nuvens, desfeito em dardos assassinos sobre a terra agonizante.

Ainda, há poucos dias, um jornal cearense contava a chegada de uma leva de famintos, arribados do sertão adusto. Fantasmas errantes, já sem um trapo sobre os corpos imundos, com a pele das nádegas e dos seios pendendo em retalhos, — as mulheres do bando perguntaram logo: "Onde é o cemitério?"

Viu-se então que algumas delas sobraçavam telhas de barro, dessas largas e feias telhas que cobrem as casas pobres; dentro das telhas, havia crianças mortas de fome durante o percurso da via dolorosa, — miseráveis restos humanos, não mais volumosos do que fetos de três meses, mumificados pelas soalheiras bárbaras da jornada...

Pelo caminho tinham deixado tudo, — as pobres mães sertanejas tinham deixado todas as suas lágrimas, avidamente sorvidas pelas areias, — porque os seus olhos rolavam agora nas órbitas, secos e acesos, desvairados de febre ; tinham deixado todo o se pudor, — porque já sem pejo mostravam, inteiramente nus, os mirrados corpos morenos; tinham deixado a crença em Deus, — porque já não lhe podiam pedir que lhes não matasse os filhos; — mas não tinham deixado os filhos, os pedaços da sua carne e da sua alma; ali os traziam, mortos e enregelados, nos esquifes das telhas imundas....

Sol fecundo! As mães arianas, quando te viam nascer sobre as águas azuis do Ganges, levantavam nos braços os filhinhos nédios e vivos, afim de que os beijasses, dando-lhes a força para as guerras e para as lavouras. Mas as mães cearenses, quando levantam para o teu disco abrasado os pequeninos corpos amados que mataste, amaldiçoam a tua crueldade. Ah! Pudessem elas morder-te, como os índios mordem as pedras em que tropeçam e as flechas que os ferem! Pobres... apenas podem entregar à terra do cemitério os seus fardos queridos, e morrem ali mesmo, porque o que traziam dentro das rudes telhas de barro eram os próprios corações traspassados e extintos...

Esta recordação basta para azedar a alma contemplativa que se embebe na admiração do nascer do sol. Um áspero travo vem turvar o bom vinho fresco que se sorve com o ar embalsamado destas manhãs de verão. Já não pode haver encanto no esplendor das ilhas, boiando, à flor da água clara, como balsas verdes; uma névoa triste escurece o horizonte; — e a gente fica com mais um dia estragado na vida, lembrando-se que a natureza cruel não quer que o horror deixe de andar de par com a beleza, e a desventura de braço dado com a felicidade.

Vamo-nos embora, poeta vadio! Os últimos banhistas emergem das ondas já abrasadas; aí passam os bondes, cheios de gente que lê jornais, que discute os escândalos do dia, que pensa em como há de pagar as letras vencidas... Vamo-nos embora! Reclama-nos o trabalho, esperam--nos os aborrecimentos, — as intrigas dos desocupados, as visitas dos importunos, as exigências dos credores, as desculpas dos devedores.

Fica-te para aí, sol fecundo e assassino! Se não tiveste uma ode luminosa, toda tecida de harmonia e riso, — a culpa foi tua. Porque não há de ser para todos o Surya generoso, que os arianos adoravam, ajoelhados no solo sagrado da Índia?

(1900)

JÚLIO VERNE

Há poucas semanas, indo à Biblioteca Nacional reunir material de trabalho, fiquei sentado em frente a um mocinho imberbe e pálido, que devorava com os olhos e com a alma páginas do livro que pedira.

Quando cheguei, já ele estava no fim do volume; e, a cada página voltada, uma vibração nova, de ansiedade, de supremo gozo intelectual, de infinito encanto de espírito, agitava a sua face de adolescente, sob a claridade crua da lâmpada elétrica. Os seus olhos, num movimento febril, iam do começo ao fim de cada linha, voando; os seus dedos torturavam a quina da folha, dobrando-a ; uma ruga funda se lhe cavava na testa; e toda a sua cabeça palpitava no esforço da atenção. Havia, naquela atitude, um prazer tão agudo que já era sofrimento. Aquela alma inocente, de menino de treze anos, atravessava a crise de uma dessas tensões intelectuais, que já não são dadas a quem chega à idade madura tendo abusado da inteligência...

As últimas folhas do livro foram lidas em poucos minutos. Quando a última linha morreu sob o flamejamento dos olhos ávidos, houve na face do leitor um afrouxamento súbito da força vital, — um como alívio misturado de tristeza, — alívio de quem se liberta de repente de um grande peso, tristeza de quem vê findar um sonho esfalfante e ao mesmo tempo suave. O mocinho ficou algum tempo imóvel fixando na capa do volume um olhar indeciso e flutuante, — um desses olhares "que olham para dentro"; depois, levantou-se, teve um espreguiçamento de todo o corpo, e saiu, lentamente, como ainda embalado pela última vaga da fantasia em que se perdera.

Curioso, ergui-me do meu lugar, e apanhei o livro, que ficara sobre a tábua da mesa. Era a *Viagem à Roda da Lua* de Júlio Verne.

Oh! A saudade, a deliciosa e dolorosa saudade que então me apertou o coração! Saudade dos meus treze anos, da minha inquieta e sofredora puberdade, agitada de sonhos que ninguém compreendia, de distrações que ninguém perdoava, de súbitos acessos de fervor de estudo e de preguiça, e das vagas torturas de uma imaginação que acordava e não se entendia a si mesma...

Agora, no lugar que estava vazio diante de mim, naquele lugar há pouco ocupado pelo leitor da *Viagem à Roda da Lua,* — estava eu ainda vendo um mocinho pálido e nervoso, sonhando e sofrendo. Era o mesmo de há pouco? Era e não era... Era o símbolo de uma idade: era um desdobramento de mim mesmo, era eu mesmo, era a minha pessoa recuada até a adolescência.

Que são os homens todos, nesta vida sempre varia e sempre imutável, senão formas diversas de uma mesma essência? Nós somos os espectros de outros homens: aquele velho que ali vem, coberto de cabelos brancos, vai, na escala das agonias e das esperanças, ser continuado e prolongado por aquele menino que passa por ele sem o ver, sem suspeitar que acaba de acotovelar a sua própria personalidade futura...

Quantas vezes, também, como aquele menino que saíra da sala da Biblioteca e ali gozara e sofrera tanto com a leitura de Júlio Verne, — quantas vezes também, eu devi a esse grande encantador de almas o consolo único dos meus sofrimentos de criança!

Júlio Verne era um criador de mundos novos, que se rasgavam ante o meu espírito inquieto.

Como eu era criança, como ninguém sabia esclarecer a minha alma, como não havia quem me explicasse a vida, este mundo, em que eu vivia, só me parecia hostil e cruel. As injustiças que eu sofria, — essas pequeninas injustiças que assombram a alma da criança e ficam eternamente doendo na alma do homem, — tomavam um vulto exagerado, e afiguravam-se-me tremendas e monstruosas. Havia dias em que eu me considerava mais desgraçado do que os escravos, que via algemados e espancados, e do que os burros de carga, que encontrava na rua, ofegando sob as chicotadas. A minha puberdade (como a puberdade de quase todos os homens) foi um tecido de inquietações, de revoltas, de desesperos. E, para mim, esta vida era uma coisa torpe, um cativeiro ignóbil e torturante, em que tudo era severo e duro, e sobre o qual pairava ameaçadora, numa eterna inclemência, a sombra da negra palmatória do cônego Belmonte, meu mestre...

Graças, porém, a Júlio Verne, eu fugia, num surto vitorioso, deste mundo que me aborrecia, e entrava, cantando, vestido de luz, sorrindo, delirando, nos mundos radiantes que a sua piedade abria à minha imaginação.

No colégio, todos nós líamos Júlio Verne; os livros passavam de mão em mão; e, à hora do estudo, no vasto salão de paredes nuas e tristes, — enquanto o cônego dormia a sesta na sua vasta poltrona, e enquanto o bedel, que era charadista, passeava distraidamente entre as *carteiras,* combinando enigmas e logogrifos, — nós mergulhávamos naquele infinito páramo do Sonho, e encarnávamo-nos nas personagens aventureiras que o romancista dispersava, arrebatados por uma sede insaciável de perigos e de glórias, pela terra, pelos mares e pelo céu.

Oh! Os homens e as coisas que vi, as paisagens que contemplei, os riscos que corri, os amores que tive, os sustos que curti, os combates em que entrei, os hinos de vitória que cantei e as lágrimas de derrota que chorei, — viajando com Júlio Verne, conduzido pela sua mão sobre-humana!

Quase morri de frio no polo, de fome numa ilha deserta, de sede na árida solidão do centro da África, de falta de ar no fundo da terra, de deslumbramento na proximidade da lua!

Atravessei areais amarelos e infinitos, beijei com os olhos oásis esplêndidos, dormi à sombra das tamareiras da Síria e à sombra dos pagodes da Índia, contemplei o lençol intérmino das águas dos grandes rios, cacei tigres e crocodilos na Ásia e na África, arpoei baleias no mar alto, perdi-me em florestas virgens, naveguei no fundo do mar entre vegetações fantásticas e animais imensos, ouvi o estrondo da queda do Niágara, enjoei com o balanço de um balão no meio do céu formigante de astros, e quase fui comido vivo pelos Peles Vermelhas!...

E, quando os meus olhos pousavam sobre a última linha de um desses romances, quando eu me via de novo no salão morrinhento e lúgubre, quando ouvia de novo o ressonar do cônego e as passadas do bedel charadista, — havia em mim aquela mesma súbita descarga de força nervosa, aquele mesmo afrouxamento repentino da vida, aquele mesmo alívio misturado de tristeza, a que, há poucas semanas, na sala da Biblioteca Nacional vi sucumbido o rapazola que lia a *Viagem à Roda da Lua*.

Era o regresso à triste realidade, à taboa dos logaritmos, à gramatica latina, à palmatória do cônego, às charadas do bedel. Era o desmoronamento dos mundos, o eclipse dos sóis, a ruína dos astros: era o pano de boca que descia sobre o palco da ilusão, matando a fantasia e ressuscitando o sofrimento...

Nós todos, homens feitos ou já velhos, lendo a notícia da morte de Júlio Verne, sentimos que morreu o maior amigo e o maior benfeitor da nossa adolescência.

Nesta mesma hora, em que escrevo, quantas almas ardentes, na encantada e melindrosa révora da existência, estarão embebidas na leitura dos livros desse grande apóstolo da estrelada e consoladora mentira!

Há quem diga que a glória maior do talento de Júlio Verne consiste em haver vaticinado, sob a forma de sonhos, alguns sucessos e algumas conquistas que a ciência mais tarde realizou. Pode ser!...Mas, pensando bem, considero quanto seria preferível que todos esses sonhos permanecessem no estado de sonhos, — e que Nansen nunca chegasse ao polo, e os submarinos franceses não tornassem exequível a utopia do *Naulilus*, e Santos Dumont não chegasse a aperfeiçoar o balão em que o alegre Joe atravessou a África...

O que eu venero e amo no homem, que acaba de morrer, não é o seu papel de precursor e de profeta: é o seu papel de enfeitiçador e consolador de almas, de fecundador de imaginações. Sobre os espíritos juvenis, a leitura de Júlio Verne tem a ação do sol sobre a terra: aquece as sementes que dormem, reforça dentro delas a vida, prepara-as para a germinação vitoriosa.

Todas as puberdades são tristes... Dir-se-ia que, ao chegar a essa idade perigosa, a criança tem uma antevisão e uma pré-sensação do que vai sofrer na vida: como que a sua alma se recolhe, hesitante, numa angústia vaga, numa timidez doentia, procurando alguma coisa que a proteja e console. Nessa crise do corpo e da alma, é preciso que o cérebro receba uma excitação saudável, que lhe ative a germinação da força criadora. A razão virá depois: nessa idade, o que precisa de desenvolvimento é a imaginação.

O que mais desenvolveu a minha imaginação, e o que consolou as vagas e indefiníveis tristezas da minha adolescência foi a leitura de Júlio Verne. Todos os homens da minha idade dirão o mesmo. E, daqui a anos, quando eu e os homens da minha idade já tivermos também entrado o escuro caminho por onde Júlio Verne penetrou na paz, — outros homens dirão o mesmo, e abençoarão o nome desse criador de mundos maravilhosos.

(1907)

À NOITE...

Já alguém disse que uma só noite de insônia, na solidão, dá mais experiência à gente do que cem dias vividos no torvelim das ruas, na agitação dos negócios ou dos prazeres. É certamente por isso que a insônia envelhece tanto. O homem sai de uma dessas noites, com o corpo moído e a alma pisada, como se tivesse passado oito horas nos braços de uma furia-succubo, *lassata sed non satiata*...

Em uma das últimas noites, quem isto escreve experimentou todo o indizível horror da vigília doentia. Saltou desesperado do leito, foi à varanda da casa e, com a cabeça ao vento, debruçou-se sobre o sono da cidade.

Horas fecundas de recolhimento e reflexão! Sobre as ruas adormecidas, — a paz estrelada do céu, o fervilhar da Via Láctea, o enxame dos astros trêmulos, a nódoa misteriosa do saco de carvão, e o Cruzeiro do Sul, alto e esplêndido, vigiando de cima o repouso da terra; em baixo, e nos morros de em torno, as ruas alinhadas, com as luzes do gaz rebrilhando, como cabeças de alfinetes de ouro em longas fitas de veludo negro.

Já demorastes alguma vez a atenção sobre o estranho aspecto que têm alta noite as casas de uma cidade adormecida? Pois aqui está quem muitas vezes tem espiado e estudado o sono dos prédios...

Houve um poeta que escreveu: *les maisons sont des visages*. Não são rostos apenas, são mais do que isso: são organismos completos, são corpos inteiros, que, como os corpos dos animais, se agitam durante o dia e dormem à noite. Reparai. O prédio, quando a rua ficou deserta e quieta, aquietou-se também, emudeceu, sossegou, dormiu...

E assim, com as bocas das portas fechadas, com os olhos das janelas sem luz, com todo o corpo abandonadamente imobilizado sobre o solo — é um animal monstruoso, agachado, descansando. Se repardes bem, com a muita ou pouca imaginação que Deus vos deu, chegareis a ver, mas claramente e distintamente, que as paredes levantam-se e abaixam-se levemente, regularmente, isocronamente, como um tórax, no resfôlego do sono. O estudo da fisionomia do homem que dorme é muito mais fácil do que o da fisionomia do homem acordado. Durante o sono, a vontade não funciona e a hipocrisia não pode adoçar as linhas da face nem modificar a dureza da boca, nem disfarçar qualquer traço revelador. Com as casas dá-se o mesmo: umas há que parecem ninhos ao sol, e que só no seio da noite é que mostram o seu verdadeiro aspecto de catacumbas.

RIO BRANCO

Zola, em um dos mais fortes poemas da série dos *Rougon-Macquarl,* pintou, com as tintas mais vivas, o *amor da terra,* o apaixonado fervor com que o homem, na Europa, se dedica de corpo e alma ao pedaço da miserável crosta do planeta que lhe pertence.

Para o campônio europeu, a terra vale mais do que pai, mãe, filhos, saúde: o seu ideal seria criar raízes no solo, aferrar-se a ele, sugar-lhe a seiva, viver dele e para ele, como as árvores... Arrancar a um europeu um pedaço de terra, é arrancar-lhe um bocado da própria carne: o lugar, que ocupava o membro mutilado, fica eternamente sangrando, numa eterna e irremediável ruína.

E as nações conservam, infinitamente multiplicado, o ardor dessa religião dos homens. A fronteira, para qualquer país da Europa, é uma coisa venerável e inviolável, — como o zaïmph dos cartagineses, a pedra da Kaaba dos muçulmanos, o Santo Sepulcro dos cristãos: tocá-la é tocar o coração da pátria, é malferir a honra doméstica, é derrocar do sólio os deuses lares rebolcando-os no pó...

Não se diga que esse amor é apenas uma manifestação do sombrio interesse, da negra avidez. O amor da propriedade é também o amor da tradição. Conservar o que pertenceu aos avós é conservar o seu trabalho, a sua dedicação, as suas lições. Eles vivem, perpetuamente, nas terras que conquistaram pelas armas ou pelo talento: menosprezar a herança que deles veio é profanar a sua memória, e menoscabar o seu valor.

No Brasil não há ainda essa religião. Os ricos não amam em regra geral, o que possuem.

Tal mancebo: tendo herdado uma vasta fortuna, entra a dissipá-la sem receio; por entre os seus dedos, virgens dos calos do trabalho, começa a escoar-se o dinheiro, em nos claros e livres, loucamente desperdiçado sem medida nem conta; não há cavalos de raça, nem alfaias de luxo, nem orgias sardanapalescas, nem amantes de alto coturno que lhe bastem: para que serve o dinheiro, senão para ser gasto? Mas lá vem um dia em que os rios de ouro, até então fluindo em grossas cachoeiras entre os dedos do pródigo, começam a enfraquecer, a afinar, a minguar, transformados de caudais impetuosas em ribeiros de vulto pobre, em arroios de miserável porte. Então, o alarmado mancebo aperta os dedos, reconhecendo que a nascente do ouro se estanca, e começa a gastar o dinheiro às gotas, a conhecê-lo, a prezá-lo, a adorá-lo...

Como há de o Brasil prezar os seus tantos milhões de quilômetros quadrados, se, do sul ao norte, da barra do Chuy à serra do Roraima, as suas posses são tão fartas que nem a matemática as pode calcular nem a imaginação as pode sonhar? Quase tudo isso virgem, quase tudo isso entregue à primitiva bruteza, apenas conhecido de Deus e das feras...

Moço rico, que não calcula a extensão da sua fortuna, o Brasil não ama aquilo que não conhece. Por isso quando lhe disseram que o barão do Rio Branco lhe restituíra a propriedade de um largo pedaço de terra, o Brasil não chegou a prestar atenção ao caso, murmurou um seco *obrigado,* e, dando de ombros, foi pensar em outra coisa...

No entanto, a publicação do mapa do Amapá foi uma revelação! Ninguém imaginava que se tratasse de tão longo, de tão farto, de tão esplêndido trecho do território brasileiro. Ouvindo falar do Amapá, todos nós fazíamos a ideia de um pedacinho de terra bruta, cortado por alguns braços de água, e recheado de alguns punhados de ouro escasso. Quando os nossos olhos mediram a extensão do domínio restituído ao Brasil pelo talento de Rio Branco, foi que pudemos, ao mesmo tempo, medir qual seria a extensão da nossa vergonha, se, por inépcia ou incúria, perdêssemos uma propriedade tão indiscutivelmente nossa.

E era de esperar que de todos os pontos do Brasil rompesse no mesmo instante, cantado por milhões de bocas, o hino de gratidão e glória ao restituidor dos territórios, filho do libertador dos ventres escravos! Mas não! Se não fossem os rapazes estudantes, nenhum eco das nossas aclamações chegaria ao calmo gabinete de Berna, onde Rio Branco, com a alma inundada de uma alegria rejuvenescedora, repousa agora das fadigas da sua rude campanha, ainda com os nervos sacudidos pelo entusiasmo com que se dedicou ao serviço da terra tão amada e... tão indiferente.

O glorioso brasileiro, porém, não guardará ressentimento disso: ele não é dos que se esfalfam no trabalho com o pensamento fixo no salário; é dos que lutam por amor da luta e sacrificam-se por amor do sacrifício. E com a sua tolerância de homem experimentado pelas coisas da vida, e com o seu profundo patriotismo em tantas ocasiões provado, lá está ele, Brasil, às tuas ordens, pronto a retomar a pena para te amar e servir.

Porque, enfim, não é difícil explicar a tua indiferença, Brasil...

Tu nunca pesaste, com gratidão e ternura, a quantidade de sangue, de lágrimas e de gotas de suor que os teus avós despenderam na conquista e na conservação deste vasto domínio. Sabes apenas que possues uma pátria que se estica aí além, estendendo-se sem fim pela face do planeta, como todo um continente; sabes que tens rios e serras, portos que poderiam abrigar todas as frotas do mundo, vales fecundos que poderiam dar de comer a todos os povos da terra...

Na Europa, as pátrias pequeninas, atulhadas de gente, estalam com o *trop-plein,* e conhecem o que é a fome, o que é o inverno que desguarnece os campos, o que são as inundações que devoram os trigais, o que são as guerras que desertam as cidades. Ali, perder uma jeira de terra, é perder cem vidas...

Em outro qualquer país, o homem que tivesse restituído à pátria algumas léguas de território (e Rio Branco acaba de prestar esse serviço ao Brasil pela segunda vez!) ouviria o seu nome soar por toda a parte, na vozeria de uma aclamação sem par. Aqui, dois discursos, meia dúzia de foguetes, uma pensão de dois contos de réis, parecem paga suficiente...

Se houve até quem se lembrasse de dar a Paranhos uma cadeira na Câmara! Felizmente a ideia morreu, abafada e sem eco: se tivesse vingado, seria o caso de aconselhar ao vencedor que morresse quanto antes, para se libertar do opróbrio da recompensa...

Ah! Leviano Brasil! Quando os homens encherem, com a agitação do trabalho, todos estes nove milhões de quilômetros quadrados; quando, nas vastas campinas e nas altas serras hoje desertas e mudas, cantarem os sinos, mourejarem as charruas, viçarem as famílias e sorrirem as colheitas; quando, conquistado e santificado todo o solo pelo labor humano, tu começares a sentir que já te não chega a terra, que hoje te parece tão grande; — então, sim! Paranhos crescerá diante de ti, tapando o horizonte, como um grande ídolo sagrado, — e a tua dívida será paga.

(1901)

SOBRE A VIAGEM DE UM PRESIDENTE[1]

Vai partir o ***Maranhão,*** em breve pintado e alcatifado de novo, garboso e airoso, levando no seu seio o homem que, durante quatro anos, vai ter a obrigação de governar o Brasil. A viagem é de "instrução": mas o marinheiro não é de primeira viagem. É homem que já governou, e já sabe o que é governar. Desta vez, porém, a responsabilidade é tão grave, que ele quer primeiro considerar o passo, como, nos ginásios, o acrobata, antes do salto perigoso, considera com cuidado a extensão do espaço que vai transpor.

Já os jornais publicaram o itinerário do novo presidente. Bela, agradável, deliciosa viagem seria essa, — para quem apenas a realizasse como recreio e desenfado! Por pouco que o *Maranhão* navegue na proximidade da costa, poderá S. Exa. admirar as montanhas, as angras, as abras, as baías, os cabos, as vertentes escarpadas, os recifes que bordam a imensa faixa do litoral, desde o Rio até a Bahia; na Bahia, gozará o aspecto da velha cidade colonial, cidade de ruas estreitas, cheias de uma gente afável e intensamente patriota, cujo patriotismo até se manifesta na pintura auriverde dos portais das lojas; daí irá contemplar, com en-

1 O presidente Affonso Penna, eleito em março de 1906.

canto maravilhado, a majestade régia do São Francisco; volverá à capital do vatapá, e irá por mar a Aracaju e Maceió; de Maceió em estrada de ferro furará os sertões até Pernambuco, Paraíba, Rio Grande do Norte; irá depois ao Ceará, à terra mártir, ao berço dos heróis da seca, da fome e da liberdade; depois visitará a Amazônia feraz e esplêndida; voltará ao sul, prolongará a sua viagem, — tão longa e tão interessante como um daqueles arrojados *periplos* que realizavam os navegadores da Idade Antiga, — até o lindo Paraná, visitará os pampas, espiará o "perigo alemão" em Santa Catarina, admirará o progresso de São Paulo, e irá repousar em Bello Horizonte, onde compendiará, analisará, resumirá e digerirá as suas impressões... Bela, agradável, deliciosa viagem, para quem apenas a realizasse como recreio e desenfado!

A viagem, porém, não é de passatempo: é de instrução.

S. Exa. vai viajar como "patriota". E o seu patriotismo já começou a afirmar-se neste propósito seu, que o *Jornal do Comércio* desveladamente tornou público: "Informam-nos que o Sr. Dr. Affonso Penna estimará certificar-se por toda a parte do estado de adiantamento da indústria nacional, e assim ser-lhe-á agradável servir-se de coisas preparadas no país, pois é sua opinião que constitui verdadeiro preconceito supôr-se que só é bom o que vem do estrangeiro." Outro Jornal acentuou o patriotismo da intenção de S. Exa., num estilo mais confuso, porém, mais insistente: "Deliberado a romper com a injustificável prevenção de que não é de bom gosto e de bom tom dar preferência, nos nossos serviços domésticos, inclusive os de mesa, aos artefatos e produtos da indústria nacional, no falso pressuposto de que mais finos (por que em geral mais caros) sejam os importados, ou como tais utilizados inconscientemente, muito estimará o Sr. Dr. Affonso Penna ter, por toda a parte, ensejo de certificar-se de que é, com efeito, bem fundada essa deliberação."

Isto quer dizer que o eminente viajante servir-se-á, com prazer, de mobílias nacionais, de alfaias nacionais, de linhos nacionais; que a fâmulos e serviçais franceses ou ingleses, emproados e escanhoados, preferirá a criadagem da terra, modesta, leal, afável, talvez um tanto confiada demais, porém, em todo o caso, mais sincera; e que, quando se sentar à mesa, a bordo do *Maranhão,* ou na sala de jantar dos palácios presidenciais, ou nos desataviados refeitórios dos albergues provincianos, comerá com prazer os acepipes nossos, bem nossos, preferindo, aos complicados *ragouts* e *rôtis* da cozinha estrangeira e aos seus molhos incendiários, o bom caruru da Bahia, as suculentas fritadas de guaiamus de Pernambuco e Maceió, a saborosa carne de sol do Ceará (onde sempre há sol, mas onde nem sempre há carne), a bela tartaruga do Amazonas, o fresco chimarrão do Paraná, o sangrento churrasco dos pampas, o fino viradinho de São Paulo...

O propósito é louvável, — e não haverá um só brasileiro que o não aprove.

Somente, já que S. Exa. assim revela a disposição de proteger tudo quanto é brasileiro, — quero eu chamar a sua preciosa atenção para uma coisa bem nossa, bem brasileira, que S. Exa. encontrará a cada passo por essas cidades e por esses sertões, e que, ao contrário das outras, não deve ser protegida: — a falta de instrução.

S. Exa. verá que, nas cidades do litoral, onde residem os governos, há ainda algumas escolas (bem poucas em verdade!), em que se formam homens conscientes e livres. Mas, por pouco que o ilustre viajante se embrenhe nos sertões, verá que o Brasil ainda está à espera de Alguém, que o inicie nos mistérios do abecedário, — imitando o legendário Cadmus, herói e semideus da velha Grécia, introdutor do alfabeto fenício na terra helena...

Bem sei (ai, de mim!) que sou importuno e impertinente, vindo dizer a um homem eleito presidente: "V. Exa. vai ter a honra de governar um povo de analfabetos!..." Que hei de fazer, porém, se, lendo e relendo a mensagem de S. Exa., nela não encontrei a promessa decisiva e formal de que alguma coisa se fará durante o seu governo, para dar instrução primária aos que a não têm?

Escrevi, acima, que S. Exa., depois de visitar o Paraná e os Pampas, "espiará o perigo alemão em Santa Catarina". Peço agora a S. Exa. que não deixe de dar um salto a Blumenau...

O verdadeiro "perigo alemão", — como o compreendem aqueles que sabem que a *língua* é a essência e a forma da *nacionalidade,* e não como o compreendem os que querem ver o Brasil isolado, fraco e paupérrimo, no mundo, — é este, demonstrado por um telegrama do *Jornal do Comércio,* de ontem:

> *"No relatório do superintendente de Blumenau encontra-se o seguinte trecho referente ao desenvolvimento da instrução no município.*
>
> *A respeito das línguas em que as diversas matérias são lecionadas nessas 112 escolas, existe a seguinte exposição: português, em quatro escolas; português e alemão, em quatro escolas; polaco e alemão, em quatro escolas; italiano e alemão em uma escola; italiano em 17 escolas, e alemão em 81 escolas."*

Não é possível, de certo, imaginar mais deplorável situação. Ao passo que o alemão é ensinado *exclusivamente* em 81 escolas de Blumenau, e o italiano, também *exclusivamente,* em 17, somente há quatro escolas especialmente destinadas ao ensino exclusivo do português! E, se juntarmos em grupos as escolas em que as línguas são ensinadas separadamente e cumulativamente, chegaremos a este desconsolador resultado: nas cento e doze escolas de Blumenau, *cidade brasileira,* a língua oficial do Brasil só é praticada (e sabe Deus como!) em *oito,* ao passo que a língua polaca é estudada em igual número, a italiana em *dezoito,* e a alemã em *noventa!*

Creia o Sr. Dr. Affonso Penna que é assim, e não de outro modo, que um povo perde a sua dignidade, a sua independência, a sua nacionalidade.

Ainda em Blumenau, há 8 escolas em que se ensina o nosso idioma. Há, porém, no Brasil, imensos tratos de terra, em que não floresce uma só escola. A instrução primária, estupidamente confiada pela Constituição ao governo dos estados, definha e desaparece de dia em dia. Exceção feita do Distrito Federal, de São Paulo, do Rio Grande do Sul e do Pará, todos os estados, quando querem entrar num período de economias, começam a suprimir escolas e a demitir professores. Nos quatro estados, que citei, a instrução primária ainda não é o que deve ser, mas sempre é alguma coisa; nos outros, é burla, é caçoada, é mentira, é nada.

Os estadistas alegam: "Nada se pode fazer, porque a União não pode chamar a si o encargo de espalhar a instrução..."

Não pode, por quê? Porque a Constituição o proíbe?... Ah! Deixai-me rir desta Constituição, tantas vezes violada e prostituída, como uma pobre ervoeira, quando é preciso atender a interesses políticos, e unicamente inviolável, como uma Lucrécia, quando se trata de salvar a nacionalidade brasileira! E, se de todo não a querem violar, por que é que a não reformam?...

Permita o Sr. Dr. Affonso Penna que eu lhe peça isto: em cada capital, em cada cidade, em cada vila onde pousar ou por onde passar, pergunte aos chefes políticos qual é aí o número dos analfabetos: e horrorize-se! Porque, muitas vezes, esses chefes políticos, se quiserem ser francos, hão de no número dos analfabetos incluir-se a si próprios...

É realmente louvável que S. Exa., durante a sua viagem, somente se queira servir de "coisas preparadas no país". Mas reflita o chefe de Estado: não é usando tecidos da Alemanha, servindo-se de móveis franceses, calçando sapatos ingleses, bebendo vinhos húngaros, comendo carne da Argentina, que o Brasil se desnacionaliza. A sua desnacionalização vem do abandono em que está ficando a língua materna.

A língua é tudo: é a nacionalidade, é a raça, é a pátria. Perdida a língua, tudo está perdido.

Ainda há poucos dias, li o livro de um norte-americano, — livro de um orgulho desmarcado, em que este publicista ianque diz que, para que a sua pátria seja verdadeiramente uma Pátria, só lhe falta possuir um idioma seu, exclusivamente seu: e aconselha, para isso, a obrigatoriedade do estudo da língua dos *Peles Vermelhas* nas escolas da União Americana... É uma fanfarronada, é um disparate, é um contrassenso. Mas, entre isso, e a criminosa indiferença, com que nós nos arriscamos a perder a nossa nacionalidade, perdendo a língua que herdamos dos nossos maiores, — há um meio-termo; e é nesse meio-termo que deveríamos ficar.

Nada, porém, fazemos para alcançá-lo. Não criamos, na imensa extensão dos sertões brasileiros, escolas em que se ensine o idioma português; por outro lado, no litoral não contrabalançamos, com a criação de novas escolas nossas, o mal que nos podem fazer as escolas italianas e alemãs. É um suicídio! Já não é preciso que outros nos matem, porque nós mesmos nos estamos encarregando desse serviço...

Não nego que seja um dever de patriotismo proteger as nossas indústrias e a nossa arte culinária. Mas espero que o futuro chefe do Estado, já que está com a mão na massa do protecionismo, — dê à pobre língua portuguesa, à desventurada e formosíssima língua, que está morrendo por falta da difusão do ensino primário, — um pouco da generosa proteção que vai dar ao vatapá da Bahia, aos abacaxis de Pernambuco, aos sururus de Alagoas, ao arroz-doce do Maranhão, ao jerimum do Rio Grande do Norte, à carne de vento do Ceará, à tartaruga do Amazonas, à banana com peixe de Santa Catarina, ao mate do Paraná, ao terneiro assado do Rio Grande do Sul, ao café de São Paulo, ao lombo de Minas, e à feijoada do Rio de Janeiro!

“MENOR PERVERSO”

É este o título, com que aparece em todos os jornais a notícia de um caso triste, — uma criança de 3 anos assassinada por outra de 10, em condições que ainda não foram bem tiradas a limpo. Diz-se que o “menor perverso” ensopou em espírito de vinho as roupas da vítima e ateou-lhes fogo. Propositalmente? Parece impossível... Mas nada é impossível na vida.

O fato é que, consumado o seu ato de perversidade (ou de imprudência?) o pequeno fugiu, e andou vagando pelas ruas, até que, já tarde, exausto, banhado em lágrimas, foi encontrado na praça da República e conduzido para uma delegacia policial. E os jornais, terminando a narração do caso triste, pedem quase todos, em quase unânime acordo de ideia e de expressão, que “se castigue esse precoce facínora, cujos instintos precisam ser refreados”.

Que se castigue, como? Metendo-o na Correção? Mandando-o para o Acre? Fuzilando-o?

A ocasião é oportuna para mais uma vez se verificar quanto estamos mal aparelhados para atender às múltiplas necessidades da assistência social. Um criminoso de 10 anos não é positivamente um criminoso... Se é verdade que esse menino conscientemente praticou a maldade de que é acusado, o nosso dever não é castigá-lo: é salvá-lo de si mesmo, dos seus maus instintos, das suas tendências para o exercício do mal. Como? Naturalmente, dando-lhe uma educação especial, uma certa disciplina de espírito. Mas onde? É aqui que surge a dificuldade, e é aqui que somos forçados a reconhecer que, se estamos muito adiantados em matéria de politicagem e parolagem, ainda estamos atrasadíssimos em matéria de verdadeira civilização...

Já sei que há por aí uma Escola Correcional. Mas, ainda há pouco tempo, o que se soube da vida íntima dessa Escola serviu apenas para mostrar que, lá dentro, os pequenos maus, pelo vício da organização do estabelecimento, estão arriscados a ficar cada vez piores. Tudo quanto se refere à assistência pública ainda está por fazer no Brasil: asilos, escolas correcionais, penitenciárias, presídios, não têm fiscalização efetiva. Só pensamos nessas casas de beneficência ou de correção, quando um escândalo, dos que há dentro delas, faz explosão cá fora, comovendo-nos ou indignando-nos. Então, há uma grita convulsa, um grande espalhafato, um grande dispêndio de artigos pelas folhas e de atividade pela polícia; mas, logo depois, tudo volta ao mesmo estado... à espera de novo escândalo.

Tive muita pena da pobre criança de três anos, morta no meio de horríveis torturas. Mas tenho também muita pena dessa outra criança, que uma brincadeira funesta (ou uma inconsciente moléstia moral, perfeitamente curável) levou à prática de um ato tão cruel. Nesse pequeno infeliz, que os jornais consideram um grande criminoso, há um homem que se vai perder, por nossa culpa, — porque lhe não podemos dar o tratamento que a sua enfermidade requer...

FLORENÇA

Não foi a Florença de agora que eu vi e amei, em uma certa noite tépida e silenciosa de junho, a desoras, quando já a treva e o sono tinham dominado os palácios e os casebres da velha cidade toscana: foi, sim, a Florença veneranda dos três séculos sagrados, durante os quais a alma humana ressuscitou do túmulo da idade média, — ciclo prodigioso, que começou com o nascimento de Dante e acabou com a morte de Michelangelo, em 1564, precisamente no ano em que Shakespeare nascia.

Havia seis dias que eu andava, num arroubo encantado, com todos os nervos vibrando, correndo Florença, fartando os olhos na contemplação dos tesouros de arte dessa cidade maravilhosa, que tem, para a minha alma de homem moderno, um encanto incomparavelmente maior do que o de Roma.

Berço e sacrário da Renascença, núcleo gerador de onde irradiou para toda a Europa a salvação do espírito latino depois de longa síncope, Florença tinha cativado o meu coração pela sua triste majestade de deusa decaída, mas adorada por toda a humanidade, encerrada com os seus palácios e os seus museus numa atmosfera de soberano respeito e de supremo culto.

Nessa noite, à hora em que, na praça Vittorio Emmanuele, depois da *serata* de música, se fechavam os cafés, quis, antes de dormir, rever ao luar o *Perseu,* de Benevenuto Cellini. Cheguei, pela via degli Speziali, à via dei Calzajoli, passe à pressa pela igreja de Or San Michele e pelo oratório de S. Carlo Borromeu, e fui ter à Piazza della Signoria, banhada no clarão suave do plenilúnio, deserta e muda, fechada ao fundo pelo vulto imenso do Palazzo Vecchio.

A torre altíssima do Paço dos Medicis nadava em plena luz, projetando no chão uma larga toalha de sombra, que se estendia, como um tapete negro, à entrada da *Loggia dei Lanzi.* Na grande fonte de pedra, no centro da praça, a água cantava de manso; ao luar, Netuno e os tritões ofegavam, no silêncio da noite; e, mais longe, o grande Cosme, modelado e fundido por João de Bolonha, parecia agitar-se sobre o seu cavalo de bronze.

Na *Loggia dei Lanzi,* — naquele assombroso museu ao ar livre, — dois mendigos dormiam sobre as lages, ao abrigo das altas arcarias rendadas. Na arcaria da esquerda, quase encostado ao *Perseu,* estava ainda o grande quadro, cheio de algarismos, em que se anunciara o resultado do *loto* daquele dia. E no chão, sobre os degraus, havia os resíduos do mercado volante, — vestígios da passagem dos vendedores de frutas e refrescos, que ali se recolhem à tarde, do calor do sol.

Mas nem de leve me irritou ou magoou essa profanação. Havia até um certo encanto no espetáculo da pobreza, do vício, da vida de hoje, no meio naquele cenário de 1500, — no lugar em que os fidalgos da corte de Lourenço de Medicis iam esperar todas as manhãs a honra de ser chamados à presença d'O *Magnífico.*

E que importavam esses sinais da vida de hoje? O luar, com o seu prestígio feiticeiro, acordava ali as épocas mortas; e a Florença, que eu estava admirando e amando, era a Florença rica e artista, alegre e belicosa, pecadora e atrevida, cuja fama o grande Dante, seu divino filho, até foi encontrar no Inferno, depois de a ter encontrado na terra e no mar:

"Godi, Firenze, poi che sei si grande,
Che per mar e per terra batti l'ali,
E per lo inferno il tuo nome si spande..."

Dentro da *Loggia dei Lanzi,* havia faixas do clarão da lua, prateando a juba dos dois leões da escadaria, lambendo o colo de mármore da *Polyxena* de Pio Fedi, acariciando a face de bronze da *Judith* do Donatello.

O *Perseu* de Cellini, — esse, plantado à frente da *Loggia,* recebia em chapa todo o banho de prata fluida; e nunca me pareceu tão belo o jovem deus vitorioso, com o corpo esbelto empinado ao céu, retesando os músculos brônzeos em ressalto, erguendo no punho esquerdo a cabeça da Medusa vencida; — sob a pressão do pé de Perseu, o corpo da górgona arfava no estertor da agonia; e, no ar, numa revolta impotente, emaranhavam-se e remordiam-se, rabeando, as serpentes da cabeleira do monstro...

Foi de junto do grupo do *Perseu,* que, abrangendo com o olhar a *Piazza della Signoria,* evoquei a grandeza material e moral da Florença antiga.

Esta praça, coração da república, coração da antiga *Signoria,* e coração da autocracia dos Medicis, foi o cenário em que se concentrou, de 1200 a 1600, todo o drama da Renascença: aqui se encontravam, em pelejas sangrentas, os guelfos e os gibelinos, os "brancos e os negros"; por aqui passeou Dante, taciturno e sonhador, o seu orgulho de deus exilado na terra; aqui foi queimado Savonarola; este chão foi calcado pelos pés de Michelangelo, de Boccacio, de Machiavel, de Giotto, de Fra Angelico, de Benevenuto Cellini...

A poucos passos daqui, no fim da escura via Magazzini, ainda se levanta a fina e alta casa dos Alighieri, onde nasceu o sombrio florentino, o criador imortal da língua italiana. Este era o caminho inevitável para as margens do Arno, onde Dante, ainda menino, ia folgar. Foi talvez, aqui, nesta praça, onde se reuniam os comícios da república, onde se travavam batalhas e torneios poéticos, onde se combinavam negócios e amores, — que o divino poeta, infante de nove anos, viu pela primeira vez a sua pequenina *Bice,* "envolvida numa leve túnica vermelha"; foi ainda aqui, talvez, que, mais tarde, ela, — desta vez toda vestida de branco, — lhe dirigiu a primeira saudação, "erguendo a sua alma ao limite mais alto da beatitude"; e foi de certo aqui que o melancólico devassador do Inferno imaginou e compôs, antes de ir chorar no exílio as desgraças de Florença, o ingênuo romance da Vita Nuova, em que os comentadores (quase sempre tão traidores como os tradutores) têm querido ver tantas complicações de simbolismo político...

O que deve ter sofrido, aqui, aquela nobre alma altiva e grave, tão pouco dada aos prazeres do mundo! Florença, no tempo de Dante, era uma cidade de comércio e de prazer. A sua riqueza era colossal; davam-lhe o título de "Fonte de Ouro": e era nas suas arcas que os príncipes cristãos e maometanos iam procurar, por empréstimo, os florins, com que sustentavam as suas guerras. Esses comerciantes eram letrados e artistas: não raro nos seus livros de escrituração mercantil, havia, ao lado dos algarismos, trechos de Tito Livio e Sallustio. O povo, nos intervalos das guerras, vivia, pelas ruas, cantando e dançando. Essa riqueza, essa futilidade, essa alegria irritavam a melancolia de Dante: certa vez, no meio do tumulto de uma festa popular, viram aquele adolescente sem mocidade passar doze horas estudando, entre a algazarra e o tropel do povo, sem levantar os olhos do livro.

Mas, quando a derrota dos guelfos o obrigou a partir de Florença, — Dante ficou aqui, em espírito, vagando entre estes palácios, amando a sua cidade de flores. Ele mesmo o disse: "Florentino, não nos costumes, mas no coração..." E ei-lo ainda aqui está, depois de seis séculos, povoando com a sua grande glória a Piazza della Signoria: não será o seu espírito errante, — aquele vulto que ali vai, escuro e indeciso na alvura do luar, beirando o muro do Palazzo Vecchio, entrando o apertado beco que leva ao Palazzo degli Uffizi...

Mais de um século depois, andava por aqui Michelangelo, ainda moço, amado e protegido pelo *Magnífico.* Por aquela baixa porta do *Palazzo Vecchio,* como esmagada pelo peso da alta mole de pedra, — entrou e saiu muita vez, ainda modesto, ainda quase inconsciente do seu gênio, o maior artista que jamais trabalhou sobre a terra. Michelangelo era ainda uma criança, quando Lourenço, o *Magnífico,* lhe deu a mão protetora. E Florença veio a ter a glória de possuir o primeiro trabalho definitivo do estatuário prodigioso, — esse incomparável *David,* que esteve até 1873 erguido à porta do Paço dos Medicis, a dois passos da *Loggia dei Lanzi,* e que hoje, na *Sala da Cupola* da Academia de Florença, como na abside de um templo, irradia e deslumbra, símbolo palpitante da força, da mocidade e da beleza masculina...

O *David* foi tirado de um imenso bloco irregular de mármore, que nenhum escultor ousara ainda atacar. Buonarotti, que devia morrer com 89 anos de idade em plena pujança de talento, contava apenas vinte e seis anos, quando comunicou à frieza dessa pedra bruta o ardor do seu gênio, para a transformar na figura do jovem pastor de Belém, rei e profeta, Hércules hebreu, vencedor de gigantes.

Mas essa estátua não é somente *David:* é a representação viva do poder criador de Michelangelo. *Moisés* é Michelangelo, na virilidade, austero e grandioso, repousando do trabalho prodigioso da criação de mundos de arte; mas *David* é Michelangelo moço, na primavera do gênio, turgido de seiva fecunda.

Robusto e leve, dando à luz o corpo desnudado, em cujas formas canta e sorri a graça forte da juventude; aprumando a cabeça formosa, em cuja expressão a fé e o desafio se misturam; pisando a terra com a firmeza e a serenidade de um deus, — o *David* é Buonarotti partindo para a conquista da glória e da imortalidade.

Aqui, na *Piazza della* *Signoria,* Michelangelo reatou, no século XV, o grande sonho estrelado de Dante, no século XIII. Essas duas almas, de extensão infinita e de infinita força, aqui se entenderam e completaram, através de duzentos anos de distância. Os pés de Buonarotti encontraram, neste chão venerando, os vestígios dos pés de Alighieri. Ambos arrastaram por aqui as suas esperanças, os seus amores da primeira idade.

E, ao mirá-la, serenamente adormecida à carícia do luar, de sob o pórtico toscano da Loggia, de junto do *Perseu* de Cellini, cuido ver a Piazza acordar pouco a pouco, e pouco a pouco povoar-se de fantasmas.

Ali vão os gonfaloneiros da República, com as insígnias levantadas, a caminho da guerra; ali vai o *carroccio* monumental, alcatifado de púrpura, conduzindo as armas da Comuna; e eis aí vêm os guerreiros em triunfo, debaixo dos baldaquinos de ouro; e homens e mulheres dançam e cantam, celebrando o amo e a paz.

Depois, vejo Dante parado, em êxtase, petrificado pela admiração devota, contemplando Bice, que passa ao longe, entre as suas aias solícitas.

E ali está Giotto, concebendo, a um tempo, a imagem de São Francisco de Assis recebendo os estigmas, e o plano das fortificações de Florença.

Depois, vejo arder a fogueira de Savonarola; e vejo a praça encher-se de cadáveres, e a multidão que chora, e a peste devastando a cidade; e, entre lágrimas e vociferações, Boccacio, risonho e belo, imaginando o proêmio do Decameron. À frente dos cortesões, ali vem o *Magnífico;* e, adiante, aponta Benevenuto Cellini, entre os seus companheiros de sonho e aventura, brigão e namorado, espadachim e artista, imoral e sedutor, como o símbolo de uma era em que as guerras se faziam em risos, e em que a Arte, flor divina, brotava do sangue e da lama...

Mas, ao longe, o grande sino do Duomo badala dois abafados lamentos. Os meus olhos beijam ainda uma vez o cenário da Renascença, — e, atravessando a claridade do luar, vou, levando comigo, para a vida real, para a triste agitação da minha vida de homem de hoje, o suave consolo de ter podido compreender e amar, em uma hora de sonho, toda a grandeza deste cemitério de glórias...

EM LUCERNA

I

Lucerna é um delicioso parque de recreio, plantado à beira do lago dos Quatro Cantões. As ruas desta cidadezinha cosmopolita são alamedas perfumadas; as suas praças são jardins abertos, cheios de flores admiráveis, alegrados pela música dos jatos de água límpida, que saltam em repuxos e espraiam-se em tanques; ao longo dos cais, aprumam-se, suntuosos, os palácios dos grandes hotéis, diante da maravilhosa paisagem de montanhas, — o imenso *Rigi* à esquerda, o sinistro *Pilatus* à direita, e ao fundo, para lá dos cimos verdes e formidáveis do *Rossberg* e do *Titlis,* muito longe, apenas entrevista, a cadeia dos Alpes Nivosos. E, entre os hotéis, eleva-se o *Kursaal,* majestoso, imenso templo do prazer, com o seu teatro, as suas salas de baile, e o seu vasto salão de jogo, onde uma grande roleta funciona todas as horas, às escâncaras, oferecendo livremente a sua sedução ao gozo de todos os viciosos.

Nesta cidade de encantos, onde se reúne, durante esta época do ano, toda a gente rica e ociosa da Europa, falam-se todas as línguas, e encontram-se exemplares de todas as raças e de todas as nacionalidades. Lucerna, na primavera e no estio, é a estância dos milionários de bom gosto, dos casais em lua de mel, dos amantes que têm dinheiro, dos ingleses que vivem para correr o mundo em viagem perpétua, e dos Tartarins alpinistas, que aqui vêm repousar das ascensões arriscadas que já fizeram, ou ganhar ânimo para as que pretendem fazer.

Mas não é somente em Lucerna que se oferecem aos felizes ou aos entediados esses prazeres e essas atrações. Todo o lago dos Quatro Cantões é nesta época um lugar de delícias. Sobre a água azul, que o sol acaricia e achamalota, e onde, à noite, se miram, em reflexos trêmulos, as estrelas, — correm e cruzam-se os pequenos vapores de luxo, com restaurante e orquestra, indo e vindo, tocando em Weggis, em Vitznau, em Beckenried, em Brumen, em Gersau, em Fluelen, em todas as aldeias poéticas que florescem, numa paz idílica, pelos recôncavos do Vierwaldstater-See, à sombra das montanhas altíssimas, algumas das quais se levantam a pique da beira da água, projetando sobre ela vastas toalhas de sombra misteriosa.

Ao cair da tarde, quando os cimos se toucam de púrpura desmaiada, e mais forte se desprende dos murtais o aroma sensual, — uma viagem por estas águas serenas tem qualquer coisa de sonho. A meia luz do céu, a proximidade das montanhas, os perfumes que erram no ar, as músicas longínquas que vêm dos vapores em marcha, a melancolia voluptuosa e cativante que enche a paisagem, — tudo isso põe nos sentidos uma embriaguez suave, um certo prazer misturado de tristeza, um vago desejo de morrer ali, de repente, naquela hora de divina poesia...

Os sábios vivem ainda a discutir sobre a verdadeira situação do Paraíso Terreal... Dizem uns que o Éden esteve encravado na Judeia, outros que na Austrália, outros que no Tibete. Eu, por mim, não sei, nem quero saber onde ficava esse lugar de delícias, — há tanto tempo desaparecido... O que sei é que, se pode haver atualmente um Paraíso, — o Paraíso é este. Com um pouco de saúde, um pouco de dinheiro e um pouco de amor — o homem mais exigente poderia contentar-se bem com este éden perfumado e calmo...

II

Todas as medalhas têm o seu reverso. Em algumas, bem poucas, o reverso é mais belo do que o anverso: mas quase sempre o contraste é terrível.

Lucerna é um paraíso, — mas um paraíso, que só floresce três meses no ano. Não é difícil imaginar o que isto deve ser, durante a longa estação do inverno, quando todas estas flores magníficas e todas estas folhagens opimas desaparecem, quando as árvores esgalhadas e nuas tiritam ao vento ríspido, quando, dentro do cárcere gelado destas montanhas inteiramente cobertas de neve, a cidade se encolhe, amortalhada, sob um céu que peneira uma garoa cortante...

Reparando bem, vê-se que o encanto de Lucerna vem apenas do esplendor do verão e da alegria dos estrangeiros que se divertem. A gente do país é triste, como é triste o aspecto dos raros pontos da cidade, que, resistindo à influência cosmopolita, ainda conservam um pouco do caráter nacional. Há igrejas que parecem mausoléus, edifícios públicos que parecem cárceres...

Entre as pontes antigas que atravessam o Rens, depois de sua saída do lago, há uma, — a *Ponte dos Moinhos,* — que não se pode atravessar sem uma irreprimível sensação de angústia e tristeza. Essa ponte é uma relíquia da idade média: fechada e coberta por paliçadas e teto de velha madeira tosca, para resguardar dos rigores do inverno os transeuntes, atravessa o rio em diagonal e, agora, sob este céu azul e sob esta soalheira gloriosa, é como um espectro formidável, uma avantesma gigantesca, perturbando com a sua presença lúgubre a festa da Natureza. Dentro dela, de cinco em cinco passos, pendentes do teto, há grandes painéis de madeira, em que um pintor de imaginação fúnebre ilustrou não sei que complicada e macabra legenda. Aqui, é um lenhador que, ao levantar o machado, vê diante de si o Diabo; ali, é um fidalgo que encontra a Morte; acolá, a Morte e o Diabo confraternizam num estreito abraço;

mais adiante, o Espírito das Trevas, num cemitério, acorda os mortos; e, além, numa vasta sala de palácio, uma sarabanda de esqueletos, em ronda jovial, pinoteia em torno de uma linda mulher, que contempla estarrecida de pavor o riso hediondo das caveiras... Na penumbra do interior desse passadiço sinistro, essas pinturas, com as suas cores esmorecidas pelo tempo, dão calafrios. E é um alívio sair daquele corredor infernal, em que vive o pesadelo de uma escura idade supersticiosa e oprimida pelo terror da morte e do castigo eterno.

Ah! Não pensemos no aspecto funéreo desta cidade durante os meses longos e gelados do inverno, nem na profunda tristeza que deve amortalhar as suas coisas e a sua gente nesse período de inhumação sob a neve! Saiamos da ponte medonha, — e regalemo-nos com o fulgor do sol e com o espetáculo ridente do estio! Grupos de *touristes* atravessam as ruas, os pequenos vapores silvam no lago, as esguias baleeiras de *sport* abrem sulcos de prata na água azul, — e o Paraíso resplandece e sorri no auge da sua beleza.

III

Perto do famoso monumento do *Leão de Lucerna,* levantado em memória dos suíços que morreram, em 1792, em Paris, defendendo as Tulherias, — há um jardim em que se passa uma hora de sonho perturbador e inesquecível. Entretanto, esse *Gletchergarten* ou *Jardim das geleiras* é um museu científico... E é preciso visitá-lo, para ver até que ponto é absurda a pretensão dos que querem separar a poesia da ciência, considerando-as inimigas irreconciliáveis e ferozes, — como se houvesse, no domínio da inteligência, qualquer coisa incompatível com a poesia.

Há aqui uma aldeia lacustre, reconstruída de acordo com as mais escrupulosas indicações da ciência, grosseiras edificações em palafitas, do tempo em que os homens, na Suíça e em outros pontos da Europa, viviam em frágeis cabanas levantadas sobre as águas. Essa seção do jardim já tem um encanto singular, pela reconstituição perfeita de um dos períodos mais antigos e interessantes da civilização humana, — reconstituição tão perfeita e com tal habilidade artística executada, que a ilusão é completa e fascinante.

Mas a maior preciosidade do jardim consiste no tesouro de uma "geleira" do mundo primitivo, descoberta em 1872, com 32 dos seus vastos *funis* de rocha, cavados e polidos pelo rolar das pedras no período do degelo.

O exame dessas relíquias da idade mais remota do planeta é mais proveitoso, para o estudo dessa época, do que a leitura de todos os tratados de geologia. Só assim se pode compreender o mistério das eras mortas... Ao lado dos restos autênticos da época das geleiras, o professor Heim instalou um *funil* artificial, onde, por meio de um jogo engenhoso de máquinas hidráulicas, se pode acompanhar, em todos os seus períodos, o trabalho de formação desses imensos caminhos em espiral, cavados pela pressão formidável das rochas, no seu vertiginoso rodar, polindo e repolindo as paredes dos *funis*...

Dentro do "Gletschergarten", que, à noite, iluminado a luz elétrica, dá ao visitante a impressão nítida e palpitante de uma viagem milagrosa à era da infância da Terra, ninguém deixa de meditar um pouco sobre a espantosa velhice deste planeta, que é ainda um dos mais moços de quantos povoam o espaço...

Velha Terra sempre moça! Apesar dos milhares de séculos de vida que a têm oprimido, ela ainda tem hoje as entranhas trabalhadas por um impetuoso vigor de juventude, em revoluções interiores, em inconcebíveis criações de ardente fecundidade, que se manifestam em terremotos que arrasam cidades, cm erupções que devastam léguas e léguas de território. Por quantos milhares de milhares de séculos ainda ela, palpitante de vida, rolará pelo espaço, com a fermentação humana a agitar-se sobre a sua crosta, — numa ansiedade e numa amargura sem termo, ignorando a sua origem e o seu destino?...

IV

Foi em 1902 que se inaugurou, em presença das notabilidades do "Congresso da Paz", este interessante *Museu Internacional da Paz e da Guerra*, que, de então para cá, tem sido visitado, em Lucerna, por mais de um milhão de pessoas.

O museu foi criado por um dos mais ardentes apóstolos da paz, — o russo João de Bloch, cujo busto em mármore orna o salão principal, entre os retratos dos homens que mais têm auxiliado, pela palavra ou pela ação, a propaganda em favor da arbitragem e da concórdia entre as nações: Grotius, Penn, V. Hugo, Longfellow, Andrew Carnegie, Tennyson, Nobel, Budritt etc.

A exposição compreende, ao lado de uma horrenda demonstração dos horrores da guerra, a antevisão ridente e magnífica do advento triunfante da paz: e nunca, em favor desta última, se promoveu uma tão clara e evidente apoteose, como esta, que impressiona e maravilha pelo exemplo, pela lição, pela ilustração viva e animada do assunto, com o auxílio de quadros, de mapas, de estatísticas, de panoramas.

Num terreno ao lado do museu, há uma exposição das fortificações antigas e modernas, — além da explicação clara dos processos empregados, na guerra, para a construção e a destruição das pontes e das estradas de ferro. Em várias salas, acumulam-se os produtos formidáveis e hediondos da indústria assassina, — armas brancas e armas de fogo, de todas as formas, de todas as origens, de todas as épocas. Dez panoramas, pintados por artistas de nomeada, reproduzem o sinistro espetáculo das batalhas: e uma dessas telas — *Le soir après la bataille* — composição do pintor alemão Zeno Diemer, é uma das obras mais impressionantes e sugestivas da arte moderna. Mais adiante, há um gabinete em que se mostram os estragos causados pelas armas de fogo modernas: crânios humanos, tíbias e fêmures furados, torados, esmigalhados por balas de infantaria, — e o esqueleto de um cavalo ferido por schrappnells num dos combates do Transvaal; e perto desta seção, há uma outra, estatística, em que se encontram compendiados os orçamentos de guerra das principais nações, os cálculos das suas despesas militares, os serviços de juros da sua dívida, e o balanço das vidas humanas, em número espantoso, roubadas ao trabalho e à prosperidade da Europa pelas guerras dos últimos cinquenta anos...

Ao lado dessa ostentação repugnante do horror e do crime, o "Museu Internacional" expõe a demonstração dos serviços da *Cruz Vermelha,* da *Conferência de Haya,* — e glorifica os benefícios da paz. A "Literatura da Paz", — reunião de mais de mil volumes publicados contra a guerra, ocupa uma vasta sala; outras duas salas são destinadas ao serviço das ambulâncias e dos socorros aos feridos; — e, em plena luz, dominando toda a exposição, há dois grandes quadros de Nodler, *Fome e Abundância,* — em que vive o contraste entre os resultados do furor guerreiro e os resultados do trabalho pacífico. No primeiro, há o espetáculo de uma zona assolada pela guerra; no chão, jazem ainda, apodrecendo, os cadáveres; a passagem dos exércitos talou o campo, destruiu as plantações, afugentou a vida; ao fundo, as casas incendiadas flamejam ainda, no epílogo da tragédia horrorosa. O outro quadro é um sorriso de amor e de ventura: campos cultivados, que se arreiam de messes fartas, casas tranquilas, no meio de vales serenos; o gado pastando, os homens amanhando a terra, as mulheres amamentando os filhos, — e um sol feliz, um sol que parece abençoar aquele labor e aquela bondade, iluminando a paisagem suave...

É isso o Museu Internacional de João de Bloch. Essa é a sua beleza, a sua grande nobreza moral... O que não sei, é o que tem sido até hoje a eficácia da sua existência: a guerra abominável continua a sua obra satânica e a paz ainda é um sonho dos ideólogos irredutíveis, que só merecem o desdém dos industriais da destruição e da maldade...

(1906)

NO RIGI KULM

O ***Tartarin,*** **de Daudet,** desmoralizou o alpinismo. Esse *sport* arrojado e comovedor ainda causa muitos desastres e muitas mortes, e não têm conta as vítimas que a neve continua a tragar e a sepultar, nos desfiladeiros do Iungfrau, do Monte-Branco e do Monte-Rosa...

Mas, involuntariamente, quando se encontra na Suíça um alpinista, com as suas botas ferradas, o seu alpenstock, as suas lunetas enfumaçadas, o seu saco de matalotagem, — logo se evoca a lembrança do espalhafatoso filho de Tarascon: e até aqueles que, como eu, não se abalançam, por falta de pernas ou de coragem, a escalar um dos monstros nivosos dos Alpes, têm sempre um sorriso diante dessas figuras de homens espetaculosos, ostentando o seu equipamento complicado e o seu ar insolente e mata-mouros.

O herói de Daudet ficou famoso na Suíça: no "livro de hóspedes" do Hotel de Rigi, encontra-se, de página em página, uma referência ao bravo tarasconês. E aqui, no alto da montanha, vendo o ar sisudo e importante dos guias, as vacas e as cabras que dormem ou pastam sobre as rochas, as fotografias do salão do hotel reproduzindo quedas de aludes ou tempestades de neve, e o luxo desnecessário dos alpenstocks de que se armam certos *touristes* para escalar o Rigi... em caminho de ferro, — não se pode deixar de reconhecer que há em tudo isto uma maquinação teatral, admiravelmente organizada pelos hoteleiros, alguns dos quais, em invenções de encenação, desbancam os mais afamados empresários.

Como no tempo de Tartarin, todas as comoções, todas as surpresas, todos os deslumbramentos do hóspede figuram na conta do hotel... E por isso, apesar do número extraordinário de vidas humanas que o desporto do alpinismo tem devorado, ainda muita gente acredita que tudo na Suíça é charlatanaria, — tudo, desde Guilherme Tell até a neve do Iungfrau, desde as paisagens idílicas, povoadas de vacas e de pastores, até os trágicos desastres e as medonhas catástrofes das montanhas...

É possível que, entre as pessoas que sobem ao Rigi Kulm, algumas haja dispostas a realizar ascensões de maior perigo. Há talvez aqui alguns excursionistas estreantes, cuja presença no cume da inofensiva montanha se explica pelo desejo de encarar e estudar o inimigo antes de afrontá-lo. Contempla-se daqui toda a formidável massa dos montes, cuja escalada pode tentar a alma arrojada dos alpinistas: e é natural que, daqui, venham eles lançar aos vértices devoradores de vidas o seu primeiro olhar de desafio.

Mas, em geral, quem vem passar a noite no Hotel do Rigi obedece apenas ao desejo, mais poético e mais modesto, de assistir ao morrer e ao nascer do sol na região alpestre, sobre as altas cumeadas que são as últimas e as primeiras a receber os beijos da luz, e que fulguram e pompeiam em clarões e revérberos quando os vales e as furnas já se encheram ou ainda se enchem de trevas.

Para chegar a esta altura de mil oitocentos metros, não é preciso arrostar fadigas nem sustos. Uma estrada de ferro, admiravelmente construída e conservada, transporta o viajante, em pouco mais de uma hora, de Vitznau ao Rigi. E essa viagem já é um verdadeiro encanto, para os que se não cansam de admirar os aspectos inumeráveis da beleza natural da Suíça.

O Rigi não é, como o sinistro Pilatus, um monte pelado e áspero. É, ao contrário, um centro de exuberante expansão vegetal, coberto, em certos trechos, de bastas florestas de castanheiros e figueiras; de baixo acima, numa série de rampas que se sucedem com regularidade, há pastagens magníficas em que se cria o gado mais forte e belo do cantão; às vezes, pela sua força brutal e pela sua majestosa vegetação, a paisagem lembra a de algumas zonas montanhosas do Brasil.

Essa hora de viagem é uma sucessão de deslumbramentos: cascatas que se precipitam do alto; grotas profundas em que a água ruge; os trechos dos lagos que se avistam, azuis e espelhados, como largas placas de aço brilhando ao sol; viadutos e túneis, desfiladeiros e paredes de montanhas a pique, — nada falta nesta variada e prodigiosa paisagem.

Da estação terminal da estrada de ferro, uma escadaria cavada no monte conduz ao imenso hotel, isolado no cimo, dominando um horizonte de cem léguas. É daí, de um planalto que fica ao lado da luxuosa hospedaria, que se assiste ao morrer do sol, antes do jantar, e é daí que a multidão dos *touristes,* agitando-se como fantasmas na escuridão, vem esperar o primeiro sorrir da madrugada sobre a neve eterna.

Mas, ah! Este mundo triste é uma fábrica de decepções! Não têm conta os viajantes, que, tendo passado uma noite no Rigi Kulm, descem a Lucerna com a alma desesperada e indignada, tendo apenas apreciado um imenso mar de névoas enchendo as cem léguas do horizonte...

Foi isso o que vi ontem ao anoitecer.

Houve, primeiro, uma pancada súbita de chuva, caindo do céu, em amplas e espessas cortinas.

Depois, a névoa cresceu, conglomerou-se, entupiu os vales, galgou os montes, amortalhou tudo...

E quando a "trompa dos Alpes" tragicamente empunhada e soprada, com todas as regras da arte da encenação, por um guia de barbas de milho e pulmões de ferro, fez ouvir o seu alto brado clangoroso, — eu estava tiritando, ensopado em garoa, metido num cárcere de nevoeiro denso, não vendo uma polegada adiante do nariz. E até a hora do sono, na sala do hotel, diante de copos de cerveja ou de taças de chá, só se viam caras desconsoladas, bocas abertas em bocejos de tédio e gestos de despeito e fúria...

Um Deus clemente, porém, não quis que a decepção fosse completa.

Às três horas da manhã de hoje, quando, tremendo de frio, cheguei ao planalto, vi que o despontar do sol nos reservava um espetáculo maravilhoso.

Toda a névoa da véspera se dissipara. O céu negro estava tauxiado de estrelas que cintilavam com um fulgor intenso. Em baixo, ao norte, sobre o fundo trevoso dos lagos dos Quatro Cantões e de Zug, brilhavam, como outras tantas estrelas longínquas, as luzes de Lucerna e das aldeias do Küssnacht, de Cham e de Arth. E eu tinha a sensação de estar suspenso no ar, no meio do espaço, entre duas porções de céu, ambas recamadas de astros.

Quando a trompa teatral soou de novo — já não para anunciar uma decepção como a de ontem, — um vago clarão, indeciso e dúbio, tremia no lado do nascente, sobre o pico de Sœnlis. De repente, como uma gambiarra de focos elétricos acendida por uma mão misteriosa, uma larga e longa barra de ouro vivo se estendeu sobre a cadeia dos Alpes. Acima dela, o céu começou a tingir-se de uma desmaiada cor-de-rosa, de que subiam, em leque, laivos de sangue pálido. A treva continuava a dominar os vales, os lagos, e todo o vulto do Rigi, até os nossos pés. Mas, sobre a cadeia dos Alpes, a conquista da luz avançava. Lentamente, a barra de ouro se foi mudando numa barra de prata. E, de súbito, ferindo os picos recobertos de gelo perpétuo, os primeiros raios do sol, ainda invisíveis, principiaram a arrancar da neve faíscas refulgentes, centelhas ardentes, áscuas irisadas.

Os altos cumes, avermelhados, conflagrados, sangravam, flamejavam, trocavam revérberos de incêndio.

E, no silêncio amedrontador, havia nesse espetáculo do acordar da paisagem alpestre, um horror de tragédia.

Os guias, falando alemão, francês, inglês, espanhol, italiano, quebravam logo o encantamento daquela mudez acabrunhadora. Dir-se-ia que a torre de Babel estava instalada ali. E, enquanto o disco do sol, subindo sobre os Alpes, iluminava a cordilheira e começava a diluir a treva que revestia as lombadas dos montes e forrava o côncavo dos vales, — os *ciceroni* iam indicando as cumeadas famosas: o Gœrnisch, o Scheerhorn, o Titlis, e não sei que mais nomes guturais e sinistros.

Mas, esmagado, fulminado, arrasado de assombro, com a garganta apertada como por um punho de ferro, com uma sensação de quase terror abalando todo o meu corpo, num sentimento de indizível e dominadora admiração, em que havia tanto de prazer quanto de sofrimento, — eu, sem ouvir o que se dizia em torno de mim, estava imóvel, procurando fixar na retina a impressão daquele espetáculo que nenhuma boca pode contar e nenhuma pena pode descrever. À hora do nascer do sol, o panorama do Rigi dá a ideia de um caos rutilante e apavorante, em que estivessem confundidas e baralhadas, entrechocando-se, num trabalho de formidável gestação, todas as forças vivas da Natureza...

Agora, antes de descer ao seio da formosa Lucerna, escrevendo estas linhas, vejo, pela janela do quarto do hotel, o planalto do Rigi. A encenação teatral reconquistou o seu domínio.

Nas barracas dos vendedores de alpenstocks e de bilhetes postais, os guias narram aos *touristes* espantados histórias horríveis de desastres. Pastorinhas, vestidas à moda da terra, vendem leite fresco em tarros de cortiça. As vacas domésticas (creio que ensinadas) vêm lamber os pés descalços dos pequenos montanheses que brincam sobre a relva. E passeia espetaculosamente, dando ao vento as suas longas barbas alvas, um velho guia, que, segundo afirma o dono do hotel, já subiu a todos os picos dos Alpes, e já escapou trezentas vezes de ser esmagado pelas "avalanches". Esse herói é uma curiosidade local: é alugado pelo dono do hotel, a três francos por dia...

(1904)

GUILHERME TELL

Guilherme Tell nunca existiu.

Isso é sabido, é certo, é incontestável. Frios e ferozes escavadores da História, sacerdotes rígidos da implacável verdade, carrascos inexoráveis da lenda, inimigos rancorosos do sonho, queimaram as pestanas no estudo, embranqueceram os cabelos na investigação, e disseram à Suíça: "O teu grande Herói é um mito! O teu povo, que, como todos os povos, é um exaltado poeta, criou essa história fantástica de um libertador abnegado: Guilherme Tell é um produto da fantasia popular. O episódio da maçã é uma fábula. E tu, nação forte e sensata, não podes viver sobrecarregada de lendas e fábulas!"

Assim falaram à nobre e sonhadora Suíça os sacerdotes da verdade histórica. Mas a nobre e sonhadora Suíça encarou com desdém as feias bocas desdentadas de que brotava essa heresia, e continuou a amar Guilherme Tell. E à medida que os historiadores inventavam argumentos, e exibiam provas, e demonstravam contradições cronológicas, — o povo ia lançando mais incenso dentro do turíbulo que ardia e arde diante da ara do seu herói: a poesia, a pintura, a escultura, a música, a religião, o patriotismo, todas as grandes forças criadoras da arte e da crença, mofando da indignação dos historiadores, foram pouco a pouco dando forma, existência real, espírito, vida completa e perpétua ao mito popular, — e opondo à afirmação categórica e justa dos escavadores outra afirmação mais categórica e mais justa: "Guilherme Tell existiu, — e existe!"

Porque, enfim, que é a verdade? É o que parece verdadeiro. Os nossos sentidos rudimentares ainda são, e serão, escravos da eterna aparência. Há estrelas, cuja luz leva séculos e séculos a chegar à terra: é possível que, no momento em que essa luz chega a ferir a nossa retina, já esses mundos estejam mortos e apagados. Que importa? As estrelas existem, — porque as vemos. A ousadia de afirmar ou negar cabe apenas a espíritos inchados de vaidade, que proclamam a sua própria infalibilidade, sem necessidade de conclave, e caminham pela vida, possuídos de orgulho e de certeza, afirmando que conhecem polegada a polegada a vereda do real, — até que quebram a cabeça contra um tronco de árvore, ou rolam ao fundo de um poço lamacento...

Não há, na Suíça, um vale, um campo, uma quebrada de montanha, uma pequenina abra de lago, um humilde cotovelo de riacho, uma cidade, uma aldeia, em que Guilherme Tell não viva. No lago dos Quatro Cantões, e nos seus arredores, cada recanto da paisagem é uma página do grande livro em que o entusiasmo popular escreveu a epopeia do afrontador de Gessler.

Perto de Erstfeld, sobre uma colina rochosa, os guias mostram as ruínas do castelo em que residia o duro Gessler. Mais adiante, em Burglen, num lindo vale, sombreado por um monte verde, nasceu e viveu o herói, — homem simples e forte, corpo e alma de montanhês. Um pouco mais além, em Altdorf, foi que se passou o epílogo da tragédia. Não se diz vagamente: "Foi aqui, nesta planície, que Guilherme Tell atravessou com uma flecha a maçã colocada sobre a cabeça do filho..." Não! Aponta-se precisamente o lugar, mostra-se com segurança e firmeza o quadrado de terreno em que ficou ajoelhada a criança, e o local de onde o montanhês atirou a sua flecha. Nesse lindo recanto da terra suíça, coberta de árvores copadas, o povo construiu uma capela; uma estátua do libertador domina a paisagem; numa velha torre, ao lado, guardam-se quadros, desenhos, esculturas referentes ao caso; e, todos os anos, em agosto, num teatro ao ar livre, cujos bastidores e panos de fundo são as mesmas árvores e a mesma encosta da montanha, representa-se aí o drama em que Schiller celebrou o augusto e belo episódio.

Outra capela, construída à beira do lago, no seu braço meridional, entre Sisikon e Fluelen, defronte da aldeola de Bauen, assinala o lugar em que o herói desceu do barco de Gessler. Nada é tão belo e comovedor como o aspecto dessa capelinha humilde, de tijolos vermelhos, com grandes vitrais simples, mirando-se, sobre a ponta de um rochedo, na água azul, que tem nesse ponto mais de duzentos metros de profundidade. Os vapores, que vão de Lucerna a Fluelen, deixam aí ficar, todas as manhãs e todas as tardes, bandos de peregrinos. Ninguém atravessa o lago sem visitar a *Tellsplatte,* abrigada pelas ramagens dos pinheiros e da nogueiras, sorrindo ao sol, — e dentro da qual, sobre a toalha alva que cobre o altar, há sempre flores frescas, depositadas pelas mãos de todos os visitantes.

Perto de Seelisberg, no prado do Rutli, três nascentes de água designam o lugar em que os libertadores da Suíça, completadores da proeza de Tell, juraram morrer pela causa da liberdade.

Mas a gratidão nacional não se limita a prezar o culto de Guilherme Tell e dos seus companheiros. Essa gratidão alarga-se, expande-se, abrange a memória de quantos souberam amar, defender e cantar o nome do grande homem. Junto de Brumen, não longe do sítio em que se eleva o pico do enorme Uri — Rothstock, vê-se, à beira da água, uma pirâmide de granito, — o *Mythestein.* De longe, quem viaja pelo lago vê, rutilar ao sol, em faíscas de ouro vivo, uma inscrição gravada sobre essa pirâmide; e, quando o vaporzinho se aproxima da margem, a inscrição surpreende e seduz, na sua comovida singeleza: "*A Schiller, cantor de Guilherme Tell, os cantões primitivos.*"

Assim, dr passo em passo, há para o estrangeiro, nesta região ridente e poética, a afirmação da existência do herói, — que é para os naturais do país um deus familiar, sempre vivo, sempre presente, um nume doméstico presidindo e protegendo com o exemplo e com a lição a pátria e o lar.

Para qualquer camponês dos cantões de Uri, de Unterwald, de Scwitz, de Lucerna, a existência — já não digo a existência passada, mas a existência atual — de Guilherme Tell é mais certa, é mais real, é mais incontestável do que a de qualquer dos calvos e cervejeiros sábios que ainda hoje negam a realidade do drama e do protagonista.

A água, o solo, o ar desta região estão cheios, impregnados, saturados do culto de Tell. E não raro, o *touriste,* dotado de imaginação e de instinto poético, que, pelas veredas montanhosas do Axenstrasse passeia, sentindo e gozando a poesia selvagem da mata, — julga entrever entre os troncos rugosos aquelas duas figuras que a gravura e a pintura têm tornado conhecidas e inesquecíveis em toda a face da terra: o montanhês, membrudo e alto, com a face enérgica enquadrada numa barba ruiva, carregando ao ombro o pesado arco de madeira, — e, ao seu lado, pequenino e formoso, o filho, encostando à cintura do colosso a cabeça loura, — aquela mesma encantadora e amada cabeça, que a crueldade de Gessler expôs a ser esmigalhada pelo dardo assassino...

Que importa, pois, a afirmação categórica dos historiadores? Também, já um historiador (a História tem os seus amigos ursos!) descobriu que o cristianismo é um mito solar, — em que Cristo é o sol, e em que os doze apóstolos são os doze signos do Zodíaco; e, mais recentemente, um maluco escreveu um copioso folheto para demonstrar que Napoleão nunca existiu...

A fronteira que separa a História da Legenda é ainda mais vaga e indeterminada do que aquela que separa a Razão da Loucura.

O fato é que, quando, na paisagem de uma região e no coração de um povo, se aprofunda, enraíza, aferra e vive uma lenda, transformada em religião, — essa lenda fica sendo uma luminosa, uma radiante, uma inapagável verdade.

Que dizem os historiadores? Que Guilherme Tell nunca existiu? Pois a Suíça e a Terra inteira afirmam que Guilherme Tell existiu, — e existe.

(1904)

LUTÉCIA

Tarde triste, de céu fechado, pesando sobre os escuros casarões da velha Paris.

Saindo do Louvre, atravesso o rio, pela ponte das Artes, e piso a margem esquerda, onde se refugiam, longe da vida tumultuosa dos grandes *boulevards,* o estudo e a pobreza, a vida tranquila dos que amam os livros.

Para lá da água turva do Sena, fica a barulhenta Cosmópolis, — sala de visitas da Europa e de toda a terra, — centro de reunião de todos os povos, onde se encontram e baralham todas as nacionalidades, todas as raças, todos os idiomas, todos os costumes, na confusão de Babel. Aqui, porém, estamos na Lutécia secular e veneranda, de cujo seio ancestral já em 1200 tinha surgido a Universidade, alma mater do pensamento moderno, onde todos os espíritos curiosos e ávidos de saber se vinham nutrir dos princípios da Escolástica.

Aqui nasceu, ou antes renasceu, dos destroços da civilização antiga, a civilização de hoje; — aqui, a Loba Latina, que amamentou Rômulo e Remo, se veio abrigar, quando escorraçada, pelos bárbaros, do reduto das suas sete colinas sagradas...

A poucos passos daqui, na Ilha da Cidade, eleva-se Notre Dame, como uma imensa nave ancorada no Sena, levantando as suas torres como esguios mastros, e esticando, à popa, como possantes remos de pedra, os seus góticos botaréus em arco recurvo. Mais longe, na outra margem, apunhala o céu a torre Saint Jacques. E, encravada no Palácio da Justiça dorme o vulto severo da Santa Capella... A vizinhança desses três monumentos, que são os remanescentes da Lutécia primitiva, dá a este lugar o caráter de um santuário. Santuário da tradição, da ciência, do estudo. A Universidade fragmentou-se, segmentou-se em vários corpos distintos: mas o seu vasto corpo dividido não ultrapassou o rio.

A Sorbonne, os Liceus, as Faculdades, as Escolas ficaram todas para cá do Sena, vivendo nos mesmos bairros pacíficos e silenciosos, nas mesmas ruas que serpenteiam entre edifícios negros, e cujo aspecto austero não é modificado pela alegria moça e irreverente dos estudantes e da *grisettes*.

A Ciência é nova, como são novas as folhagens que em cada primavera rebentam dos castanheiros, e como são novos os amores que animam as trapeiras em que os rapazes pobres estudam, os *ateliers* em que os *rapins* trabalham, as cervejarias em que Mimi e Musette continuam a consolar e encantar os boêmios de Murger. Mas toda essa florescência jovem de ideias e de sentimentos vive ainda agarrada ao velho tronco sacratíssimo do passado.

A ponte das Artes enfrenta o Instituto de França. Os anos têm ido depondo sobre a face desse sacrário das letras francesas os sinais indeléveis da sua passagem. Pesado e lúgubre, coberto de uma fúnebre cor de velho chumbo, o Instituto eleva no céu revestido de névoas a sua cúpula severa, — a famosa cúpula em que se vêm cravar todos os dias as flechas da ironia dos *novos*, mas debaixo da qual não há em toda a França, um só homem de letras que não ambicione obter uma cadeira... e a imortalidade.

Como sentinelas do sacrário, Voltaire e Condorcet, em bronze, sobre os seus pedestais de granito, cismam, imóveis e rígidos, com o olhar perdido ao longe: e, instintivamente, quem passa por ali diminui o andar e abafa o rumor dos passos, para não perturbar a meditação dessas duas vedetas da inteligência francesa, — desses dois demolidores do fanatismo e da intolerância...

Poucas carruagens, poucos ônibus vêm quebrar a quietude deste canto de Paris. Em frente ao Instituto, beirando o rio, partem, de um e de outro lado da ponte, os dois cais prediletos dos bibliófilos: o cais Conti e o cais Malaquais. É aqui o reino do *bouquin*, o império do livro. Sobre o largo parapeito dos cais alinham-se, a perder de vista, as caixas dos alfarrabistas. São feias e grosseiras caixas de madeira ordinária, pintadas de negro: mas já todas conservam apenas vestígios longínquos dessa pintura, — como a vaga saudade do tempo em que eram moças...

Velhos, como dias, são os livros encerrados no seu seio, à espera da visita do estudante modesto que procura um compêndio barato, ou da operária que vem à caça de um romance sentimental, ou do bibliófilo monomaníaco sempre à cata de um volume único, de uma edição primeva, de um manuscrito comido de traças, de um breviário da idade média...

No bojo dessas caixas anciãs, dormem em santa paz, lado a lado, entrerroçando fraternalmente as suas lombadas sujas, os mais desencontrados e disparatados produtos do engenho humano: os versos de um cançonetista de Montmartre fazem cócegas no vasto dorso das Taboas de Callet; um código antigo esmaga a prosa pretensiosa de Bourget; um missal, já sem capa, não cora com a vizinhança de um volume das Memórias de Casanova. E não raro, nesse misturado acervo de antigualhas e de novidades, aparecem verdadeiras preciosidades bibliográficas, transviadas por ali não se sabe como...

O revendão de livros é sempre também um homem velho, embrulhado em roupas incríveis, cheirando a mofo. Os fregueses — exceção feita dos estudantes e das *grisettes* — são todos figuras de outros séculos, trazendo sobrecasacas antediluvianas, cartolas fantásticas, cabeleiras grisalhas sobrando nas costas, sobretudos no fio, com as algibeiras pejadas de folhetos — como aquela imortal figura do *Colline*, de Murger, tipo clássico do erudito boêmio, que vive, envelhece e morre estudando, e de que são sem conta os exemplares espalhados pelo Quartier Latin.

O ar que se respira aqui, entre estes monumentos, entre estes prédios vetustos, entre estes livros empoeirados, não é o ar de Paris: é o ar de Lutécia.

Paris é a margem direita, com os seus palácios, com as suas avenidas, com os seus cafés refulgentes, com os seus hotéis luxuosos, com os teatros elegantes; Paris é o esplendor dos Campos Elísios, é o luxo do *Bois*, é a *blague* de Montmartre, é o delírio e a festa perpétua dos *boulevards*, é a futilidade do prazer, é a prodigalidade dos que vêm esbanjar dinheiro nessa vasta Feira das Vaidades...

Aqui, porém, vive e subsiste Lutécia, a cidade plantada à beira do *Sequanus* pela tribo dos *Parisii*, entre os quais já o conquistador Júlio César veio achar desenvolvido o amor das artes e das preocupações do espírito...

Passo a passo, numa lenta excursão respeitosa, sigo até o cais Voltaire, enveredo pela rua da Universidade, pela rua Jacob, pela rua Dauphine, parando diante das escuras lojas onde se vendem gravuras amareladas, bronzes azinhavrados, móveis decrépitos, velharias de toda a espécie, — circulo todo um largo trecho da urbe venerável, e venho parar de novo no cais Conti, diante da mole pesada e melancólica do Instituto.

A tarde vai caindo e morrendo, numa síncope lenta. Os alfarrabistas vão rareando.

O sol, quase a desaparecer, consegue romper as nuvens, e despeja um feixe de raios pálidos sobre a cúpula sagrada. Um bando de pássaros, destes alegres e familiares pardais de Paris, fugidos das Tulherias e do

Luxemburgo, vêm revoar em torno do zimbório, e sobre as estátuas de Voltaire e Condorcet. E, seguindo o voo jovial das aves, na luz suave do dia moribundo, cuido ver, nessa revoada, a eterna mocidade, a eterna inquietação do espírito latino sobre a velhice de Lutécia...

(1904)

OS PÁSSAROS DE PARIS

O título é talvez mal escolhido. Em Paris, há muitas espécies de pássaros: há, além do pardal, o tentilhão, o melro, a toutinegra, o pintarroxo, o pintassilgo, e muitos outros, muitos outros... Mas, de todos, só o pardal é, propriamente, o "pássaro de Paris". Este é parisiense legítimo, parisiense irredutível, da gema, como Gavroche, como Mimi, como Musette.

Paris está engastada dentro de um círculo de parques. A cintura verde da cidade, — Boulogne, Vincennes, Saint Gennain, Montmorency, Fontainebleau, — forma-se de vastas florestas, não florestas rudes, criadas pela força bruta da terra, mas filhas do trabalho do homem, civilizadas, plantadas e replantadas com amor e pertinácia, todos os dias varridas, plantadas, penteadas.

Nessas matas vivem multidões de inumeráveis sortes de aves. E como no interior da cidade não há bairro que não possua dois e três parques, todas essas aves invadem comumente o domínio urbano e vêm espiar o que fazem cá dentro os homens. Mas esses melros, esses tentilhões, essas toutinegras, esses pintassilgos, esses pintarroxos são visitantes, são ádvenas, são forasteiros: o pássaro de Paris é o pardal.

O pardal nasce, canta, ama, envelhece e morre dentro da sua cidade amada.

O pardal não compreende a vida fora de Paris. O pardal, nascido em Paris, não conhece os pardais de outras paragens. Para ele, o universo é este bocado de terra, que fica para cá das primeiras fortificações: para além, fica o mistério, fica o deserto, fica o Nada. O pardal é *chauvin*.

Quando vem o inverno; quando as árvores despidas de folhas bracejam no ar, como fantasmas, dentro de neblinas; quando a neve começa a cair; quando gela a água dos lagos e das fontes, — todos os outros pássaros fogem de Paris. Mas o pardal é como a *vieille garde:* morre, mas não se rende... nem foge.

Muitos não morrem: refugiam-se sob as telhas, sob as abas das chaminés, nas frinchas dos muros, sob a pala protetora das cornijas, nas rosáceas das igrejas, dentro das gárgulas. Passam miséria negra, fome atroz; as árvores estão nuas, as janelas estão fechadas, as crianças não vão merendar nos jardins... Mas há pardais que desbancam o Dr. Tanner, o Succi, todos os profissionais do jejum, — e que, à maneira dos faquires da Índia, conseguem vencer a animalidade, dominar as necessidades naturais, e viver apenas de resignação e esperança... Assim, enquanto a neve cai, e Paris, órfã da luz do sol, vive amortalhada nas névoas, — eles, mártires do seu bairrismo, definham e sofrem... Mas, à primeira estiada do mau tempo, ao primeiro sorriso da primavera, — que desforra! Ainda nos castanheiros não despontaram os primeiros gomos verdes, berços da folhagem futura, — e já os pardais, que resistiram ao frio, sacodem as plumas, abrem o bico, ensaiam o voo, e preparam-se para gozar, em redobrada ventura, a recompensa do que sofreram. Quanto aos que morreram, — morreram como heróis, no seu posto: morreram, mas não desertaram, não abandonaram o seio da sua gloriosa e amada cidade!

Está claro que o pardal de Paris não ama Paris desinteressadamente.

O amor é uma gratidão. Todos os entes vivos são mais ou menos egoístas. O pardal não é um santo: é uma criatura como todas as outras...

O pardal ama loucamente Paris, — porque Paris ama loucamente o pardal. Quando um parisiense diz "*nos moineaux*", a sua fisionomia ilumina-se, a sua voz adoça-se, os seus olhos riem. Um parisiense nunca diz: "*les moineaux*"; diz sempre: "*nos moineaux*".

O pardal é a ave tutelar de Paris; o pardal é o símbolo da alegria de Paris; e Paris tem mais do que o amor e o culto dessa ave: Paris tem "a superstição do pardal". Nunca se viu, — mas nunca jamais! — entre os três milhões de criaturas, que aqui vivem, aparecer uma só capaz de atirar uma pedra contra um pardal: o energúmeno, que fizesse isso, seria aferrolhado dentro de um hospício, — se não fosse linchado na praça pública.

Em todos os jardins de Paris, há pequenas barracas em que se vendem pães, biscoitos, guloseimas. Toda a gente vai gastar todos os dias um *sou* nessas barracas: é o imposto devido ao pardal, é a contribuição de cada um para a alimentação do pardal, é a oferenda sagrada que a "religião do pardal" impõe a todos os seus crentes.

Sobre os relvados de cada jardim, revoam a todo o instante nuvens dessas aves ditosas. Dizem as estatísticas que Paris tem três milhões de habitantes... Oh! A estupidez das estatísticas, que deixam de parte os pardai ! Contando os pardais, Paris tem cinquenta milhões de almas! E é preciso contá-los: porque o pardal de Paris é uma criatura social, civilizada, que não foge ao convívio humano, que não tem medo do animal *homo*. O pardal sabe que, em Paris, a sua vida não corre perigo; e, em minha humilde opinião, em cada um dos pequeninos cérebros dessas aves, existe a ideia fixa, inabalável, segura da imortalidade, da soberania, da inviolabilidade, da supremacia da raça dos pardais.

O pardal de Paris tem um artigo de fé: "A terra foi feita para uso e gozo dos pardais; e todos os entes, a quem a Natureza não deu a honra e a glória de ser pardais, foram criados unicamente para servir os pardais!"

Às vezes, cansados da frescura dos jardins, esses garotos alados vêm espairecer pelos grandes *boulevards:* visitam os castanheiros, pousam nos postes da iluminação elétrica e reúnem-se sobre os toldos dos cafés, de onde ficam a mirar a passagem dos carros, o desfilar dos *omnibus,* a ostentação das *toilettes* ricas... E, quando verificam que tudo vai bem, que os *boulevards* estão cheios de gente, que o dinheiro de toda a terra continua a sustentar a prosperidade de Paris, — voltam para as suas árvores, e para os seus canteiros, onde lhes não faltam pedaços de pão macio, de bolos açucarados, de frutas saborosas.

Há em Paris uma profissão singular: a "dos professores de pardais". Um desses sujeitos passa todas as suas tardes nas Tulherias, em companhia dos pássaros. Há outro que trabalha no jardim do Palais Royal, e outro que exerce a sua profissão no jardim do Luxemburgo.

Mas o das Tulherias é o mais popular. Esse homem é uma das curiosidades de Paris. Perguntar: "Já foi ver o professor dos pardais?" é aqui tão comum como perguntar: "Já foi ver o túmulo de Napoleão?" ou "Já subiu à torre Eiffel?"

O professor dos pardais das Tulherias é um homem de cinquenta anos, mais ou menos, de fisionomia simpática, sob uma basta cabeleira grisalha. É baixo, magro, leve: o seu andar é miúdo e ligeiro, — como um andar de pássaro; e há também alguma coisa de pássaro na sua face, — no nariz adunco, no piscar dos olhos apertados, no queixo fugitivo. A convivência dos pássaros deu-lhe um caráter indeciso, intermediário, equívoco, — entre homem e ave.

Não pode haver, para um poeta, espetáculo mais cativante e enternecedor do que o das relações desse homem privilegiado com os pardais.

Às três horas da tarde, pontualmente, o professor chega ao jardim e instala-se no seu posto habitual, não longe da dupla rampa que vai ter à praça da Concórdia. Os seus amigos e discípulos, os pardais inteligentes e solícitos, acorrem todos para saudá-lo, numa revoada ansiosa. Forma-se logo, em torno do professor e dos alunos, um círculo de espectadores. E o espetáculo começa.

Cada um dos discípulos tem um nome. Este é *Garibaldi,* aquele é *Napoleon,* aquele outro é *Guguste.* Um é *Poit-au-bec,* outro é *Patte-en-t'air,* outro é *Piou-piou.* A brigada tem uma disciplina sem par. Quando o professor chama *Garibaldi,* é *Garibaldi* o único que se adianta, seguido pelo olhar invejoso de todos os outros. Quando o professor, atirando longe um pedacinho de pão, diz: "*Voilà pour toi, Napoleon!*", nenhum dos outros se atreve a disputar a *Napoleon* essa dádiva generosa do mestre. Depois, começam as evoluções militares: "*Poil-au-bec au centre! Guguste à droite! Piou-piou à gauche!*" — e todos eles, num pipilo inquieto, vão tomando os seus lugares, em ordem, com uma concentrada atenção que lhes arrepia as penas. Depois, há um bailado. A principal figura é *Patte-grise,* que é mulher, e forma o centro da roda, dando uns saltinhos cômicos, que contrastam com a serenidade da sua face imperturbável... Depois, há a ordem de debandar e o regabofe: uma chuva de pedacinhos de pão, e toda a brigada, numa algazarra festiva, cai sobre o banquete opíparo, — enquanto o mestre, que também precisa de comer para viver, vende aos espectadores bilhetes postais ilustrados...

Os milagres do carinho, os prodígios que o amor e a paciência operam!...

Há em Paris cem mil indústrias e profissões. Mas não conheço outra indústria tão bela, outra profissão tão doce do que a deste adestrador de pardais, pedagogo das criaturinhas aladas, — obscuro e humilde *camelot* em que vive a gloriosa bondade de um São Francisco de Assis.

(1904)

APÓLICES

Encontraram-se uma vez, na avenida, à tarde, o Cético e o Ingênuo.

Este último, à porta de um café, olhava melancolicamente o chão, e contava com a biqueira da bengala as pedrinhas brancas e pretas da calçada, quando o outro, que passava, lhe veio interromper a triste meditação.

E entraram a conversar. Falaram do povoamento do solo, de Coquelin, da batalha de flores, do cometa, das manobras em Santa Cruz, de outras muitas coisas alegres e tristes. Mas o Ingênuo conservava na face um véu de melancolia e desânimo: dir-se-ia que se lhe haviam apagado na alma essa confiança antiga e essa doce inocência, que são, neste baixo mundo, o apanágio dos felizes e dos tolos.

O outro acabou por notar essa preocupação, e espantou-se:

— Você hoje tem coisa que o aborrece... Que é? Está passando mal do estômago? Descobriu alguma traição da mulher amada? Perdeu o emprego?

— Não! Perdi outra coisa, mais preciosa...

— Alguma joia?

— Perdi a confiança na Apólice!

— Ah! Verificou que entre as suas apólices há algumas falsas?

— Não sei. E este não saber é que me oprime... Perdi a confiança! Saiba você que eu fui criado no respeito, no culto, na veneração da Apólice. Era pequenino, e ouvia em casa conversas longas entre meu avô, minha avó, meu pai, minha mãe, — conversas em que a palavra Apólice soava com um prestígio de feitiço. A voz deles, quando pronunciava essas quatro sílabas, inchava, crescia, adquiria um timbre metálico, falando por eles; esse proparoxítono era uma cascata de ouro: a antepenúltima sílaba estrondava, como a queda retumbante e fulgurante do metal precioso, e as duas últimas estendiam-se, espraiavam-se, remansavam-se, tinindo... Assim, a Apólice sempre foi para mim um nume, uma divindade. Herdei algumas, adquiri outras. De seis em seis meses, ia exigir do Estado os juros que me eram devidos; o Estado pontualmente pagava a sua dívida; e, regressando à casa, com a algibeira aquecida pela presença daquele dinheiro, filho das Apólices, eu sentia crescer cada vez mais, dentro de mim, a veneração que me inspirava essa instituição sagrada da Apólice, — propriedade fenomenal e milagrosa, que dá árvores sem ser terra, e dá frutos sem ser árvore... E, de repente, zás! Cai um raio em cima da minha fé, e vejo o meu ídolo por terra, desfeito em reles poeira... Porque, enfim, aparecem tantas Apólices falsas, que a gente tem o direito de perguntar se porventura ainda haverá por aí Apólices verdadeiras!

— Talvez haja. Deve ainda haver algumas, poucas... Mas é de crer que em breve essas poucas desapareçam; e, então, todas as Apólices serão falsas, e continuarão a dar juros, e toda a gente será feliz. O futuro da humanidade é o artificialismo: dia virá, em que tudo será falso!

— Ai de mim! Perder a confiança no valor das minhas apólices! Estou na situação desgraçada do homem apaixonado, que pela primeira vez desconfia da fidelidade da mulher a quem confiou o seu amor, o seu nome, e a sua honra. E digo como Otelo: “É melhor ser completamente enganado, e ter a inteira consciência do engano, do que conceber a vaga suspeita que envenena a vida...” Agora, já não posso pensar nas minhas apólices sem desconfiar delas! Creio, amigo, que a pena de morte deveria ser restabelecida para castigar os falsificadores dos fundos públicos! Haverá crime maior do que o dos moedeiros falsos?

— Antigamente, era esse o crime terrível e máximo. Você já leu a Divina Comédia?

— Aos pedacinhos...

— Como eu... Dante, para mostrar quanto ódio devem merecer os falsificadores de dinheiro, instalou-os no fundo do Inferno, na décima e última caverna do oitavo círculo, nadando num lodo inflamado, e atacados de hidropisia, sofrendo uma sede inextinguível e insaciável, arrastando os ventres inchados, duros e ressoantes como imensos tambores... Mas, outros tempos, outras ideias! Os falsários já não inspiram hoje o antigo horror: muitos deles morrem opulentos, felizes, cobertos de honras, cercados de respeito; e, depois de mortos, como deixam muito dinheiro para missas, vão em linha reta para a décima e última caverna do oitavo círculo do... céu! Como há de odiar os falsificadores do dinheiro uma sociedade que pratica e preza, acima de tudo, a falsificação? O padeiro falsifica o pão, o vinhateiro falsifica o vinho, o político falsifica as eleições; até os entes vivos são falsificados: os vendedores de aves pintam de vermelho a crista dos perus velhos, que são vendidos como perus adolescentes... E que fazem comumente homens e mulheres, senão falsificar a Natureza, pintando as barbas e os cabelos, usando dentes postiços, enchumaçando as roupas? O artificialismo está dominando o mundo. Veja você esta bela avenida, tão povoada de admiráveis palácios... Quer saber uma coisa? Nada ouso afirmar, mas ando desconfiado... Suspeito que alguns desses admiráveis palácios, que ninguém aluga, estão ai apenas “para inglês ver”: são talvez de papelão pintado... Tudo está ficando falso no mundo, meu amigo!

— Isso não me consola! Deixe-se de paradoxos, e dê-me um conselho. Você, com essa sua superioridade experiência da vida, com esse providencial ceticismo que tão fortemente o encouraça contra as surpresas e as ciladas da adversidade, diga-me! Que hei de fazer do meu dinheiro? Em que devo empregá-lo? Porque, decididamente, não quero mais apólices: cada uma delas tem agora para mim a aparência de uma mulher de má vida, e eu não quero que a minha casa seja uma casa de tolerância. Que devo eu fazer do meu dinheiro? Já deliberei comprar prédios!

— Os prédios podem ser de papelão; e, ainda quando sejam de pedra e cal, correm o risco dos incêndios.

— Que diz você do comércio?

— Hum! A falências...

— E da lavoura?

— Há os gafanhotos, as geadas...

— Talvez a indústria...

— E as greves?

— Vou pôr todo o meu dinheiro num banco!

— Os bancos quebram...

— Mas, então, só tenho um recurso; vou reduzir toda a minha fortuna a notas de quinhentos mil réis, e aferrolhá-las numa arca!

— As notas serão falsas... E, além disso, é preciso contar com os ratos: os ratos gostam muito de notas de quinhentos mil réis, e tanto se lhes dá que sejam verdadeiras como que sejam falsas.

Jesus! Que hei de então fazer? Como hei de aproveitar o meu dinheiro?

— Meu bom amigo, só há um meio de aproveitar bem o dinheiro: é gastá-lo. Meta o pau nessa fortuna, que tantas dores de cabeça lhe dá! Esbanje essa riqueza, que lhe tira o sono e o apetite!

— Mas, depois? Ficarei pobre...

— Ser pobre é ser feliz. O homem feliz é aquele que pode imitar o caramujo. O caramujo traz às costas a própria casa, não tem apólices, não tem dores de cabeça; e, quando viaja, vai dizendo alegremente: "*Omnia mecum porto!*" Quem disse isso, pela primeira vez, não foi um caramujo: foi o filósofo Bias, um dos sete sábios da Grécia. Mas pouco importa: é uma frase digna da boca de caramujo. O caramujo é um grande sábio!

— Mas, afinal, eu sou homem, e não posso, no fim da vida, transformar-me em caramujo!

— Tudo se consegue neste mundo com boa vontade e paciência. Quer aproveitar o seu dinheiro? Gaste-o, esbanje-o, deite-o pela janela fora!

— Por que é que você não faz o mesmo com o seu?

— Perdão! Eu não sou obrigado a pôr em prática os conselhos que dou aos outros... Você já viu alguma vez um boticário tomar um remédio da própria botica?

(1909)

DEZEMBRO...

Em uma das primeiras noites deste cálido dezembro, dois velhos amigos, sob as velhas árvores do Passeio Público, passeando e conversando, deixaram a conversa enveredar para o capítulo das saudades. Unidos, desde a adolescência, por uma estima recíproca, a que sofrimentos e triunfos comuns deram uma solidez de diamante, esses dois homens começaram a remexer o passado, a reviver sensações mortas, a exumar sonhos defuntos, — até que um deles, querendo sacudir a tristeza, gracejou:

— Dir-se-ia que estamos num cemitério... Que tema este de conversa, para uma noite tão linda, tão cheia de estrelas e de perfumes, entre estas árvores, que são as primeiras a dar-nos lições de alegria!

— Que quer? É a influência de dezembro... Eu nunca pude ver chegar este mês de dezembro, sem sentir um aperto no coração. Nunca, — é um modo de dizer: até os trinta anos, ainda dezembro me punha na alma um reverdecer de primavera: agora, porém, quando o vejo chegar, tenho vontade de me vestir de negro...

— Mas dezembro é o mês das alegrias.

— Para nós, dezembro é o mês das saudades. Não há criança e adolescente, que o não amem, — mês dos exames, das férias, dos prêmios, das suaves festas cristãs, dos alegres folguedos do Natal. Mas, para os que já vão descendo a encosta que se precipita para o vale negro da morte, — dezembro é o mês das recordações pungentes, das desesperadas recapitulações de um passado sempre sedutor. *Nessun maggior dolore...*

— Musset já respondeu, com felicidade, a esse terceto desconsolado:

> *"Dante! Pourquoi dis-tu qu'il n'est pire misère*
> *Qu'un souvenir heureux dans les jours de douleur?*
> *Un souvenir heureux est peut-êlre sur terre*
> *Plus vrai que le bonheur!..."*

Não! A verdade, a triste verdade é a que se lastima e soluça no maravilhoso terceto que o poeta divino pôs na boca da mísera Francesca:

> *"... nessun maggior dolore*
> *Che ricordar si del tempo felice*
> *Nella miseria..."*

Por mim confesso que nunca achei nas minhas saudades o divino sabor que o velho Garrett achava nas suas: a saudade é sempre o desespero, é sempre o arrependimento, é sempre o remorso de não ter sabido aproveitar todos os bens da vida, gozando todos os prazeres físicos e intelectuais que ela tão generosamente oferece a quem tem mocidade e fé. Para prezar e abençoar um sofrimento, consolando-o com a recordação dos bens perdidos, — é preciso não ser homem, é preciso ser santo: os santos resignam-se; os homens lembram-se e sofrem. Ah! Se, nesta idade, ainda pudéssemos acreditar que existe um *Papá Noel,* benévolo e risonho, saltando de telhado em telhado, na linda noite de Natal, e dando bonecos às crianças, e amores moços aos corações dos velhos!

— O *Papá Noel* existe, ou pelo menos existiu para nós. Quem muito amou, não perdeu o seu tempo. Lembre-se você dos amores que já lhe alvoreceram na alma em dezembro: esses amores foram os bonecos, os brinquedos, os presentes que o velho *Noel* deu ao seu coração...

— Sim! Mas nós quebramos e destruímos os nossos amores, com a curiosidade estúpida de saber o que havia dentro deles, como as crianças quebram os seus polichinelos... E, depois, na mocidade, não há quem saiba dar valor aos bens da vida. Agora é que eu os queria, esses amores e esses sonhos, — agora que sei quanto eles valem...

Pelas alamedas do jardim, passavam grupos de moças, palrando e rindo; aqui e ali, via-se um casal, muito unido, num segredar sussurrado.

— Meu pobre amigo! Disse o menos descontente e o mais resignado dos dois, é preciso ter a dignidade de suportar o jejum, quando os banquetes faltam...

— Mas é justamente a isso que eu não me posso resignar. Só se resigna a morrer quem não ama a vida. E eu amo loucamente a vida! Não nasci para morrer: nasci para viver! E parece-me uma infinita, uma imperdoável, uma satânica injustiça que eu tenha de perder a vida precisamente quando a conheço!

— Não sei... Creio que você exagera. Com os seus cinquenta e oito anos...

– Cinquenta e quatro, meu caro, cinquenta e quatro!

— Vá lá! Com os seus cinquenta e quatro anos, você não pode ter dentro do sangue essa lava de desejos.

— Como você me conhece mal! Eu comparo a minha velhice à luz de uma tarde de verão, — dessas que só se veem no nosso firmamento. É uma luz que não quer morrer, uma luz que se agarra desesperadamente a tudo, e que, como os tísicos irremediavelmente condenados, loucamente se atira ao prazer, amando e chorando, aproveitando com febre os derradeiros instantes da existência: expelida das furnas, apega-se ao vales; rechaçada das rechãs, segura-se aos píncaros das serras; espancada dos montes pela noite que cresce, refugia-se nas nuvens; e já a treva cobriu toda a terra, e ainda essa luz, recalcitrante e teimosa, tinge vagamente o céu todo povoado de estrelas... Eu sou assim! Somente agora me sinto capaz de amar e de ser amado. Que amor pode ter à terra o arbusto que cresceu em um ano, e ao qual um ano bastará para o levar do mistério do nada à surpresa da vida? Que amor pode ter ao Amor a vida que ainda não se conhece a si mesma? Agora é que eu sei amar, agora é que eu quero amar!

E entre os grupos, que passavam espantados e curiosos, vendo gesticular aquele homem de barbas brancas, — o desesperado falava alto, abrindo os braços, como se quisesse abraçar as árvores, as lindas mulheres que passeavam, todo o jardim, toda a natureza, toda a vida...

O companheiro, um pouco vexado, tomou-lhe o braço, e conduziu-o por uma rua mais escura, entre os renques das árvores, à beira do lago:

— Você está hoje um pouco febril. Calma! Não esqueça que dezembro é o mês das férias: você precisa de dar férias ao seu coração...

— Nem férias, nem aposentadoria! Hei de morrer protestando contra a velhice! A velhice... conhece você uma palavra mais feia, mais triste, mais repugnante? Velhice... É uma palavra mole, viscosa, ignóbil, como uma lesma...

(1908)

OS CÃES

Sei de uma rua do Rio de Janeiro, que era, até há bem pouco tempo, o Paraíso dos Cães.

É uma rua tranquila, não muito rica nem muito pobre, aberta no coração de um arrabalde pacífico. Entre os grossos calhaus que a calçam, cresce livremente o capim. Não passam bondes por ela; os tílburi são raros e, quando aparecem, chamam toda a gente às janelas; caleças e coupés, creio que nunca deram por ali um ar da sua graça.

As casas dessa rua são limpas e bonitas, com os seus pequenos jardins e as suas chácaras umbrosas: ao cair da tarde, as roseiras e os jasmineiros embalsamam o ar, e a voz abafada de um ou dois pianos acompanha suavemente a agonia do sol. Os moradores são pacatos: vêm à noite sentar-se à porta, em cadeiras de vime, e calmamente conversam até a hora do chá. Às 10 horas, trancam-se os portões de ferro, apagam-se as luzes, e toda aquela boa gente vai dormir, com a consciência satisfeita e sem remorsos.

Essa rua é, em suma, um seio de Abraão: nem rixas, nem assaltos, nem crimes. O guarda-noturno, que a vigia, está engordando fenomenalmente, por falta de trabalho...

Atendendo à perene calma que reina nesse lugar, não é de espantar que todos os cães do bairro tenham feito dele o seu predileto ponto de reunião.

Cães de guarda, cães de luxo, cães vagabundos, cães de vários pelos e de vários tamanhos, uns gordos, outros magros, uns bonitos, outros feios, uns com coleira, outros sem coleira, mas todos felizes, amigos, prezando a liberdade e a vadiação, — tinham ali a sua *ágora*, o seu *fórum*, o seu ginásio: ali se reuniam, ali folgavam, ali dormiam a sesta, ali trocavam ideias, ali tomavam as suas deliberações coletivas, ali discutiam os interesses da classe.

Aquela rua era o falanstério dos cachorros... Fourier, se a visse, teria a satisfação de ver, realizada por cachorros, a bela ideia que não viu realizada por homens. Ali, de fato, de acordo com a doutrina fourierista, capital, trabalho e talento eram comuns. E, todos os dias, aumentava o número dos rafeiros falansterianos, porque cada vez se dilatava mais a fama daquele retiro sossegado, onde faltavam fiscais e sobravam ossos. Vinham, todos os dias, de bairros afastados, novos cachorros, atraídos pela boa reputação do lugar: e certa vez, às duas horas da tarde, pude contar mais de quarenta sabujos, em doce camaradagem, cheirando-se mutuamente, ou retoiçando no capim fresco.

E que harmonia perfeita, e que paz inalterável! Discussões políticas, (se é que os cães tratavam disso) corriam ali sem tiros de revólver, sem murros, sem desaforos; os ossos, que apareciam, eram disputados sem atropelo, com calma e correção de maneiras; não havia intrigas, nem maledicências, nem boatos pérfidos cochichados de ouvido a ouvido. Só o Amor, o soberano Amor, conseguia às vezes perturbar aquela paz edênica... Aparecia, às vezes, por lá, uma esquiva cadelinha, de pelo bem tratado, com uma fita cor-de-rosa ou azul em torno do pescoço fino, — e havia então surdas rosnaduras, latidos roucos, uivos impacientes: mas o· barulho cessava logo; a cadelinha faceira, com a sua sedução complacente, restabelecia a harmonia no campo de Agramante, e os mastins enamorados confraternizavam de novo.

Ó Fourier! Ó sonhador do comunismo e da paz entre os homens! Se pudesses ver, ainda há bem pouco tempo, aquele falanstério, — a tua alma sorriria, num triunfo, cheio de orgulho e alagada de jubilo!

Ora, ontem, passando por essa rua, quedei espantado...

De lado a lado, de extremo a extremo, não viram os meus olhos um só daqueles antigos habitantes da comuna canina. Vários ossos, já meio roídos, jaziam no chão...

Conclui, de mim para mim, que os fiscais da Prefeitura tinham feito uma *razzia* na cainçalha. E, apesar de não ser grande amigo de cães nem de outros quaisquer bichos ferozes ou mansos, não pude deixar de melancolicamente lamentar a trágica sorte daqueles velhos conhecidos.

Mas, de repente, ouvi um uivo abafado, seguido logo de outros: e vi que, em cada portão de casa, apontava um focinho inquieto, sondando a rua. Todos os cachorros estavam recolhidos, postos de cautela, mostrando fora de casa apenas a cabeça assustada, com os olhos fixos e o orelhame trêmulo. E não havia portão ou porta que não abrigasse um dos falansterianos: de espaço a espaço, via-se brilhar um par de pupilas espertas, sobre umas ventas espantadas.

À porta de uma das casas, na sua cadeira de vime, estava um bom homem, desfrutando a fresca da tarde. Interroguei-o:

— Que há de novo entre os cães, amigo?

— Há o diabo, meu caro senhor, há o diabo! Desde que começou a apanha, esses pobres animais andam numa tortura...

— Não saem de casa?

— Não saem de casa os que têm casa... Os outros, os que moravam longe, vieram aqui um dia, conversaram rapidamente com os nossos, foram-se, e nunca mais apareceram. Os nossos não saem de casa. Aquele, que se atreve a sair um momento, atravessa a rua como um relâmpago de quatro pernas, e volta logo a ocupar o seu ponto estratégico, na soleira do portão.

— Com certeza, — disse eu ao bom homem — andou por aqui a carroça da apanha, e eles ganharam-lhe medo...

— Não, senhor! Por aqui não andou carroça nenhuma!

— Nenhuma?! Mas então como souberam estes cães que os fiscais andam perseguindo a sua classe?

– Não sei. Souberam... pelos outros! São mistérios!

Sim! São mistérios. A vida está cheia de mistérios.

Naturalmente, nós, os homens, com a nossa imensa vaidade, estamos convencidos que a inteligência é um monopólio nosso. Quando nos vemos obrigados a reconhecer que os cães têm uma faculdade de compreensão, chamamos a essa faculdade "instinto", como se o eufemismo resolvesse a questão... Por isso é que muita gente há de rir das cogitações que me estão preocupando atualmente.

O que é certo é que, de ponta a ponta da cidade, não há cão que não esteja informado da guerra que estamos fazendo à sua raça.

Se as gaiolas da Prefeitura ainda não saíram do centro da cidade, como explicais que já os cachorros do Meyer, do alto da Gávea, da Tijuca, de Jacarepaguá, de Campo Grande e de Inhaúma estejam inteirados de todas as particularidades do serviço da apanha?

Por toda a parte, em todos os bairros, a canzoada está alarmada: é um tremer de focinhos, é um abanar de orelhas, é um sacudir de caudas, é uma angústia sem nome!

Ride-vos à vontade! Mas estou convencido que os cachorros têm uma vida social organizada, os seus clubes, as suas cooperativas, a sua polícia, os seus *secretas*. Estou firmemente persuadido que, no mesmo dia em que se iniciou a perseguição, a pavorosa notícia, passando de focinho a focinho, chegou ao conhecimento de toda a cainçalha!

Quem sabe se os cachorros não têm os seus "jornais falados", os seus redatores-chefes, os seus *reporters*, os seus noticiaristas?

Entre os homens a possibilidade de transmissão do pensamento à distância é um fato que já ninguém nega. A telegrafia psíquica existe. Contam historiadores sérios que, no mesmo dia em que César invadiu as Gallias, pelo extremo sul, os gauleses que habitavam, no extremo norte, a Armórica e a ilha de Seyne, tiveram notícia da invasão.

E Lesseps conta que, em março de 1833, no sul da Tunísia, o emir de Gabés conheceu o conteúdo de uma carta escrita pelo emir de Sfax, no mesmo dia em que essa carta foi escrita, — sendo preciso notar que entre Gabés e Sfax havia sete dias de viagem...

Por que é que os cães, que têm muito mais faro do que nós, não hão de possuir a sua telegrafia psíquica?

Ride-vos à vontade! Mas, com tudo isto, nesta celeridade com que todos os perros, rafeiros, galgos, molossos, mastins, dogues e sabujos do Rio de Janeiro souberam da calamidade que os ameaçava; nesta rapidez com que a notícia medonha correu todos os acampamentos caninos; nesta prontidão com que os cães de guarda e cães fraldiqueiros se puseram a panos, diante do perigo, — em tudo isto há um mistério...

Só Deus sabe que inflamados e terríveis artigos de fundo têm os cães escrito nos seus jornais, contra a Prefeitura!

Só Deus sabe que ardentes discursos, em escaldados *indignation-meetings*, têm sido pronunciados pelos grandes oradores da raça, por aqueles que nasceram com o perigoso e incendiário dom da facilidade da palavra!

Só Deus sabe que conluios, que confabulações, que complicados planos de defesa ou vingança, que cabalas, que maquinações estarão tramando os mastins perseguidos, pela calada da noite, nos morros em que se refugiaram, com a alma cheia de espanto e as caudas sacudidas de medo!

Mistérios... Quase tudo é ainda mistério na vida humana: — que outros mistérios, mais escuros e indecifráveis, deve haver na vida canina!

(1907)

O *SPORT*

Uma vez, como eu tivesse escrito algumas linhas sobre a projetada criação de um parque de tiro aos pombos no Rio de Janeiro, comecei a receber uma grande quantidade de cartas, umas favoráveis e outras contrárias à criação do parque, — mas todas discutindo o caso com inflamada paixão.

Convém dizer desde já que a notícia não tinha fundamento. Não se tratava de tiro aos pombos, mas de tiro aos pratos... Não sei bem em que é que consiste esse divertimento: creio que é um desporto extravagante, em que o vencedor do torneio ganha, em vez de uma coroa de louros, o título de Cincinato-Quebra-Louça. Mas fiquei contente com a contestação; pouco me interessa que os atiradores devastem todas as lojas de louça do Rio de Janeiro, contanto que não devastem os pombais. A mania de rebentar a tiro algumas dúzias de pratos por dia é um gozo inofensivo, que protege a indústria dos oleiros e dos louceiros; ao passo que o tiro aos pombos é a prática de um assassínio frio e covarde, um gozo perverso e malsão, indigno de homens civilizados.

O que mais me interessou, porém, por ocasião deste incidente, foi a verificação do quanto as questões de *sport* impressionam e preocupam os homens do nosso tempo.

Não é possível escrever uma linha defendendo ou malsinando tal ou qual *sport,* sem provocar um largo movimento de aplausos ou de contestações. É lícito dizer que metade da população se interessa por tal assunto. Só no Rio de Janeiro há quatro ou cinco revistas desportivas. Os clubes não têm conta. Todos os jornais mantêm seções dessa especialidade, pejadas de notícias sobre a natação, a esgrima, as corridas, a velocipedia, o automobilismo, a canoagem, o *foot-ball,* a luta romana.

E não se trata de uma mania nossa. É uma mania universal. Suponho que até nos planaltos do Tibete e entre os gelos dos polos já existem *sports* e *sportmen*... Parece que toda a gente contemporânea, cansada e envergonhada de ser fraca e mole, de não ter sangue nem músculos, e de viver comprometendo a sorte da espécie, — procura recuperar a saúde perdida, na ânsia febril de quem se sente morrer e luta desesperadamente com a morte.

Ainda anteontem, um jornal da tarde tratava longamente dos grandes torneios de Jogos Olímpicos, que se vão realizar em Montevidéu, sob a proteção *e* a presidência do presidente da República Oriental. Creio que vários campeões brasileiros já se preparam para representar o Brasil nessa grande festa da força e da agilidade: e não seria demais que o governo subvencionasse essa representação.

Jogos Olímpicos...

É impossível escrever ou ler essas duas palavras, sem evocar a idade de ouro da humanidade, no berço daquela Grécia divina, cuja misteriosa e indizível saudade arde perpétua, por um milagre psíquico, na alma de todo o homem que pensa. Tal é o prestígio das coisas da Hélade antiga, que cada um de nós, fechando os olhos, vê reproduzirem-se todo o cenário, toda a gente, toda a história, todos os costumes dessa remotíssima idade. É que cada um de nós, artistas e poetas, sempre tem dentro da própria alma um pouco da alma da gente do Peloponeso...

Os Jogos Olímpicos da velha Hélade!

O céu azul encurvava-se, amoroso e alegre, fúlgido de sol, sobre a arena que se dilatava, num imenso quadrado, cercada de pórticos alvos. Fora da área dos jogos, ficavam as piscinas de mármore. O barulho da água corrente cantava perto. Homens de carne moça, de fortes músculos endurecidos pelo exercício violento, — gente sóbria, que se alimentava com um ponhado de azeitonas, uma sardinha e um pouco de água pura, — saíam nus do banho, dando aos beijos do sol os corpos apolíneos, esfregavam-se com almofaças de pelos ásperos, untavam a pele com óleos aromáticos, e em três saltos felinos chegavam à arena...

Sobre os degraus de pedra do anfiteatro, a multidão esperava em silêncio, a cabeça descoberta, os pés em sandálias de couro, com uma simples túnica sobre o corpo. No centro, os juízes, coroados de louro e carvalho, numa atitude de deuses, deixavam cair, arrastados no pó, os largos mantos de púrpura. E um arauto, perto deles, esperava o nome do vencedor para o anunciar, pela fanfarra da sua voz retumbante, à assembleia, ao país e à glória.

Eram, primeiro, as corridas a pé, derredor do estádio. Os pés firmes batiam a terra numa cadência triunfal. Uma nuvem de poeira dourada cobria, irizando-se ao sol, a massa humana que voava. Depois, eram as corridas de carros: as leves bigas e as pesadas quadrigas, tiradas por cavalos em pelo, disparavam num estridor de patas e ferragens... Depois, a multidão agitava-se, esmagava-se, pisava-se, ansiosa: e o exercício do pentatlo começava.

Firmavam-se os atletas em pontas de pés, encurtavam o corpo aprestando-o para o salto, contraíam todos os músculos; e de repente, como arcos dobrados que se distendem violentamente, rompiam do solo com a impetuosidade de molas de aço e arrojavam-se gloriosamente para o ar. E essa ascensão entusiasmava a multidão: os espectadores viam ali a subida vitoriosa da raça para a perfeição divina, para o seio do Olimpo, para a glória da imortalidade...

Os escravos traziam então os discos e os dardos. Bíceps de bronze inchavam em braços de mármore. As garrochas finas e agudas partiam, silvando, zunindo, e cravavam-se fundo no alvo, com uma palpitação em todas as suas plumas; e o rumor claro dos discos entrechocados cantava no ar.

E, subitamente, dois moços, grande e belos, mediam-se com os olhos, estirando os braços apertados em braçais de couro, e amplexavam-se. Um silêncio ansioso pairava sobre o circo: e nessa mudez completa da multidão, soava alto o resfôlego dos lutadores, cujos corpos estreitamente unidos oscilavam. Os seus ossos estalavam; o chão da arena tremia ao peso do combate de semideuses. E quando um deles caía, ofegando sob o joelho do outro, — para o claro azul do céu deslumbrante subia, como o bramir de uma tempestade, a aclamação da assembleia. O nome do herói, repetido por vinte mil bocas, voava a todos os confins da Grécia; e o vencedor dos Jogos Olímpicos, empunhando um ramo de oliveira, caminhava em triunfo para a sua cidade natal...

Formosa e ofuscante visão!

Como há de ela reproduzir-se realmente, nesta triste idade moderna? Ninguém espera que os Jogos Olímpicos de Montevidéu, este ano, possam competir, em beleza e majestade, com os do Peloponeso, no tempo das Amphyctionias...

Na própria Grécia, em Atenas, há dois anos, houve uma reprodução da cerimônia antiga. O céu era o mesmo do tempo de Péricles e do tempo de Sófocles; e os arquitetos tinham restaurado, com uma fidelidade escrupulosa, a velha arena, onde se ressuscitou a glória do pentatlo, diante de uma assistência de dez mil pessoas, da qual faziam parte as famílias reais da Grécia, da Inglaterra e da Itália...

Mas, ó deuses imortais! A gente é que já não era a mesma... E fora da arena, os *book-makers* vendiam *poules;* e, nos intervalos da função, os reis da Itália, da Inglaterra e da Grécia bebiam *champagne frappé* e comiam *sandwiches de foie gras*...

Oh! Pouco importa! Os ciclos históricos não se reproduzem. Não há hoje atletas que se contentem com a ração diária de um punhado de azeitonas, uma sardinha e uma tarraçada de água fresca. Ademais, todos nós precisamos ganhar a vida... A vida, na Hélade, era a lavoura, a ginástica, o canto e a guerra; e, hoje, a vida é uma complicação infernal! Se fossemos dedicar dez horas por dia ao exercício físico, — seríamos demitidos dos nossos empregos e acabaríamos na rua a pedir esmola!

Mas este entusiasmo que os *sports* despertam, esta animação com que se anunciam e esperam Jogos Olímpicos, esta convicção com que toda a gente contemporânea prega e pratica a religião do exercício físico, indicam ao menos que todos temos consciência do depauperamento da espécie e do perigo que ela corre. Somos, ao menos, doentes que procuramos a salvação. Não somos suicidas.

E inevitável, sem dúvida, a extinção gradual da nossa robustez. O corpo humano, dentro de uns mil ou dois mil anos, será quase exclusivamente um aparelho nervoso. Os homens do ano 3000 serão uns anões enfezados e feiíssimos, possuidores de pernas curtas e finas como palitos e de cérebros enormes como melancias... Mas o *sport* sempre há de retardar um pouco a irremediável catástrofe. E o dever de quem vive é procurar por todos os meios conservar a vida.

Aplaudamos, por isso, a mania do *sport*, — abstendo-nos apenas dos *sports* perversos, que só se podem exercer com sacrifício da vida dos outros animais, nossos irmãos inferiores. Se com o exercício do *sport* queremos conservar a nossa vida individual e a vida da nossa espécie, — não esqueçamos que os outros animais e as outras espécies também devem ter o direito de viver!

(1908)

MARTE

Marte, o planeta rubi, está na ordem do dia.

Em todos os observatórios da terra, os astrônomos não se cansam de mirar o formoso mundo ignoto, designado pelos homens da Terra com o nome do guerreiro deus, cujas façanhas amorosas cobriram de ridículo o coxo Vulcano. Um amigo dos mistérios do céu julgou ver, durante certa noite de pertinaz contemplação, sinais luminosos na rutilante face do planeta... Tanto bastou para que se incendiasse a imaginação humana: todos os telescópios se voltam ansiosamente para o ponto em que Marte aparece, e não há poeta que, mirando a sua luz ofuscante, não solte as rédeas ao sonho.

Em vão, a gente prática opina que isso é ridículo e inútil; em vão, com uma ironia maliciosa, Edison faz notar que não deve querer saber o que se passa no seio de Marte quem ainda não conseguiu saber o que se passa no cimo do Himalaia, em vão! Os sonhadores não se resignam a abandonar o sonho, e já vai engrossando a legião dos que, com Flammarion à frente, acreditam firmemente que os marcianos estão a fazer-nos perguntas luminosas.

Enfim, não é difícil admitir que esses rubros seres do outro mundo, se é que existem, procurem conversar com os seres dos mundos irmãos; a curiosidade não deve ser privilégio nosso, nem a bisbilhotice pode ser uma mania exclusivamente terrestre. Mas o que é mais difícil de acreditar é que os sinais de Marte sejam feitos justamente a esta miserável pílula que habitamos...

Ai, irmãos! Que sempre haveis de ser uns chouricinhos de vaidade!

Lembrai-vos que Marte é um planeta fidalgo, que deve desprezar profundamente a Terra. Vênus, a sua amada dos tempos do Olimpo, Vênus, que por amor dele deixou marido e filhos, — essa mesma já não deve seduzi-lo muito atualmente: todas as adulações de Marte devem ser endereçadas a Netuno, que é cinquenta vezes maior do que a Terra; a Urano, que erra pelo espaço escoltado por Umbriel, Ariel, Titânia e Oberon; ao monstruoso Saturno, o gigante coroado, viajando dentro do seu imenso anel de chamas; e a Júpiter, o Formidável, dominador do sistema solar, imperador dos planetas, glória do firmamento e assombro dos astros!

A Terra é uma pobre pipoca que só pode fazer inveja ao pequenino Mercúrio, a esse Benjamin do sistema, o caçula da família, o mais criança, o que por último se libertou dos cueiros da nebulosa primitiva...

Marte é um senhor fidalgo e rico. Enquanto a Terra se contenta com uma só lua e com um ano de trezentos e sessenta e cinco dias, esse planeta, que vive agora a queimar foguetes e fogos de bengala, anda acompanhado de duas luas, Deimos e Fobos, e inventou para seu uso particular anos de seiscentos e sessenta e sete dias!

Pois há de ser justamente à Terra que se hão de dirigir, ansiosos, os marcianos? Mal comparando, isso seria como se um de nós, precisando urgentemente de quinhentos contos de réis, fosse pedir essa quantia a um cronista, em vez de ir pedi-la ao Sr. barão de Rothschild...

E é preciso notar que Marte, sendo mais velho do que a Terra, e devendo por isso ser mais educado e sábio, deve a esta hora estar perfeitamente informado do que se passa por aqui. Francamente: julgam os senhores que, a ser isso verdade, nutram os marcianos o absurdo desejo de ser amigos nossos?

O mais curioso, em todas essas divagações, é que, sendo Marte o planeta que mais facilmente pode ser estudado por nós, é precisamente aquele que menos assunto tem fornecido à imaginação dos poetas.

Bernardin de St. Pierre sustentava a opinião que os habitantes de Vênus são todos dançarinos. Fontenelle dizia que todos os mercurianos são loucos. Para David, os saturnianos têm asas nas costas e nos braços. Para Walf, os netunianos e os jupiterianos são entes medonhos, que só têm olhos, — olhos na cabeça, olhos nos pés, olhos nas mãos. Enfim, só dos marcianos ainda ninguém se lembrou de descrever o corpo, a alma, a civilização.

É lícito supor que eles sejam brigadores e azevieiros, se é que o planeta herdou as qualidades do deus. Aquela civilização não deve ser propícia aos homens fracos, nem aos maridos infelizes... Conta-se que uma vez, o terrível deus obteve uma entrevista com a sua radiante deusa, e, precavido como todo o bom capitão, ordenou que o seu ajudante de campo Alectrião ficasse montando guarda junto ao bosque escolhido para o encontro. Como não é muito divertido fazer de sentinela em casos tais, Alectrião deixou-se dominar pelo sono, e não pôde impedir que o irado Vulcano surpreendesse o escândalo. Houve no Olimpo um bate-barba feroz, e Marte indignado, transformou o guarda fiel em galo... Pois, amigos, se os habitantes de Marte herdaram de quem deu o nome ao seu planeta esses deploráveis costumes, — a educação amorosa daquela gente deve ser muito mais perfeita do que a nossa, de maneira que nem mesmo nisso (coisa em que, sem gabolice, somos exímios) poderemos dar-lhe lições.

Não! Não é para aqui que se volvem as almas sôfregas daqueles vermelhos e orgulhosos vizinhos! Mais perfeitos do que nós, devem aspirar a uma outra ainda maior perfeição. Que quer dizer a ânsia com que acompanhamos a infantil discussão dos astrônomos, senão que esperamos encontrar lá em cima, no seio ardente do grande planeta, qualquer coisa superior, que nos livre e distraia da nossa própria miséria? Esperamos que o acaso abra aos nossos vagos sonhos indefinidos a porta de ouro de uma vida nova, diferente desta triste vida que nos come a paciência e a alegria; procuramos com o olhar inflamado de cobiça a pátria da ventura, — a terra abençoada que nunca vimos, mas da qual imaginamos andar exilados para pagar qualquer crime hediondo; nós queremos Marte, porque estamos nauseados da Terra... E é por isso que Marte deve querer Saturno ou Urano, Netuno ou Júpiter...

Abaixai esses indiscretos canudos, ó astrônomos! Cessai de levantar os narizes e as almas para o glorioso Marte, ó poetas! Marte não cairá jamais na rematada tolice de gastar por nossa causa a sua assombrosa pirotecnia!

Pode lá perder o seu tempo em namorar a Terra quem já tem a glória de dormir entre os braços incomparáveis da Mãe do Amor, sobre aquele colo deslumbrante que tem sido o desespero da escultura de todos os tempos? Para trás, vaidosos! Para trás, malucos! Aquele mel não é para o vossos beiços...

(1899)

CARNAVAL

— **Mascarados, sede bem-vindos!** — diz em *Romeu e Julieta* o velho Capuleto. — Já houve um tempo em que eu também me mascarava, para murmurar amáveis lisonjas ao ouvido das mulheres bonitas!

Quase todos os velhos cariocas podem dizer o mesmo, porque no Rio de Janeiro o Carnaval já foi a grande festa da cidade, a festa que congregava no mesmo delírio todas as classes e todas as idades.

Muita gente séria, antigamente, suspirava todo o ano pela chegada dessa época feliz.

E que havia lugares a que não podia ir, sem grave escândalo, o burguês prudente. Teatros alegres, onde se acotovelavam francesinhas perfumadas, de olhos piscos circulados de olheiras provocantes; hotéis, cujas janelas fulguravam até a madrugada, indicando que lá dentro havia *champagne* e beijos a rodo; casas de tolerância, cheias de mistérios de amor: todos esses paraísos ficavam vedados aos homens circunspectos, que temiam a maledicência; um anjo temeroso, o Escândalo, com o gladio de fogo flamejando no ar, ficava postado à porta, como no éden bíblico, repelindo as tentativas do mais ousado.

Mas, chegado o Carnaval, o homem sério enfronhava a sua seriedade num dominó, amarrava sobre a austera face uma máscara, — e adeus, terrores! O anjo embainhava a espada, abriam-se as portas do éden e o regabofe começava.

Hoje, para que esperar o Carnaval? Uma tolerância amável adoçou os nossos costumes, cujo duro aço se foi convertendo pouco a pouco em mole cera. O regabofe já não se esconde, nem escolhe dia: anda por aí, em carruagem descoberta, atravessa a rua do Ouvidor sem protesto, entra em todas as confeitarias, e viça e prospera como uma planta bem regada.

E essa a causa da decadência do Carnaval. Não se atribua essa decadência à falta de dinheiro. Uma fortuna acaba de ser esbanjada, em três dias, — e esbanjada em papel picado. Numa revoada contínua, lentamente pairando no ar úmido, subindo e descendo ao sabor do vento, molemente dançando, preguiçosamente caindo sobre a lama que acolchoava as ruas, nesses três dias de chuva e barulho, o dinheiro apareceu, e desfez-se em confete, e perdeu-se sem conta nem medida. Em compensação, os mascarados apontavam-se a dedo, contavam-se. A máscara perdeu o seu primitivo encanto. Para cravar sofregamente os dentes na polpa do fruto proibido, já não é preciso pôr uma mascara no rosto. O fruto saboroso aí está, ao alcance de todas as mãos, oferecendo-se, dando-se, impondo-se, com uma impudência que já não ofende o duro olhar da Moral. Uma sociedade nova e atarefada, que não dispõe de tempo para ter escrúpulos, substituiu a velha sociedade patriarcal: e, assim, a máscara perdeu o seu valor, porque perdeu a sua utilidade.

Mas nem por isso, graças a Deus, o povo deixa de se divertir, nesses três dias de barulho. Dizem que ficar um homem amassado, molhado, pisado, imundo, resfriado, cheio de equimoses e de reumatismos, — pode ser tudo, menos divertimento. Por quê? Divertimento é tudo quanto é novo, tudo quanto sai da execrável monotonia do ganha-pão e do come-a-horas-certas.

O povo diz bem, na sua pitoresca linguagem, quando um sujeito anda melancólico e bambo sem saber por que: "Você precisa castigar esse corpo!" Castigar o corpo — é o melhor remédio para os males da alma; não há terapêutica melhor para essas enfermidades misteriosas, para esses reumatismos das articulações da alma...

Tu não dormes, tu vives com o cérebro cheio de diabinhos cor de cinza, tu vês em todo o amigo um inimigo, e em toda a vida uma vasta cilada e uma abominável traição? Pois anda três léguas a pé, ou, se encontrares na rua um motim, mete-te nele, e resigna-te a armazenar nas costas algumas bordoadas: verás que sono consolador, e que alegre despertar, no esplendor de uma convalescença feliz...

No tempo do cativeiro, havia escravos que não podiam passar muito tempo, sem uma *cura* de pancada: quando se lhes agravava a saudade do castigo, davam para fazer maroteiras que o provocassem, ou iam simplesmente, com um sorriso nos lábios, pedir ao feitor que lhes afugentasse do corpo o mau espírito, com a aplicação de algumas lambadas generosas. Castigai o corpo, amigos, se quereis trazer tranquila a alma!

Todos os que se rebelam contra as brutalidades do entrudo e do jogo de confete, são os primeiros a perder a cabeça, quando caem no âmago de uma dessas batalhas carnavalescas. Também é verdade que, segundo o grande Turenne, capitão glorioso que tantas vezes flauteou a morte, "o soldado só perde o medo, quando se deixa embriagar pelo clamor do combate". Ponham ali no meio da rua do Ouvidor o mais sisudo de todos os homens sisudos, cerquem-no de uma dúzia de moças alegres que o cubram de confete e o inundem a bisnagadas, — e, se, dali a uma hora, o sisudo não tiver perdido a compostura e os óculos, e não estiver, com a sobrecasaca esfrangalhada e a cartola amolgada, empenhado com amor e delírio nas mais violentas refregas, — então duvidem do poder do Carnaval e creiam na fortaleza de ânimo de um conselheiro Acácio!

Contaram os jornais um caso macabro sucedido na terça-feira gorda.

Ia um defunto, a caminho da sua derradeira morada, calmamente estirado no fundo do caixão, ao trote manso da parelha que puxava o carro fúnebre. Mas, quando o enterro passava por uma praça em que se dava uma delirante batalha de confete, partiu-se uma das rodas do carro, e o pobre morto ficou para ali, parado, entre as pragas do cocheiro e o delírio dos batalhadores, que, na sua alucinação, não davam conta do que se passava. Tardaram as providências, a batalha continuou; de maneira que quando, uma hora depois, o coche negro pôde marchar de novo para o cemitério, nas coroas de perpétuas roxas se emaranhavam as serpentinas, e o féretro ia coberto de uma espessa camada de confete... Ora, bem! Imaginai agora que o homem não estivesse morto, mas simplesmente mergulhado na treva espessa de um sono catalético, e que despertasse naquele momento: cuidais acaso que o redivivo permaneceria transido de horror, meditando no atroz perigo de que acabava de ser milagrosamente salvo? Nada! O redivivo compraria um saco de confete, e num momento saltaria da inércia da morte para a alegria e a agitação do Carnaval.

Não! Não nos revoltemos contra a brutalidade desses estouvados brinquedos, que podem rasgar toda a roupa de um homem, mas que lhe deixam ilesa a reputação!

O movimento sufoca o pensamento. E o estrépito, a convulsão, o infernal delírio dessas loucuras têm ao menos uma grande vantagem: quem neles se empenha deixa de ouvir durante algumas horas a impertinente voz que cada um de nós tem a soar perpetuamente dentro da alma, — a voz do próprio tédio, do irremediável enfaro de viver...

CARNAVALESCOS

São uma gente à parte, — quase uma raça distinta das outras. Os que amam o Carnaval, como amam todas as outras festas, não são dignos do nome de carnavalescos. O carnavalesco é um homem que nasceu para o Carnaval, que vive para o Carnaval, que conta os anos de vida pelos Carnavais que tem atravessado, e que, na hora da morte, só tem uma tristeza: a de sair da vida sem gozar os Carnavais incontáveis, que ainda se hão de suceder no Rio de Janeiro pelos séculos sem fim.

Que se hão de suceder no Rio de Janeiro, — escrevi eu. Porque o verdadeiro, o legítimo, o autêntico, o único tipo de carnavalesco real é o carnavalesco do Rio de Janeiro. A especie é nossa, unicamente nossa, essencialmente e exclusivamente carioca: só o Rio de Janeiro, com os seus Carnavais maravilhosos, delirantes e inconfundíveis, possui o verdadeiro carnavalesco.

E não suponham que haja por aí muitos verdadeiros carnavalescos.... Quase todos os foliões do Carnaval folgam por acidente, ou por imitação, ou por desfastio, ou por entusiasmo passageiro: folgam dois anos, ou cinco anos, ou dez anos, — e cansam, e recolhem-se à vida séria. Mas o carnavalesco legítimo não tem cansaço nem aposentadoria; envelhece carnavalesco, e morre carnavalesco; morre no seu posto, extenuado pelo Carnaval, entisicado pelo Carnaval, devorado pelo Carnaval. O

Carnaval é para ele ao mesmo tempo uma paixão absorvente e arruinadora, um vício indomável, uma religião fanática. Para ele, o Carnaval é o único oásis fresco e perfumado, que se lhe antolha no adusto deserto da vida!

Esse é o verdadeiro carnavalesco. Trabalha todo o ano, pena e sua doze meses a fio, privando-se de tudo, alimentando-se mal, vestindo-se mal, acumulando somiticamente, ansiosamente, alucinadamente, vintém a vintém, os contos de réis que há de gastar no Carnaval. São doze meses de sacrifício, de renúncia, de desprendimento: o carnavalesco pensa apenas no Carnaval. Não era maior do que a sua a constância de Jacob, pastor apaixonado, servindo o velho Labão, pai da formosa Rachel... O carnavalesco, para conquistar o Carnaval, pena toda a vida,

> *"Dizendo: mais penara, se não fora*
> *Para tão grande amor tão curta a vida!..."*

Acontece, às vezes, que o carnavalesco já não é um rapazola, sem família e sem deveres sociais: — é um homem maduro, negociante matriculado, tendo próprio casal e nele assistindo, tendo mulher e filhos, tendo apólices e comenda. Pouco importa! É um carnavalesco... Na vida desse homem, de vida regrada e equilibrada, o Carnaval é um hiato, é uma síncope, é a anulação completa da sua consciência de homem e de chefe de família, é a suspensão absoluta de toda a sua gravidade de negociante e de comendador.

A família conhece e perdoa a sua paixão: e, no sábado de Carnaval, ei-lo que se despede dos seus, e parte para o delírio, com os olhos acesos em febre, e o coração rufando um zé-pereira precipitado, —como os antigos paladinos da Cruz partiam para Jerusalém a defender o Santo Sepulcro, ou como os heróis da ciência partem para o polo a devassar o mistério das neves eternas. Parte, — e a família não o vê durante os três dias fatais; e, na quarta-feira de cinzas, o carnavalesco volta ao seu lar e ao seu negócio, moído, pisado, contundido, — e muitas vezes com a cara quebrada, — mas sem remorso, sem arrependimento, com o orgulho que dá a consciência da missão bem cumprida...

Evoco a recordação, neste momento, de alguns carnavalescos autênticos, que tenho conhecido, — e dois, sobre todos, avultam na minha memória, claramente relembrados.

Um deles era um negociante rico, cuja opinião pesava na praça, e cuja firma valia ouro nos bancos. Não tinha vícios: não fumava, não jogava, não bebia, não frequentava cantinas nem chafaricas suspeitas. Era carnavalesco...

Haviam-no feito presidente de uma sociedade de carnavalescos, — e era ele quem pagava a baderna, quem sustentava a glória do pavilhão do clube. E somente duas vantagens e regalias exigia, em troca das muitas dúzias de contos de réis que lhe custava cada ano a sua paixão: a honra de carregar o estandarte social, e o privilegio de dar as *ideias* para os carros de crítica no grande préstito da terça-feira.

Quando o conheci, já ele tinha vinte anos de carnavalesco e de fornecedor de *ideias*. E, como eu o cumprimentasse pela fecundidade da sua imaginação, disse-me, apertando a cabeça entre as mãos: “Realmente, eu não sei como esta cabeça ainda pode ter ideias! Imagine o senhor: vinte Carnavais!...” E parecia-me realmente acabrunhado e sucumbido ao peso da sua missão; e eu inclinei-me diante dele, saudando-o como se tivesse diante de mim um Darwin, um Comte, um Spencer, um desses criadores de doutrinas e sistemas, que atravessam a vida semeando ideias pela imensa extensão do campo moral...

Mas era de vê-lo, na terça-feira de Carnaval, no alto do grande carro do estandarte, sobre uma montanha de papelão dourado, empunhando o pavilhão do Clube, entre quatro meretrizes que lhe formavam a guarda de honra, — e atravessando a cidade, numa apoteose, ao clamor triunfal das fanfarras, sob a abóbada chamejante dos arcos de gás, ao clarão vermelho dos fogos de bengala! A sua face, nédia e escanhoada, de honrado comerciante, — resplandecia ali como a de um Deus! Assim devia Baco partir para a conquista das Índias! Assim deviam os triunfadores romanos entrar em Roma, depois da vitória, precedidos pelos senadores, pelos lictores e pelos buccinatores, entre os despojos da guerra e as riquezas do saque! Aquela noite só pagava ao carnavalesco todos os seus sacrifícios de dinheiro e todos os seus esbanjamentos de *ideias*... Hoje, esse carnavalesco é morto; morreu sempre rico, sempre respeitado, sempre honrado, — e sempre carnavalesco. Quanto à causa da morte, não tenho informações seguras: não sei se foi apoplexia proveniente do orgulho de uma daquelas noites de triunfo, ou se foi anemia cerebral, proveniente de imoderada criação de ideias...

O outro, cuja figura tenho agora presente ao espírito, era um carnavalesco pobre, — dos que economizam o dinheiro durante todo o ano para gastá-lo no Carnaval. Era um guarda-livros. Não lhe escrevo o nome, — nem a alcunha, mais conhecida ainda do que o nome. Era famoso! Fantasiava-se, e mascarava-se no sábado, e só tirava a fantasia e a máscara na quarta-feira, para dar entrada num hospital de Ordem Terceira, onde se refazia durante um mês dos estragos dos quatro dias de loucura. Com a continuidade do exercício carnavalesco, já a sua face adquirira esgares grotescos de máscara, e a sua voz descera a tons aflautados de disfarce de dominó.

A tuberculose acabou por lhe tomar conta do corpo, depois de um dos seus desvairados Carnavais. Mas ainda o carnavalesco viveu dois ou três anos, tísico, — sem abandonar o Carnaval. E nos Carnavais desses dois ou três anos, — lembro-me bem! — era um espetáculo macabro encontrá-lo pelas ruas, burlescamente vestido de chita ou de metim, com os ossos do corpo descarnado dançando dentro das pantalonas amplas e da blusa larga, tendo por máscara a sua própria cara escaveirada, em que os olhos ardiam com o brilho da febre héctica, — e dizendo coisas engraçadas entre dois acessos de tosse convulsa. Era um pesadelo!

Alguém, que o conheceu até a morte, contou-me que esta se deu, — ironia da sorte ou bondade do destino? — num domingo de Carnaval, à hora em que mais atroadora e bárbara era pelas ruas a alegria carnavalesca...

Não creio que a morte lhe tenha aparecido com a sua trágica e terrível majestade habitual. Suponho que, no seu delírio último, ela lhe apareceu como uma Morte de Carnaval, — dessas que encontramos por aí, entre os velhos de cabeça enorme e os diabinhos de cauda vermelha, nos *cordões* que, inconscientemente, reproduzem as cerimônias cômicas e pavorosas da Idade Média.

Assim deve ela ter aparecido, a Morte, ao carnavalesco moribundo, — como uma velha amiga de folia e de pândega. E o carnavalesco arrojou-se aos seus braços com alegria, e foi valsando com ela, cabriolando com ela, cancaneando com ela, até com ela cair no grande abismo negro...

Coisas de carnavalescos! Não lhes dizia eu que os verdadeiros carnavalescos são uma raça à parte, uma gente que se não parece com as outras gentes, e que nasce carnavalesca para viver carnavalesca e morrer carnavalesca?

(1901)

NA CHINA

Pena é que o clássico tipo do chim vendedor de peixe tenha desaparecido do Rio de Janeiro. Não há quem se não lembre desses pobres mercadores ambulantes, de cara amarela e chupada, de raros fios de barba no queixo, e de "olhos cortados à feição de amêndoa", — trôpegos e magros, carregando as imundas cestas em forma de balança, e grunhindo: "*Pê... camalô... camalô... pê...*"

Parece que morreram todos, — de abuso de ópio, de febre amarela, de nostalgia. É pena. Se ainda vivessem, sobre eles convergiriam agora todas as atenções, — agora que só se fala de China e chineses.

O formigueiro acordou: e toda a Europa e todo o mundo vêm, com espanto e cólera, a agitação daquela inumerável multidão de rabichos, sacudidos de fúria assassina, propagando, em toda a imensa extensão do Império Celeste, contra os estrangeiros odiados, o saque, o incêndio, a tortura e o extermínio.

Lentamente, com uma pertinácia e uma cautela, que só o mais entranhado ódio pode ter, os boxers prepararam a sublevação, armazenando dinheiro e raiva, abastecendo-se de pólvora e sede de sangue, acumulando e concentrando o seu furor.

O vasto tablado, em que a diplomacia europeia se banqueteava e bailava, parecia de uma solidez a toda prova: mas o boxer-cupim estava pacientemente e vorazmente roendo o madeiramento das traves, e o tablado acaba de desabar em sangue e pó.

Já toda a gente se havia habituado a aceitar a China como uma imensa porção de terra, muito porca e muito mole , habitada por uma vermina incontável, ainda mais mole e mais porca do que a terra, e cheia de muitos quiosques, de muitos mandarins, de muito peculato, de muita preguiça, de muita peste e de muita maroteira. E que velha, que velha e que cacochima, essa abominável porção da terra! Um historiador diz, textualmente, que os *tempos modernos* da China começaram *dois mil duzentos e cinquenta anos antes de Cristo!*

Quem podia lá imaginar que essa podridão, essa velhice, esse mofo, essa ruinaria valetudinária tivessem uma alma, e músculos, e nervos, e patriotismo? E eis que de repente a podridão rebenta em flores de sangue, e a velhice rejuvenesce, e o mofo se muda em seiva, e o patriotismo acorda, como uma cratera, debaixo do gelo morto da ancianidade!

Coisa feia, deve ser aquela!... o chim, quando pacato, já é feio como uma necessidade: — quando furioso, deve ser uma criatura de pesadelo, uma espécie de súcubo infernal, uma aparição de sabbath. Santo Deus! O chim já é tão amarelo quando está calmo! Imagine-se o que deve ser um chim, quando está amarelo... de raiva!

Há pouco tempo, todo o mundo ficou pasmado, quando soube que a China tivera um movimento de revolta contra o Japão: mas, logo depois, começaram os telegramas a contar que os soldados chineses, quando iam entrar em combate, matavam-se por medo da morte... E a vitória do Japão foi tão fácil, tão rapidamente os exércitos do Mikado, dizimaram, massacraram e varreram da face da Terra a escória dos filhos do Céu, — que o universo se convenceu que a China não passava de um vasto cemitério povoado de lêmures sem carnes, de pobres avantesmas condenadas a viver sem viver.

Mas não! Cada lêmure surge com um punhal, cada avantesma se levanta do seio da treva secular, pedindo sangue e rilhando os dentes. A China, mais ou menos civilizada, segundo o nosso modo singular de compreender a civilização, tinha inventado, para se defender das invasões dos Tártaros selvagens, a grande muralha de pedra; hoje, para se defender dos europeus civilizados, a China inventa uma outra muralha de chamas, de horrores, de depredações, de inclemências, de espantos. Quem foi que galvanizou o cadáver? Quem foi que remexeu o seio do pântano? Quem foi que tocou a rebate no cemitério?

Se são verdadeiras as notícias que vêm da Europa, nunca houve na Terra tão hedionda tragédia, tão espantosa revolução, tão dilatada carnificina. Um telegrama afirma que o príncipe fulano mandou degolar quatro mil chins, que se opunham à chacina dos estrangeiros. Quatro mil! As ruas sujas de Pequim tiveram um basto banho de sangue...Outros telegramas contam que, por onde passa o tropel dos Átilas amarelos, não fica pedra sobre pedra de casa, nem cabeça sobre tronco humano.

E as notícias do extermínio dos ministros, no dia 6 de julho, são particularmente medonhas: homens e mulheres, diplomatas da mais alta distinção, damas da mais requintada elegância, — metidos em vastos caldeirões, cozinhados a fogo lento, entre os uivos da plebe desencabrestada, com os olho; fuzilantes de rancor e as bocas raivando em maldições... A coisa é tão alucinante, tão macabramente cruel, que custa a merecer crédito. Mas haverá impossíveis na China? Haverá crueldade de que não sejam capazes as gentes que inventaram a tortura do empalamento e o suplício do *ling-chi,* que consiste em cortar aos bocadinhos o corpo da vítima, conservando-lhe a vida o mais tempo possível?

Admitindo mesmo que sejam exageradas as notícias admitindo que ainda estejam vivos em Pequim os embaixadores das orgulhosas e insaciáveis potências da Europa, — que terríveis quartos de hora devem os relógios estar marcando para os que habitam as legações assediadas!

Ah! Não é só de rosas a vida diplomática! Depois de um jantar delicado, servido em baixela de ouro e prata, depois de um namoro suave entre duas voltas de valsa e duas sonatas de Beethoven, — quem sabe lá o que pode vir? As bastonadas, o laço de corda no pescoço, a caldeira fumegante na praça pública...

Não há aqui mocinho, estudante de direito, que na sua *república* do Brás ou do Caxangá, em São Paulo ou no Recife, não sonhe dedicar-se um dia à diplomacia, depois de conquistado o diploma de bacharel, o *Abre-te, Sésamo!* de todas as carreiras. E o sonho querido, o sonho, mais doce dos brasileiros filhos de famílias ricas. A imaginação fogosa dos rapazes, Talleyrands em gérmen, a vida diplomática, aparece como um fresco vale povoado de encantos: o dinheiro farto, as honras, os amores variados e fáceis, a existência recheada de pequeninos e saborosos regalos, o trato das cortes fidalgas, as vitórias do amor-próprio, as conquistas da malícia elegante e da astúcia bem educada...

Ai, amigos! Nem só de rosas é feita a vida diplomática!

Se são verdadeiras as notícias, que horror! Pensar a gente que aquele ministro de Giers e aquela serena e elegante madama de Giers, que há três anos, em Petrópolis, no seu palacete de verão, à margem do Piabanha, eram o encanto da boa sociedade, — foram cozinhados a fogo lento, em Pequim, ao largo reverberar do incêndio nas cúpulas dos quiosques, e ao ulular da populaça bêbeda de ódio patinhando numa lama vermelha!

Diabos levem a diplomacia!

(1897)

O BURRO

O burro? Que ninguém se espante. O burro está na ordem do dia. O burro é o principal assunto. O burro já figura no *Diário Oficial!*

Quem há, por aí, que leia o *Diário Oficial?* Quase ninguém. Pois é pena. Quem fizesse anteontem o sacrifício de folhear as vinte e quatro páginas desse massudo repositório de decretos, — teria diante dos olhos os estatutos de uma companhia de seguros sobre a vida dos burros.

Dos burros, senhores! Ninguém leu mal: dos burros!

Ó burro! Ó doce e paciente animal, que já o meigo Anacreonte celebrava em versos de ouro, e que já todos os velhos gregos, na Arcádia, prezavam só te faltava esta calamidade... Porque a idade moderna, ó burro suave, tem esquecido os teus méritos ingratamente, e ingratamente ofendido o teu nome...

Antigamente·, não! Jacob, quando quis aplacar a cólera de Esaú, ofereceu-lhe um burro, símbolo da paz, da concórdia e da reconciliação. Quando Sansão quis exterminar os idólatras, não se serviu de uma queixada de cavalo, senão de uma queixada de burro. Qual foi o animal que reprochou a Balaão os seus pecados? Foi uma burra. Qual foi o animal que suportou o doce peso de Jesus, no dia de Ramos, quando o Salvador entrou as portas de Jerusalém? Foi um burro... Que animal montava o deus Baco, quando se partiu a conquistar as Índias? Um burro!

Isso para somente falar, da idade bíblica e da idade mitológica... Mas, ó quase divino animal! O último homem que te tratou com carinho foi aquele faceiro, aquele fidalgo, aquele encantador amigo de todos os animais, — que se chamou Bufão.

Esse, sentou-se um dia diante de uma bela folha de papel, ajeitou em torno dos pulsos os seus belos punhos de finas rendas, talhou a sua mais linda pena de pato, — e, com um sorriso de bondade na face repousada, começou a traçar o teu retrato: "Humilde e paciente, suporta com coragem os castigos, alimenta-se sobriamente de ervas... Quando tem sede, só bebe água límpida, em fontes e riachos que já conhece; não se espoja, como o cavalo, rebolcando-se na lama; até chega a ter medo de molhar os pés, e cuidadosamente evita as poças d'água... Ama com furor e defende a prole até a morte... É alegre, brincão e leve na mocidade: só fica teimoso e mau, quando o sofrimento lhe mostra, depois de muitas provações, que os homens são realmente maus..."

Ah! Depois dessa bela ode de Bufão, que é que tens tido, dos homens, ó paciente e humilde trabalhador? Chicotadas, murros, jejuns, desprezo, abominação e maldições... Onde se vai o tempo em que eras cantado pela musa de Anacreonte?

Os viajantes medrosos, temendo a altivez do cavalo e a sua independência, é sobre o teu dorso que viajam; e, como todos os covardes são maus, as tuas pobres virilhas sangram, esporeadas de minuto em minuto, e o teu pobre pescoço perde o pelo, à força de receber chibatadas... Depois, metem-te entre os varais de uma carroça, e matam-te a pancada... E ninguém tem pena de ti, quando comido de lazeira, e carregado de anos, de orelha murcha e focinho cheirando o chão, ficas abandonado no caminho; e ninguém te dá um pouco de capim fresco... ninguém te mitiga a sede de moribundo... e as crianças atiram-te pedras... E, ó cúmulo da maldade, os homens, quando querem dizer que um homem tem o cérebro tapado como um muro de enxovia, — chamam-lhe...burro!

Agora, já te não falta calamidade nenhuma: já há uma companhia que te segure a vida e a saúde, em proveito... de quem te possuir. O carroceiro, agora, já nem terá medo de multiplicar sobre o teu pobre lombo as tagantadas: — saberá que, se morreres, uma companhia lhe pagará a tua vida em dinheiro.

Ah! Desgraçado! Até agora, quando morrias, estourado, o teu dono derramava lágrimas sobre o teu cadáver... Não eram as lágrimas da compaixão: eram as lágrimas do interesse lesado. Mas sempre eram lágrimas. Agora nem isso. Burro morto, burro posto. E assim como há quem ponha fogo às casas, para haver o dinheiro das companhias de seguro, haverá quem mate burros, — porque haverá burros que mais valham mortos que vivos...

O burro no seguro! Não é verdadeiramente fim de século?

(1896)

OS BOERS

Um dia, um pobre lavrador, sob a fulguração causticante do sol, ia impelindo sua charrua pela terra selvagem do sul da África. Era um descendente dessa forte raça holandesa, que, em luta constante com o mar, foi a criadora da sua terra, conquistando-a palmo a palmo à voracidade das águas. Ia impelindo o arado, e levava às costas a espingarda embalada, para se defender dos zulus ferozes que rodavam perto... De repente, alguma coisa rebrilhou no chão, com um mágico esplendor. Seria um raio de sol, brincando nas arestas de um calhau?

Era ouro! Dali a meses, toda a Europa tinha os olhos voltados para esse novo El Dorado, e em poucos anos Joanesburgo, a *golden city,* surgia da terra, cheia da agitação e do burburinho de cem mil habitantes.

Ora, neste momento, as vastas minas do Transvaal não ecoam o estrupido das carretas, nem o choque das picaretas ferindo a rocha, nem o estampido das bombas de dinamite. O ouro dorme em paz no seio da terra fecunda. Todos aqueles espadaúdos *boers,* de mãos enormes maltratadas pelo trabalho, de largas barbas em leque, louras como o metal que se extrai das minas, — deixaram por terra as picaretas e as alavancas, empunharam as carabinas, todos apercebidos para a guerra, todos dispostos a defender com a última gota de sangue a pátria que o seu esforço criou...

Gente sábia e rude, educada na estreita severidade da meditação contínua da Bíblia, — a gente *boer* pensa que a liberdade vale mais que todo o ouro do universo e destruirá todas as suas minas antes de as deixar cair nas mãos ávidas da Inglaterra.

Não é realmente belo ver aquele pequeno povo, de pé, sereno e intrépido, afrontando a força da mais poderosa nação da terra? Também, não é de crer haja atualmente no planeta quem se não apaixone pelo conflito do Transvaal. A questão Dreyfus sumiu-se, apagou-se da memória de todo o mundo: agora, quando se abrem os jornais, o que se procura com ansiedade é saber se a Inglaterra leva por diante o capricho da sua ambição, ou se, mais prudente, resolve respeitar o direito sagrado de um povo, que já soube um dia castigar com rara severidade a aventura de Jameson e Cecil Rhodes.

Ah! A fome do ouro! Em que arriscados passos não se mete a gente, por amor do lindo metal, que a Natureza previdente armazenou no seio da terra, disfarçando-o em amálgamas vários, como para esconder da nossa cobiça essa origem perene de horrores e de sangueiras!

Por amor dele, a alma se endurece, o coração fica seco como um areal, afiam-se as unhas à rapina, aguçam-se os dentes à traição, e o espírito, excitado pelas tentações, inventa requintes de crueldade, cria prodígios de astúcia.

Ainda há poucos dias, no Prata, a polícia descobriu as maquinações de um sindicato de nova espécie. O sindicato segurava, em qualquer companhia, por uma alta soma, a vida de qualquer homem robusto, moço, possuidor de uma saúde de ferro. Quem é moço e forte tem apetites. Quando viam o seguro regularizado, os prodigiosos malfeitores abriam ao rapaz, de par em par, a porta do vício, — aquela *lata porta quœ ducit ad perditionem*, como diz a Bíblia. Metiam-lhe nas algibeiras um punhado de moedas de ouro, introduziam-no em todas as rodas sem escrúpulos; bem depressa, o jogo, o álcool e o amor minavam o organismo da vítima. E quando a Magra chegava, e entre os braços descarnados sufocava a presa, o sindicato recebia o seguro e ia procurar novos apetites e novas misérias que se deixassem explorar... É macabro!

Mas, enfim, os crimes que a fome do ouro faz cometer por este ou aquele indivíduo, são cometidos às ocultas, e são reprovados, e verberados, e castigados pela sociedade. Os crimes, que a sociedade não reprova nem castiga, são aqueles que ela própria comete, embrulhada nessa capa de salteador que se chama o *interesse da civilização*, e posta por trás desse escudo que a gente vagamente conhece pelo nome de *razão de Estado*.

Agredir um homem para lhe tomar o fruto das suas economias, é uma ação negra que leva a gente ao calabouço e ao patíbulo. Mas agredir um povo para lhe arrebatar a fortuna, a liberdade e a honra, é uma ação gloriosa e bela, que se pratica com uma desfaçatez sem par.

Que se há de fazer, se a vida é isso mesmo? Ah! Tu és um povo brioso, mas fraco? Eu, que tenho canhões e soldados, fuzilo-te, esquartejo-te, como-te, e celebro a minha façanha com festas públicas, e agradeço ao Senhor Deus dos exércitos a força que me deu!

E lembrar-se a gente que os delegados à Conferência da Paz ainda não tiveram tempo para curar as dispepsias que adquiriram durante as sessões desse congresso humanitário!

Em maio, a rainha da Holanda pedia a bênção do Papa; o Papa, estendendo na direção da Holanda a sua trêmula mão transparente, pediu a proteção de Deus e de toda a corte celeste para aqueles apóstolos do bem; e abriu-se o Congresso. Por longos meses, os delegados comeram, amaram, beberam, admiraram Rembrandt, cabecearam de sono no salão das conferências, pronunciaram discursos que ninguém ouviu, — enquanto os povos, nutrindo uma esperança falaz, acreditavam que o Espírito Santo estivesse pairando sobre a grave assembleia, inspirando deliberações em que se devia firmar a tranquilidade do mundo.

Pois, sim! O Congresso da Paz, como todos os congressos, perdeu a saúde, o tempo, a paciência e o latim. E mal haviam os congressistas começado a consertar os estômagos arrebentados pelos banquetes internacionais, — a meiga, a doce, a generosa Inglaterra mostrou logo ter aproveitado as lições pacíficas, querendo impôr ao povo livre do Transvaal a sua soberana vontade.

Por Deus! Todo o mundo sabe que a guerra é inevitável, e que existirá enquanto existir a besta humana com as suas ambições e a sua crueldade. Mas para que mascarar essa crueldade espontânea, natural, irremediável, fingindo uma bondade que não existe, e fazendo alarde de uma civilização que é a mais descarada mentira? O negro selvagem da África, quando encontra um negro de tribo inimiga, atraca-se com ele, e procura matá-lo para comê-lo. Mas faz isso naturalmente, e não vive a clamar aos quatro ventos do universo que existe uma coisa chamada Justiça, e não comparece a Congressos de Paz, e não tem poetas que exaltem as virtudes da sua raça, e não se condecora com o título pomposo de civilizado!

E... o melhor é não ir adiante! A gente o que deve fazer é pôr as barbas de molho, e ir tomando cautela, que é o caldo de galinha das sociedades doentes...

(1900)

O RELÓGIO DA CATEDRAL

Como acabam as coisas! O relógio da Catedral lá está regulando, como qualquer relógio vulgar, no ramerrão quotidiano, no seu uniforme e estúpido ofício de contar os passos do Tempo. Como acabam as coisas!...

Não lhe valia a pena ter permanecido, por dez anos e meio, no nobre emperramento de um sebastianismo ferrenho, para assim, de chofre, sem pudor e sem disfarce, aderir ao regímen negregado!

Não venhais dizer-nos, ó almas céticas, que o relógio da Catedral esteve tanto tempo parado pela razão única e simples de não haver quem lhe desse corda. Não! A voz do povo, que é a mesma voz de Deus, não se engana: quando ela afirma uma coisa, podeis estar certos que essa coisa é a expressão fiel da mais límpida e inalterável verdade.

O relógio da Catedral era dedicado à monarquia. Que fez ele, durante toda a sua vida, senão grifar com o seu tique-taque sereno todas as fases da existência imperial? Pois não era ele quem marcava a hora solene do batismo dos imperiais pimpolhos, a hora alegre dos *Te-Deum laudamus* nos dias de gala, a hora triste das exéquias que se celebravam de quando em quando pela alma de qualquer arquiduque mais ou menos aparentado com as excelsas casas dos Bragança e dos Bourbon? Pois não era ele quem definia e regulava as relações de cordial estima, que, como de justiça, existiam entre D. Pedro, imperador do Brasil, e Deus, imperador dos mundos?

Quando Sua Majestade, depois de um espetáculo fatigante ou de uma sessão do Instituto Histórico, pernoitava no Paço da Cidade, ali, a poucos metros da Catedral, era a voz esperta daquele relógio que, de quarto em quarto de hora, lhe ia adoçar as insônias, dedicadas às cogitações enfadonhas da política ou aos serenos labores da metrificação. E, ouvindo a voz sagrada do regulador católico, Sua Majestade pensava: "Bom amigo! Quantos quartos de hora marcarás ainda da minha existência? Quantas vezes tenho ouvido a tua voz, bom amigo! Menino e moço, quando andava agarrado às saias das aias, ou quando a primeira barba loura me pungia o queixo alvo, já eu te via e ouvia, regulador fiel da minha fé! Viram-te e ouviram-te os meus filhos e os meus netos; e Deus, que te pôs aí como o cronômetro da minha Casa, há de permitir naturalmente que, como estás marcando os quartos de hora da minha velhice, marques também os da velhice dos meus tetranetos, aferrados ao trono perpétuo, com a mesma segurança com que te aferras a essa parede branca!"

Ai! A parede branca da Catedral ficou, e o trono ruiu...

Do alto dessa parede sagrada o relógio fiel viu, cá em baixo, como um mar agitado, o motim republicano. Que era aquilo? A que iam aquelas tropas? A que iam aqueles magotes de demagogos dando vivas a Deodoro? E por que motivo, num simples carro de praça, sem postilhões agaloados e sem escolta ruidosa, passava tão triste o velho imperador, com os olhos marejados de lágrimas?

E, quando o regulador compreendeu o que se passava, uma grande dor lhe torturou as entranhas dentadas do maquinismo.

Então, era possível aquilo? Então, nunca mais veria ele as cerimônias religiosas da Corte; as vastas seges douradas atroando os ares com o fragor das suas rodas altas; os veadores e os camaristas rutilantes de ouro e prata; as soberbas damas de honra dando aos beijos do sol a pele encarquilhada dos colos nus; e a imperatriz pequenina e velhinha, com um sorriso bom na face descorada; e o alto porte do imperador, já vergado e bambo como um tronco de árvore carcomido pelos anos; — e o bispo, de mitra e báculo, implorando as bênçãos do céu para todos os rebentos daquela estirpe sagrada; e o povo lá fora, de boca aberta, pasmando para todo aquele luxo barato de Corte burguesa?! Então, era possível aquilo?

E o ódio e a indignação ferveram dentro da sua alma de aço...

E uma noite, por horas mortas, o velho relógio ouviu um tropel de batalhões. Cordões negros de soldados se estenderam, cercando o Paço, deixando livre o caminho do cais. De minuto em minuto, uma voz de comando soava na treva misteriosa da trágica noite. Uma lancha silvou, no mar. No céu impassível, o impassível Cruzeiro do Sul não mostrava indignação contra o que via... Abafado, ouviu-se o rodar de um coche. O portão do Paço rangeu nos ferrugentos quícios, abriu-se, fechou-se logo com um estrondo de tampa de túmulo. Uma corneta guinchou. A epopeia imperial acabara. O *Alagoas* bufava, com as caldeiras acesas... E, compreendendo tudo, o relógio da Catedral sentiu que alguma coisa se quebrava em seu seio. Todas as complicadas mola da sua máquina se atropelaram, desandaram, gemeram, num estertor de agonia. E os ponteiros ficaram, por dez anos e meio, paralisados, agarrados àquela hora sombria...

Dez anos e meio!... Porque esqueceste num só minuto de adesismo fraco, todos esses cento e vinte seis meses de intransigência política, ó desmoralizado relógio da Catedral?!

Quanta coisa, nesses dez anos e meio! Parado, no seu feroz embezerramento, viu o regulador tanta mudança, tanta transformação! Viu a multidão cá em baixo burburinhar na loucura do encilhamento; ouviu as conversas dos deputados que passavam chalrando para a Câmara; viu Deodoro cair, viu Floriano subir; viu, no mar, a sarabanda dos couraçados em briga; ouviu o sibilo das balas de fuzis, e o ronco dos *schrapnells* assassinos; viu passar, uma bela manhã, Marcelino, escondendo cautelosamente a garrucha; — quanta coisa, nestes dez anos e meio! E ele parado, e ele teimoso, e ele amuado, e ele feroz, esmoendo em silêncio o seu despeito...

Mas não há despeitos eternos. Quando o velho relógio soube que o Sr. arcebispo ia reabrir ao culto a Catedral abandonada, estremeceu de espanto: "Como? Pois a glorificação do Senhor, naquela santa casa da crença dos Bragança, não era incompatível com a República, com um governo de jacobinos sanguisedentos? Como? Pois o Sr. arcebispo não temia que, durante a celebração do ofício divino, uma onda de Marats maltrapilhos, de Robespierres famélicos invadisse o templo, profanando os vasos consagrados, conspurcando as custódias, chacinando os fiéis?! Como? Pois era possível que aquele teto não desabasse, sob uma punhada colérica de Deus?!"

E, cada vez mais espantado, o relógio viu abrir-se a porta da Catedral... Santa Maria! Quantas fardas!... Então, toda aquela gente de guerra era católica? Então, aqueles mesmos homens duros, que, na trágica noite, haviam empurrado para o mar a família representante de Deus na terra, tinham a coragem de vir rezar aos pés desse mesmo Deus injuriado?!... Santo Cristo! E lá vinha todo o cabido, paramentado e grave! E lá vinha o Sr. arcebispo, com a sua meiga face inundada de uma onda inefável de alegria, debaixo da fulguração do pálio ondulante! E lá vinham (oh, espanto!) segurando as varas de prata do pálio, os generais, os marechais, os almirantes!

Mas o que mais espantou o embezerrado regulador não foi ainda isso...

O que mais o espantou foi ver que ali estavam os representantes do presidente da República, e, no meio deles, quem o diria? O general Cunha, o representante de um Bragança, o plenipotenciário do sobrinho do Exilado, o embaixador de uma Majestade Fidelíssima!

E, então, vendo que não lucrava mais nada com o seu embezerramento, o embezerrado desapertou as molas, e recomeçou a trabalhar...

(1901)

CONTRA A ELETRICIDADE

Certo amigo meu odeia e amaldiçoa a eletricidade: abomina-a, como assassina da poesia, como distribuidora de uma luz excessiva e escandalosa, que já nos não deixa gozar a melancolia das penumbras, em que medra tão bem a delicada flor do sonho.

Foi anteontem, sexta-feira, que ele se desmanchou, depois de um calmo jantar, em invetivas contra a luz elétrica.

Sexta-feira agoniada, em que muita gente, forçada a sair à noite, teve de ressuscitar o uso daquelas lanternas de que se serviam os cariocas de 1820, quando, caso raro, tinham de atravessar a cidade depois do toque de recolher.

Jantáramos juntos, quatro amigos, num amplo terraço deslumbradoramente iluminado por festões de lâmpadas elétricas. Tendo começado a jantar ao cair d noite, não sabíamos que a cidade lá fora estava às escuras, amortalhada na treva espessa. Descemos, saímos: e doeu-nos nos olhos a escuridão, pondo-nos na alma um vago susto.

Seria uma revolução?

Raros lampiões estavam ainda acesos: um pequenino ponto luminoso, trêmulo e vago, piscando, de espaço a espaço, nas ruas lúgubres, cheias do espantado vozeio da multidão invisível. O céu, coberto de nuvens negras, pesava sobre a cidade. Trevas cm cima, trevas em baixo; e cada rua era um túnel, onde os passos dos transeuntes soavam funeriamente.

Somente a avenida Central, região encantada, onde impera a Fada Eletricidade, conservava o seu habitual esplendor: e a faiscação das suas altas lâmpadas, e a ornamentação fulgurante dos cinematógrafos, que a bordam de um lado e de outro, contrastavam impressionadoramente com o negror do resto da cidade.

Toda a multidão afluía para a grande via esplêndida. A multidão tem medo da treva... Os cafés transbordavam gente; e, à porta de cada cinematógrafo, uma longa fila de povo se formava, assaltando a bilheteria. Toda aquela turba queria ficar fora de casa: a casa, sem gás, é um túmulo.

Nós quatro, conversando, comentávamos o caso.

Não era a mashorca, felizmente. Havia, apenas, uma parede dos operários da companhia do gás. Parede pacífica e platônica, que bem depressa acabaria, como as outras, continuando os pobres trabalhadores a contentar-se com promessas, e prestando o Estado o auxílio da sua força ao Capital, com essa solidariedade que une todos os tiranos numa inquebrantável aliança ofensiva e defensiva...

Dos quatro, que passeávamos, um era um velho carioca, já cinquentão, e tão amigo da sua cidade que nunca daqui saiu, — nem para ir a Mendes ou à Barra do Piraí.

E enquanto os outros, com entusiasmo, entoávamos um coro de louvores à fada eletricidade, ele caminhava, resmungando coisas incompreensíveis.

Louvávamos a grande fada, que suspendia sobre as nossas cabeças aqueles globos fulgurantes, e estendia ao longo dos prédios aqueles pendões de luminárias brancas, amarelas, verdes, vermelhas, formando letras e dísticos, aglomerando-se em estrelas e crescentes, dando à avenida um aspecto de zona de milagre, dotada de uma vegetação fantástica de flores e frutos de fogo.

Mas, levados pelo acaso do passeio, enveredamos por uma das ruas transversais, e de novo a noite nos cobriu, nos rodeou, nos embrulhou no seu manto sinistro. E foi então que o nosso companheiro cinquentão falou, combatendo o nosso entusiasmo:

— A eletricidade! Se vocês soubessem que alívio é para mim um passeio como este, por uma rua trevosa! Já estou cansado de tanta luz... Ainda sou do tempo dos lampiões de azeite. A cidade era pobre, paupérrima. E, como pobre, e honesta, não tinha luxos. Todos jantavam, em casa, às quatro da tarde. Depois, um pequeno passeio, uma partida de gamão e uma discussão política nas boticas, uma ou outra novena, uma ou outra visita, e, de longe em longe, um fogo de artifício. Jesus! Atualmente, o fogo de artifício é quotidiano e perpetuo! Esta orgia de luz embebeda-me, alucina-me, cega-me! Abençoada seja esta parede, que nos vem dar um pouco de repouso aos olhos e às almas! Continuemos a passear por aqui, por estas calmas ruas que ainda os postes da Light não invadiram... Tenho a impressão de estar revivendo o tempo antigo. Antigamente, todo o Rio era assim....

Um de nós bocejou:

— Não sei que poesia se pode achar na treva...

O cinquentão inflamou-se:

— Quer você saber qual é o grande crime da eletricidade no Rio? Matou a poesia do luar! Os nossos luares, neste céu incomparável, sempre foram famosos. No inverno carioca, uma noite de lua cheia, no céu escampo, em que desfalecem e morrem todas as estrelas ofuscadas, é uma maravilha sem par, cuja contemplação dá poesia e imaginação a todas as criaturas, — até aos muares das carroças do lixo e aos cachorros vagabundos. O luar do Rio! Foi por causa dele que esta cidade teve tantos poetas, no tempo em que ainda havia poetas. Agora, há... cronistas e burocratas, como este que aqui vai conosco, e que é adorador da eletricidade. Quem faz caso do luar, hoje? Nem o podemos ver: nem levantamos os olhos para o céu; as avenidas e as lâmpadas elétricas cativam toda a nossa atenção; vivemos a olhar o asfalto ignóbil que calcamos aos pés. E ninguém mais vê o luar, quando ele cascateia em rios de prata pelo pendor das montanhas, e mergulha gládios rutilantes na face arrufada do mar, e chora chuveiros de pérolas entre os ramos das árvores. A Eletricidade matou o luar!

Tínhamos chegado ao velho largo do Paço. O jardim, Osório, o chafariz histórico, tudo dormia, sob a capa das trevas. Mas, de repente, rasgou-se uma larga brecha na muralha das nuvens que forravam o céu; e um luar admirável, límpido, de uma brancura e de uma maciez de arminho, suavemente se espalhou sobre a dormente amplidão dos canteiros, dos relvados, das calçadas de cimento. Os oitis animaram-se, bracejaram, vestidos de prata viva. Osório agitou-se sobre o cavalo de bronze, nessa existência fictícia que a fantasmagoria do luar dá sempre às coisas inanimadas. O mar, ao longe, resplandeceu, retalhado por uma larga faixa fulgida e tremente. Ficamos os quatro extáticos, suspensos, gozando o espetáculo magnífico. E o cinquentão exclamou, abrindo os braços, com um ar de beatitude na face:

— Abençoada seja a parede dos gasistas, que nos permite ver em toda a sua majestade divina, sem o contraste odioso e concorrência indigna da luz artificial, a tua luz incomparável, ó Diana formosa, caçadora de estrelas, mãe de todos os sonhos, consoladora dos tristes!

Todos nós dissemos:

— Amém!

Cerrou-se de novo o véu das nuvens. Dura tão pouco o que é belo!...

Retrocedemos, e enfiamos os passos pela rua da Assembleia, escuríssima; longe, irradiava o clarão da avenida. E o nosso amigo, cerrando o punho, bradou, naquela mesma voz tonitruosa com que o padre Júlio Maria amaldiçoa o pecado e os pecadores:

Maldita sejas, fada perversa, inimiga do luar, Satania abominável filha de Belzebu!

(1905)

ERASMO

Imaginem que, ontem, estava eu, quieto, entre folhagens amigas, docemente pensando coisas doces, quando recebi uma visita inesperada.

Era manhã. Um pombo, arrepiando as asas, faceirando-se, alongando e esticando o pescoço, andava perto de mim, ao redor da companheira, dizendo-lhe segredos. Os cravos e as rosas pompeavam ao sol, voavam borboletas, desmanchavam-se os jasmineiros em aromas. Uma gloriosa manhã de outono, deste maravilhoso outono carioca, que tem o esplendor da mais bela primavera. Um cenário de idílio...

Disseram-me que uma pessoa desconhecida queria conversar comigo sobre assunto grave, de excepcional gravidade.

Entrou essa pessoa, e sentou-se.

Era um homem corpulento, velho, dono de uma face cheia de bondade, com pés de galinha ao redor das pálpebras gordas, e um meio sorriso meigo, desabotoado na polpa carnuda dos lábios. Trajava à moderna, com decência e apuro. Mas notei que parecia estar mal dentro da roupa. Não estava à vontade. Depois, havia na sua fisionomia um não sei que ar perturbador e estranho, qualquer coisa muito velha, muito passada, que falava de séculos mortos e de gerações sumidas...

Por um desses pressentimentos que se não explicam, compreendi que alguma coisa terrível se ia passar. Bateu-me o coração pressago dentro do peito. Mas o homem, tendo pousado sobre o banco de pedra a sua cartola reluzente, perguntou-me:

— O Sr. leu hoje os jornais?

Vexado, declarei que não. E balbuciei que, por causas várias, por preguiça, por egoismo, por amor da paz, havia muito tempo que não lia jornal nenhum.

Ele sorriu, desabotoou a sobrecasaca, tirou da algibeira uma folha, desdobrou-a, apontou um artigo, e disse:

— Leia!

Li. Era um artigo de Z. Intitulava-se *Apanhados,* e tratava de loucos, de assistência a alienados, de coisas todas relacionadas com a loucura. Li, e fiquei sabendo que o governo do Estado do Rio, não tendo onde aboletar os loucos fluminenses, fez com o governo da União um contrato, segundo o qual ficam os alienados, mediante um certo pagamento diário, alojados na Casa Triste da praia da Saudade. Fiquei mais sabendo que cada louco fluminense pagava até agora mil cento e cinquenta réis por dia, e que o governo da União declarara não poder mais alimentar e abrigar malucos por tão baixo preço, e passara a exigir a diária de mil duzentos e dezessete réis.

Acabei de ler, dobrei a folha, restitui-a ao cavalheiro, e fiquei à espera.

— Meu caro amigo — disse ele —, acho que isto é uma tristeza e um horror! Mil duzentos e dezessete réis por dia! Como há de um louco, internado no Hospício, viver com tão pouco dinheiro?... Quando, em 1506, eu me doutorei em teologia...

— Mas, então, o senhor em 1506 já era vivo?!

E ele sorrindo:

— Já. Eu nasci em 1467, em Roterdã. Eu sou o Erasmo!

— Hein?

Eu sou o Erasmo, o autor do *Elogio da Loucura*. Não se espante, não suponha que está sonhando, não se assuste, não grite por socorro! Bem vê que lhe não faço mal... Ouça-me. Quando me formei em teologia, ainda antes de escrever o *Elogio da Loucura,* já a sorte dos loucos me interessava singularmente. Depois, viajei muito, corri muito mundo, fui padre, fui professor, servi Jacques IV, Carlos V, Fernando da Hungria, Segismundo da Polônia, Francisco I, Henrique VIII, o papa Clemente, vi muita coisa, estudei muito, vivi muito, — e, quanto mais vivia, mais me interessava pela sorte dos loucos...

Enquanto o homem assim falava, eu estava, como bem devem compreender, achatado de assombro...

Em torno de nós, o sol flamejava nó céu e nas árvores, as flores abriam-se em perfume, os pombos arrulhavam, — mas eu só tinha sentidos para aquilo que ouvia. Como? Pois era possível? Erasmo? O grande Erasmo? Um homem morto há quatro séculos?!

O grande Erasmo continuou:

— Senhor! Sempre acreditei que os loucos viriam, em certo e determinado tempo, a prestar grandes serviços à humanidade. E eis aqui que chegou esse tempo. O mundo inteiro está perdido. Guerras, injustiças, motins, fome e desordens. Ora, enquanto, cá por fora, os homens sãos se desmandam e arrepelam, que fazem os loucos? Os loucos, dentro dos manicômios, preparam a salvação do mundo, à espera da hora em que lhes seja confiado o governo das nações. Não ria, senhor, não ria! Lombroso já provou que todos os grandes homens são mais ou menos malucos. Dante era louco, e escreveu a *Divina Comédia;* Napoleão era louco, e avassalou o mundo! Diga-me uma coisa: o Sr. é patriota?

— Oh! Como não?! — exclamei eu, espalmando a mão sobre o peito, como para ardentemente afirmar o meu patriotismo.

— Pois, então, tenha paciência! Vá para as folhas amparar a causa dos hóspedes do Hospício, porque naquela congregação de cérebros avariados é que está a salvação da sua pátria!

Descansou um pouco, e prosseguiu:

— O próprio Pangloss, se vivesse hoje, seria incapaz de achar que tudo vai bem no Brasil. Há uma porção de anos que tudo isto vai à matroca. Ninguém sabe o que quer, como ninguém sabe o que não quer. Ora, toda esta atrapalhação é obra de quem? É obra dos homens de juízo! Em breve, o Brasil, cansado de experimentar o governo dos homens sãos, terá de recorrer ao governo dos loucos. E, nesse dia, que direito terá o Brasil de exigir talento e atividade da parte de homens alimentados à razão de dez tostões por cabeça diariamente? Não pode ser, senhor! Isto não pode continuar assim! É preciso que o Estado arranje dinheiro, e alimente com fartura e luxo aquele viveiro de políticos, aquela *pepinière* de estadistas e salvadores da pátria!

E aqui, o grande Erasmo levantou-se, entusiasmado, estendeu o braço, e clamou:

— Vá para as folhas, senhor, vá para as folhas!

E saiu, gravemente abotoado na sua sobrecasaca...

(1898)

HOMENS E BICHOS

Se o tempo fosse meu, e eu dele pudesse dispôr livremente, esta crônica seria escrita em São Paulo, onde o cronista estaria a esta hora visitando a "Exposição de Animais", que lá se inaugurou anteontem. Mas quem é senhor do tempo? Ele é que é senhor de todos nós e de toda a nossa vida. Quanta coisa agradável e útil se deixa de fazer por falta de tempo! Por falta de tempo, há muita gente que morre velha... sem nunca ter vivido.

Lamento não poder ir a São Paulo. Uma Exposição de Animais é um dos espetáculos mais divertidos e úteis que ao homem é dado apreciar nesta curta e aborrecida existência. O homem só pode verdadeiramente compreender quanto deve aos animais, quando assim os vê reunidos, muitos e variados, de diversas famílias e gêneros, numa Exposição ou num Jardim Zoológico.

Não se compreende uma grande cidade sem um desses viveiros, onde, entre árvores e águas, vivem e se reproduzem, tratados, alimentados e admirados por nós, os nossos companheiros de residência na Terra.

Um Jardim Zoológico — se me pode ser permitida esta comparação um pouco anfigúrica — é uma escola de humanidade. Porque um viveiro de bichos, com a sua ordem, com a sua paz, com a sua vida calma, sem ambições e sem brigas, é como um espelho mágico, em que os homens, organizados em sociedade, podem contemplar e admirar o que poderia ser a sua própria vida, se todos eles tivessem tanto juízo e tanta filosofia como os bois, como os macacos, como as aves, como todos os bichos. O que todos os habitantes de um Jardim Zoológico ambicionam e pedem é pouco: a ração a hora certa, água fresca, calor de sol, sombra de arvoredos, e sossego; nesse sossego, assim que têm o estomago cheio, ficam felizes, — uns meditando e conjecturando, como os bois, que são pensadores; outros cantando, como os pássaros, que são poetas; outros dormindo, como os porcos, que são epicuristas; outros saltando e careteando, como os macacos, que são palhaços; e todos gozando a vida ao seu modo, amando quando sentem necessidade de amar, — e nunca se enfurecendo e brigando por causa de emprego, ou de dinheiro, ou de glória.

O que se inaugurou anteontem, em São Paulo, não foi um Jardim Zoológico: foi uma *Exposição de Animais,* — dos animais que são mais úteis ao homem, e mais auxílio e dinheiro lhe dão. Essa exposição é uma prova do esforço com que aquele poderoso Estado está procurando restaurar e desenvolver a sua riqueza pastoril, que a riqueza agrícola até agora tinha quase inteiramente eliminado. Ideia admirável, ideia fecunda! Os primeiros homens, que habitaram a Terra, foram pastores. Justamente por isso, eram melhores e mais felizes do que nós. A companhia dos animais melhora e felicita o homem.

Seja como for, como seria bom que eu fosse senhor do tempo! Iria a São Paulo, e, a todos aqueles animais reunidos perguntaria: "Por que não ensinam vocês aos homens o segredo dessa filosofia? Vocês nascem, vivem, trabalham, cumprem com resignação e paciência a sua missão na Terra, e, quando chega a hora da morte, morrem, sem barulho, ou sob o peso da canga, ou no matadouro, ou de velhice, — mas nunca de desgosto provocado pelas ambições e pelas brigas. E nós, homens, que somos mais inteligentes, mais ricos, mais poderosos, mais felizes do que vocês, não fazemos outra coisa senão brigar, desde o nascimento até a morte: em meninos, brigamos por causa de brinquedos e de comida; em moços, brigamos por causa de mulheres; em maduros, brigamos por causa de dinheiro e de posição; e em velhos, ainda brigamos muitas vezes por causa de todas essas coisas juntas...Por que não nos ensinam vocês essa consoladora e sábia filosofia?!..."

Provavelmente, nenhum dos animais me daria resposta. Mas o estar ali a olhá-los, a contemplá-los, a admirar a sua serena indiferença, já seria para mim um grande consolo — tão atrapalhada e inquieta anda a minha pobre alma no meio de tantas brigas. Justos céus! Todos brigam atualmente nesta terra! Brigam por causa do café, da conversão, da alfândega, do governo atual, do futuro governo — por causa do interesse, por causa da política, por causa do amor, por causa da vaidade! E estou vendo que, daqui a pouco, desato a brigar também, como homem que sou... para não parecer animal inferior.

E, enquanto nós brigamos uns com os outros, por causa de todas essas coisas, — os argentinos brigam conosco, por causa da sua vaidade ferida...

Dizem os telegramas que esses vizinhos querem agora ter uma Santa, — uma Santa sua, legitimamente sua, que, com especial e patriótico fervor, possa advogar junto de Deus os interesses nacionais.

A piedosa criatura chamou-se em vida Soror Maria da Paz, e, se os telegramas não mentem, já se encetaram com as autoridades eclesiásticas as necessárias negociações para que essa ilustre e virtuosa argentina seja elevada à dignidade dos altares...

Vê-se bem (e já vários jornais registraram o fato) que isso é uma *desforra:* — Ah! — exclamam os nossos vizinhos — vocês têm um Cardeal? Pois nós vamos ter uma Santa!

Justos céus! A que pavorosas despesas a vontade de brigar é capaz de arrastar os homens e os países!

Porque ter um Santo ou uma Santa é um luxo caro, caríssimo. Uma Santa ou um Santo custam a uma nação os olhos da cara... Nem todos sabem quanto dinheiro é preciso gastar para obter tão alta honra. Em primeiro lugar, o processo da canonização dura dezenas e dezenas de anos; o Santo, antes de ser verdadeiramente Santo, tem de passar por diversos estágios: fica sendo, no primeiro grau, *venerável;* depois, passa a ser *beato;* depois, adquire o nome de *bem-aventurado;* — e tudo isso custa um dinheirão, porque o foro eclesiástico ainda é mais careiro do que o foro civil, e o *Advogado de Deus* e o *Advogado do Diabo,* que funcionam no processo de canonização, apresentam contas de *custas* que só os arquimilionários podem saldar.

Enfim, como a República Argentina é muito rica, — é o caso de dizer que mais vale um gosto do que quatro vinténs...

O Brasil, há 278 anos, pretendeu também ter um Santo. Foi, de fato, em 1628, que o papa Urbano VIII mandou iniciar o processo para a beatificação do nosso grande José de Anchieta, esse evangelizador poeta, a quem o padre Jorge Cardoso, no seu *Agiologio Lusitano* chama: "Taumaturgo da Igreja militante, trombeta do Evangelho, prodígio da Graça, portento da Natureza, luz da Gentilidade, sol da América, glória da Companhia etc., não menos de Tenerife (sua pátria), ilha principal de Canárias..."

Esse processo de beatificação, iniciado há duzentos e setenta e oito anos, ainda não foi concluído. Por quê? Não, de certo, porque, no correr dos debates, o *Advogado do Diabo* tenha vencido o *Advogado de Deus,* provando a indignidade do ilustre catequista, — mas unicamente porque não houve até agora quem quisesse arcar com as custas do processo. Achamos o luxo muito caro; e contentamo-nos com arranjar um Cardeal, — de graça.

A Argentina, porém, quer ter mais do que isso. Tudo é pretexto para briga, quando há vontade de brigar. É a segunda prova que ela nos quer dar, em pouco tempo, da sua orgulhosa superioridade: mandamos construir meia dúzia de navios guarda-costas, e ela encomendou logo, ou vai encomendar, cinco mil couraçados, dez mil cruzadores, e vinte mil torpedeiras; arranjamos um Cardeal, e ela vai arranjar uma Santa!

E agora o vereis: naturalmente, não quereremos ficar atrás, e arranjaremos dois Santos; ela arranjará mais dez; nós arranjaremos mais cem; ela arranjará mais duzentos: e, em breve, por causa da nossa briga, o Supremo Arquiteto do Universo terá de fazer obras no Céu, alargando-o, para que ele possa conter todos esses novos Bem-aventurados, filhos da nossa emulação!

Oh! Que felizes, que felizes são os bichos, que não precisam de Cardeais, nem de Santos, nem de esquadras, nem de caixas de conversão, nem d e dinheiro, nem de honras!

Mestre Machado de Assis diz, num soneto, que o sol, enfarado da sua soberania de astro, inveja a vida dos insetos:

> *"Por que não nasci eu um simples vaga-lume?"*

Eu, como homem, também tenho às vezes esse desejo: ser bicho, grande ou pequeno, quadrúpede ou alado, — para não brigar com os outros, e para que os outros não briguem comigo.

(1906)

OS BOMBEIROS

Festeja-se hoje, no Rio de Janeiro, o jubileu do Corpo de Bombeiros. Cinquenta anos de heroísmo, cinquenta anos de dedicação. Cinquenta anos de luta implacável e gloriosa, contra um inimigo insidioso e feroz, cinquenta anos de abnegado sacrifício e de trabalho arriscado, em prol da cidade...

Os antigos cabalistas acreditavam na existência de imponderáveis gênios invisíveis, filhos das chamas, vivendo nas entranhas ígneas da terra, — e reinando soberanamente sobre as regiões do fogo. Chamavam-se "salamandras" esses gnomos flamívomos... O povo, que é crédulo, mas só acredita bem naquilo que vê, sentiu a necessidade de corporificar essa abstração dos cabalistas, — e deu o nome e os atributos da "salamandra" a um pobre réptil batráquio, tímido, feio, fraco, cego, surdo, inofensivo, que nunca viveu dentro do fogo, que nunca a ninguém fez mal, mas que, apesar disso, ficou, por muito tempo, gozando de uma péssima e caluniosa reputação. Hoje, não há mais quem dê credito a essa fábula: mas...

Mas as salamandras existem. Não são gnomos, invisíveis, nem répteis pequeninos e repugnantes: são homens, homens bravos e fortes, que vivem no fogo, entre as chamas assassinas, — não para ativá-las e aproveitá-las contra os outros homens, mas para subjugá-las e aniquilá-las.

Salamandras benfazejas, que não tendes medo do fogo, e viveis dentro dele — a zombar do seu poder e anular a sua fúria, — salamandras, que tendes hoje o vosso dia de glória e de festa, é bem justo que toda a população carioca se congregue, neste dia, para vos festejar!

Na praça da República, dentro de um imenso quartel, do centro de um vasto pátio, sobe para o céu uma altíssima torre. Lá em cima, cercado de trevas e silêncio, sozinho no seio augusto da noite, dominando a cidade que dorme, sob a paz estrelada do firmamento, — atento, alerta, aguçando o olhar, que fura a escuridão, vela um homem...

A cidade dorme. Fatigada da labuta diária, esfalfada pelas suas ambições, extenuada pelas suas lutas, abatida pelo excesso de sua vibração diurna, estafada pela febre das suas paixões, a cidade caiu no seu letargo de todas as noites. Calaram-se as últimas vozes da multidão, cessaram os últimos estos do trabalho e do prazer, recolheram-se os últimos notívagos, fecharam-se como túmulos todas as casas.

Do alto da sua altíssima torre, sozinho na altura calada, o vigilante escruta com o olhar atento a metrópole que dorme. O seu olhar varre o horizonte... Correndo as ruas, apinhando-se nas praças, galgando os outeiros, precipitando-se pelas ladeiras, em reticências de ouro fúlgido, piscam vagamente na sombra os candieiros da iluminação pública. Mas a sua claridade incerta não espanca as sombras noturnas. Em torno deles, abaixo deles, acima deles, o olhar do vigilante vê apenas a treva, a treva espessa e informe, a treva misteriosa, em que parece reboar, num surdo lamento, o abafado ofego do milhão de criaturas, que dentro dela repousam, mergulhadas no sono irmão e vizinho da morte...

Que busca, nas trevas, esse olhar ansioso, a leste e a oeste, ao norte e ao sul, sondando o mistério da noite cerrada?

Esse olhar vigia o acaso e a maldade: é o olhar previdente e arguto, abnegado e perspicaz, incansável e generoso, que vela pela segurança, pela propriedade, pela fortuna, pela vida de todos nós. E o olhar que espia o incêndio, é o olhar, que, às ciladas do fogo, opõe a previsão do socorro.

Vigia o acaso e a maldade... Com esses dois inimigos, como poderíamos dormir tranquilos, se não fosse a perpétua vigilância daqueles olhos atentos? O acaso é um inimigo terrível, com a sua irresponsabilidade e a sua inconsciência. Uma fagulha caída de qualquer chaminé, ou a explosão de um candieiro de petróleo, ou o fogo mal extinto da lareira que desperta ao sopro do vento, — podem incendiar uma casa e um quarteirão. Mas a maldade humana ainda é mais terrível do que o acaso: o incêndio é, às vezes, muitas vezes, o salvador da "quebra": e que importa ao incendiário a vida dos incautos? Que lhe importa a ruína da gente desprevenida que o cerca? Uma lata de querosene e um estopim de pólvora custam tão pouco!...

Mas, do alto da sua torre, o vigilante espia o inimigo.

E notai: o seu olhar fixou-se agora num certo ponto da cidade que dorme aos seus pés; ele está vendo, com a agudeza da sua vista educada, alguma coisa que o nosso olhar inexperto não poderá lobrigar. Não é um clarão: é um subclarão indistinto e vago, um rubor indeciso, um tênue dilúculo que mal aponta na treva... Um alto grito soa na solidão da noite; retinem campainhas; gritam clarins... Como por milagre, num minuto, num segundo, num instante, o quartel acorda, e vive; — é o nada que desperta e vibra, ao mando de um *fiat* onipotente. Ardem fachos, espancando a noite; vozes de comando, rápidas e claras, cruzam na azafama geral; chia nas bombas o vapor; de si mesmos, dócil e inteligentemente, colocam-se os muares entre os varais dos carros; de cada canto surge uma figura humana, a que o clarão dos porta-luzes fumegantes dá um aspecto fantástico... E a falange salvadora, num estrépito de rodas, num patear de cavalos, num campainhar frenético, abala para o lugar do desastre... E, então, começa a tragédia épica e sublime, — a epopeia da coragem e do sacrifício!

Quem há, por aí, que já não tenha, ao menos, uma vez, tremido de susto e vibrado de comoção e entusiasmo, ao ver o trabalho, ao admirar a coragem desses bravos bombeiros, entre as chamas?

Coragem estupenda, — cem vezes mais admirável do que a dos soldados que afrontam a morte nos campos de batalha. Nos campos de batalha há as promoções: tal soldado, ao cabo de uma campanha, troca a blusa grosseira de guerreiro humilde pela farda agaloada de capitão, e até pela farda bordada de general. Mas, neste campo de batalha contra o fogo, o heroísmo é obscuro, a glória é anônima, a recompensa é nula.

Assombrosa luta! Um homem, fraco, pequenino, humilde, contra o fogo que tudo pode!

Uma espessa atmosfera negra e impenetrável rodeia a casa incendiada... De repente, um grosso jato de água espanca e rasga a muralha de fumo; e, então, vêm-se lá em cima as salamandras heroicas, mourejando entre as labaredas, lambidas e enoveladas por elas, numa peleja sobre-humana!

Espetáculo que, uma vez contemplado, nunca mais é esquecido... E a luta dos pigmeus contra o briareu de mil braços acesos. Este herói, rodando no ar a machadinha com que golpeia uma viga carbonizada, resplandece como Vulcano, dentro de uma chuva de áscuas vivas; aquele debate-se, como Laocoonte, entre as roscas de serpentes ígneas; aquele outro, insensível às chamas que lhe remordem a face e as mãos, balança-se, pendurado a uma escada de corda, carregando um inválido, ou uma mulher, ou uma criança, que a sua bravura arrancou das garras de uma horrenda morte; — são as salamandras humanas, os gênios do fogo, não filhos dele, mas seus inimigos e seus dominadores!

Infelizmente...

Infelizmente, é bem verdade que não há salamandras a quem o fogo respeite! Também estas, muitas vezes, são devoradas por ele... Não há incêndio, de que não saiam mortos ou feridos alguns destes valorosos rapazes, que têm hoje o seu dia de festa e de glória. Este sai da refrega com a face em carne viva, aquele com a perna esmagada pelo desmoronamento do telhado, aquele com a cabeça rachada pela queda de um caibro incendiado...

Vós todos, que dormis tranquilos, sem medo do incêndio, — porque sabeis que há quem esteja velando por vós, e quem corra a arriscar cem vezes a própria vida para salvar a vossa, — vós todos deveis concorrer hoje ao Parque da República! O dinheiro que derdes servirá para abastecer a caixa de beneficência desses heróis, que, na sua luta contra as chamas, não conquistam galões nem propinas.

Eu, por mim — se ainda fosse poeta —, dedicar-lhes-ia hoje uma ode, para lhes mostrar quanto os amo...

(1906)

A TUBERCULOSE

Que fez o Quarto Congresso de Medicina e Cirurgia? Fez uma coisa, talvez uma coisa só; mas essa vai torná-lo credor de todos os nossos aplausos e de todas as nossas bênçãos: chamou a atenção do governo e do povo para a *Liga contra a tuberculose*.

Não queirais que a fria pá de cal da indiferença caia sobre essa nobre e generosa ideia! Dai-lhe a força bastante, para que caída em terra forte, ela germine, cresça, floresça e frutifique, abrindo sobre a miséria das vítimas da Voraz uma tenda verde de esperança e salvação!

Uma das mais belas páginas do grande poeta das *Orientais*, é aquela apaixonada página povoada de fantasmas:

> *"Hélas! Que j'en ai vu mourir de jeunes filles!*
> *C'est le destin. Il faut une proie au trépas.*
> *Il faut que l'herbe tombe au tranchant des faucilles,*
> *Il faut que dans le bal les folâtres quadrilles*
> *Foulent des roses sous leurs pas..."*

Qual de nós, já tendo chegado à idade madura, não poderá dizer o mesmo, com a mesma inconsolável melancolia? O Rio de Janeiro é "a cidade em que se morre cedo..."

Todos nós nos apavorávamos quando, ao entrar o verão, entrava com ele a febre amarela, a ceifadora cruel; todos nós estremecemos de espanto e de horror, quando se assinala perto a presença do cólera; todos nós encomendamos a alma a Deus, quando uma peste como a bubônica, vinda de longes Ásias, põe o pé no litoral do Brasil. E ninguém pensa nisto: a nossa inimiga maior, a nossa inimiga implacável vive conosco, hóspede importuna e inexorável, — a pérfida, a voraz, a Tísica... Ardam no céu carioca os raios duros dos sóis de estio; adoce os nossos ares o inverno suave; amareleça o outono as galhadas das acácias urbanas; meiga, carregue a primavera de flores os rosais de outubro; — no estio como no inverno, no outono como na primavera, não descansa a tuberculose, a gulosa comedora de pulmões.

Aquela mocinha, que ali vai, cheirosa como uma manhã de setembro, para o teatro ou para o baile,

> *"entreaberto botão, entrefechada rosa,*
> *um pouco de menina e um pouco de mulher,"*

aquela primavera de carne, aquela alvorada de espírito, — vai encontrar, no abrir e fechar da porta do seu camarote no Lyrico, ou no delírio da sua primeira valsa, a emboscada da traidora.

Aquela mãe, robusta e moça, que ali está, dando à boquinha cor-de-rosa do filho o seio generoso, não imagina que a voraz a espia, pela fresta da porta, namorando-lhe o colo branco e formoso, em que, sanguessuga adorada, a criança haure a vida e o amor.

Aquele mancebo que além vedes, estudante cheio de vida e esperanças, folheando os seus dicionários, erguendo os olhos de quando em quando dos livros para os deixar perdidos num dos sonhos verdes da sua puberdade, — começará daqui a pouco a tossir, e a ter febre, e a escarrar a vida com o sangue dos brônquios...

Aquela saltitante e lépida rapariga, que passa, pobremente vestida, carregando as suas costuras, costureira humilde e bonita, tem também à sua espera a pedida, escondida no complicado maquinismo da Singer.

Ali, naquele internato, à hora do estudo ou à hora do recreio, a faminta passeia, entre os grupos dos meninos incautos, deixando o olhar guloso passar voluptuosamente por aquela messe abundante de vítimas.

E é ela quem espera o operário ao cabo da labuta; ela, quem espreita o trabalho do homem de letras; ela, quem corre os hospitais, arrebanhando os organismos mais fracos, para lograr as outras moléstias; ela, quem entra, pé ante pé, nos quartéis, como uma ladra, e, debaixo das fardas abotoadas, vai roendo o peito dos soldados...

E todas as idades lhe servem; e todas as carnes são agradáveis ao seu paladar, carnes tenras de crianças, como carnes ressequidas de valetudinários; e, como o cupim insaciável que tanto come as madeiras baratas como os fidalgos cernes de luxo, a tuberculose chupa a vida dos pobres e a vida dos ricos, mina a existência dos banqueiros e a existência dos pés-no-chão.

Faz medo e arrepia a alma, — o pensar nas revelações que acerca da tuberculose foram feitas no Congresso de Medicina. Não é verdade que chegou o momento de nos unirmos todos, numa cruzada santa, contra a Infame, que nos arranca os filhos dos braços; que leva para o grande nada as nossas irmãs, frias e mirradas sob a alvura das capelas virginais; que vai aos colégios e às academias dar cabo das sementeiras de servidores da pátria; que deserta tanto berço, e cobre de luto tanto leito nupcial, e sufoca, com o seu beijo envenenado, tanta voz destinada a clamar alto pelo belo e pelo bem?!

O VÍCIO LITERÁRIO

Um jornal assinalou ontem uma feição nova do Rio: "O aspecto dos pontos urbanos em que se vendem jornais. Feição nova, não propriamente pelos pontos, que são antigos, mas pelo *stock* exposto, que é agora mais volumoso. Com efeito, o Rio conta hoje nada menos de doze diários, sendo oito da manhã, três da tarde e um da noite. Assim, a exposição dos vendedores é mais vasta e as pilhas de folhas mais altas. E há ainda os semanários, que orçam por número equivalente, alguns jornais dos Estados e alguns suplementos ilustrados de jornais estrangeiros."

Seria esta uma novidade consoladora, se não soubéssemos, como afirma o próprio jornal, que o número dos leitores dos jornais diários, no Rio, fica muito aquém de cem mil...

O forasteiro, que por aqui passasse, observando as nossas coisas pela rama, ficaria realmente admirando a nossa cultura: porque deveria ser intensamente culta uma cidade que sustenta oito jornais diários. Mas, se disséssemos a esse forasteiro que os analfabetos, na população desta cidade, estão na proporção de dois para um, — o homem escancararia os olhos, não podendo compreender a simultaneidade e a coincidência dessa prosperidade da imprensa com a falta de instrução popular.

Para fazer cessar o seu pasmo, e restituir-lhe o equilíbrio cerebral, seria preciso que lhe explicássemos longamente muitas coisas, — entre as quais esta, que é de explicação difícil: a prosperidade da imprensa é apenas aparente, e constitui somente um dos sintomas de certo vício, que é muito nosso, — o vício literário.

Não é sem razão que se diz que "o mundo é mal feito". Muito mal feito! O homem é fraco, as virtudes são poucas, os vícios são muitos, o caminho que leva à felicidade é um só e escarpado, e as estradas que levam à ruína são várias e lisas...

Há mais vícios do que virtudes, — e cada dia se inventam vícios novos. E, se é verdade que foi Deus quem fez aquelas e o Diabo quem inventou e inventa estes, — é força confessar que o gênio do mal tem muito mais imaginação e muito mais fertilidade criadora do que o gênio do bem...

Mas, de todos os vícios velhos e novos da sociedade brasileira, estou em dizer que o mais espalhado e pernicioso é o literário.

Só quem vive rabiscando crônicas e notícias para os jornais é que pode saber como é espantosamente numerosa a produção literária no Brasil. Não há dia em que não cheguem a cada escritório de jornal três ou quatro volumes de versos e novelas. Vêm do extremo norte, do extremo sul, dos sertões do centro, de todos os pontos do vasto país. Já houve uma semana, em que recebi (não há nisto o menor exagero!) dezoito livros de poesias!

"Publicar um livro!" — é o sonho de todos os adolescentes, e até de todos os homens maduros, nesta harmoniosa terra em que todos os sabiás são poetas e todos os homens são sabiás.

E todos esses livros são editados pelos próprios autores! E, quando se pensa no resultado prático e benéfico, que para a indústria, o comércio, a lavoura, as ciências, as artes, e a instrução do povo, se tiraria de uma outra e melhor aplicação do tempo, do dinheiro, do esforço intelectual, da energia moral, da paciência, da esperança que se gastam inutilmente com a concepção, a composição e a impressão de todos esses folhetos líricos, — não se pode deixar de sentir certo rancor contra os velhos poetas e os velhos críticos, que, afirmando ser a nossa raça a mais lírica de toda a terra, injetaram em nós este terrível e avassalador veneno da mania literária!

Verdadeira mania, verdadeira doença... Compreender-se-ia bem a nossa superprodução literária, se neste país houvesse leitores. Mas não há. As edições dos livros e folhetos que se publicam não saem das tipografias: o autor manda brochar cem ou duzentos exemplares, que dá aos amigos; e o resto da tiragem é dado em pasto às traças vorazes, quando não é vendido a peso, para embrulhar manteiga...

Mas o mal não seria grande, se essa mania apenas se manifestasse por meio da publicação contínua e torrencial de folhetos de versos e contos...

O que há de terrível neste vício é que fazemos literatura em tudo, e a propósito de tudo, em todas as idades, em todas as classes, em todas as profissões. É um horror! Há literatura nas mensagens presidenciais, nos relatórios dos ministros, nos artigos de fundo, nos noticiários, nos anúncios, nos compêndios de matemática, nos tratados de anatomia, nos códices de farmácia, nas teses de doutoramento, nas balas de estalo, nos anais do parlamento, nas revistas científicas, nos manuais de escrituração mercantil, nas tabelas de logaritmos, e até nos quadros estatísticos!

Ainda há poucos dias, tendo necessidade de verificar alguns apontamentos sobre a meteorologia do Rio de Janeiro, consultei um livro de demografia, escrito por um "homem prático", por um "homem de ciência", — desses que têm a vida regulada como o movimento de um cronômetro, e declaram sempre desprezar a poesia, preferindo passar um ano no hospício entre malucos a passar uma hora num café entre poetas.

Pois aqui tendes a frase que encontrei no livro desse homem; aqui a tendes, sem a alteração de uma vírgula nem de uma letra: "A cidade é sempre *suavemente acariciada* pelas brisas; de manhã, e à noite, há os *zéfiros chamados terrais;* e, quando, à tarde, eles deixam de *amenizar a temperatura*, aparecem *as auras consoladoras do mar...*"

Os zéfiros chamados terrais! As auras consoladoras do mar!

Fechei o livro, — e fui procurar informações meteorológicas... nas *Lyras* de Dirceu.

O fato de existirem tantos jornais em uma cidade em que quase ninguém lê jornal, — é uma das consequências desse vício literário.

Ainda no colégio, fundamos jornaizinhos manuscritos, em que ensaiamos o primeiro voo. Não há liceus, nem escolas, nem faculdades superiores, nem clubes literários, que não tenham os seus jornais. Agora, até as tavernas e os armazéns de secos e molhados têm jornais: *O Farol do Barateiro, A Atalaia dos Fregueses, O Bom Mercado, A Estrela do Bom Toucinho, O Arauto da Carne Seca...*

Quem é capaz de dizer quantos jornalistas há no Rio de Janeiro? O jornalismo é a baía salvadora em que vêm ancorar os náufragos de todas as outras profissões. Todo o homem, que não pode aqui intitular-se outra coisa, logo se lembra de intitular-se jornalista. As confeitarias, os botequins, os teatros, os clubes de dança, as casas de jogo, todas as casas e todas as ruas da cidade estão cheias de jornalistas!

Mas, enfim, quem lê todos esses jornais? Lemo-los nós, que os fazemos, — assim como também os livros de versos são lidos pelos autores. É um caso de... Não! Não posso escrever a comparação que o caso me sugere!

E, enquanto isso, — nada se faz para criar um público. O analfabetismo progride, engrossado pelas levas de imigrantes que nos chegam da Europa. De onde vêm os povoadores que atrai a Diretoria do

Povoamento? Não vêm da França, nem da Suíça, nem da Inglaterra, nem da Alemanha do Norte, nem da península escandinava, onde não há homem adulto ou adolescente, que não saiba ler e escrever: — vêm das penínsulas meridionais da Europa, e da Polônia, e da Armênia, onde há aldeias inteiras que nunca viram uma carta de *abc*...

Como se o número dos analfabetos nacionais não fosse considerável! Ainda ontem, ao jantar, como falássemos destas coisas que sempre me preocupam, disse-me um amigo: "Quer você horrorizar-se? Pois, ouça isto! Há algum tempo, estive, em Minas, em uma pequena povoação chamada *Os Teixeiras*, a quatorze léguas de Belo Horizonte, no município de Itaúna, perto do rio Paraopeba. Essa aldeia tinha 237 habitantes, — e desses 237 habitantes apenas dois sabiam ler!"

Não tratamos de criar um público, — nem de criar um povo livre. Estamos criando um povo de escravos.

E fundamos jornais, e publicamos livros de versos e de novelas, e de dia em dia nos dedicamos com maior ardor ao vício literário...

E este vício é mais enganador e mais alucinador do que o do ópio, porque até nos dá esta ilusão de delírio vesânico: a existência de uma literatura nacional em um país que não sabe ler!

(1905)

A GRAFOLOGIA

Graças vos sejam dadas, Senhor da terra e dos céus! Já sabemos por quem vamos ser governados; e já o caminho social, que temos de percorrer nestes quatro anos, se nos antoja liso e claro, não como uma rua esburacada e cheia de cotovelos insidiosos, mas como uma linda avenida reta e asfaltada.

Graças vos sejam dadas, Senhor! Somente vos pedíamos os nomes dos auxiliares do novo governo; mas, com a vossa infinita bondade, fostes além do nosso pedido, — e destes-nos também a índole, o caráter, o temperamento, o retrato moral completo do cidadão que nos vai governar.

Foi por intermédio do *Jornal do Comércio* que nos favorecestes com tão preciosa dádiva... O *Jornal*, inspirado por vós, recorreu ao Sr. Crépieux-Jamin, e, uma destas manhãs, ao acordar, ficamos sabendo que o Sr. Affonso Penna tem tais e tais qualidades, e que, de acordo com essas qualidades, há de governar de tal modo, queira ou não queira, porque a grafologia não mente e ninguém pode deixar de ser coerente com o talhe da sua própria letra, e com o seu modo de traçar a barra do *t*, e de arredondar as cedilhas, e de recurvar o til, e de enfunar a barriga do *b* e do *g*...

Uf! Respiremos! Já sabemos o que vai ser de nós!

Antigamente, naqueles tempos benditos e felizes em que havia na Terra gênios poderosos e fada argutas, em que os astros falavam aos adivinhos, e em que toda a superfície do planeta se povoava de milagres e de assombros, — o nascimento de um príncipe punha em atividade exércitos de profissionais do Mistério.

Eram, primeiramente, as fadas, que logo surgiam à beira do berço do recém-nato, saídas não se sabia de onde, espiando-lhe a face inocente com os seus olhos verdes, e deixando cair sobre ele as suas predições boas ou más, em chuvas de bênçãos ou de agouros.

Depois, convocados pelo rei opulento, vindos dos mais afastados pontos da Terra, com a mira nos prêmios que lhes daria a munificência real, invadiam a corte os astrólogos, os magos, os profetas, os feiticeiros mais célebres.

Os astrólogos, do alto da torre mais alta do castelo, velavam dias e noites, mirando os astros que luziam como letras de ouro no livro aberto do céu; e, estudando esse alfabeto luminoso, juntando as estrelas em sílabas e as constelações em palavras, traduzindo os longos períodos cintilantes das nebulosas, liam nesse almagesto divino a sorte do infante. Ao mesmo tempo, os magos combinavam os traçados sintéticos do *pentáculo,* os aeromantes examinavam a forma e o movimento das nuvens, os alectoromantes estudavam o cantar dos galos, os hidromantes saudavam com o olhar atento o seio límpido das águas, os geomantes inquiriam a entranha secreta da terra, os piromantes analisavam o fogo, — e não havia, em torno do castelo, uma só coisa que não fosse vista, cheirada, apalpada, gostada, escutada. Ao cabo de longas semanas de vigília e estudo, estava pronto o horóscopo milagroso: e ainda o principezinho não tomara o gosto do primeiro mingau, e já o rei sabia que o seu querido pimpolho ia ser isto ou aquilo, — guerreiro ou santo, imperador ou papa, herói ou poltrão, feliz ou desgraçado.

Nesses tempos, e para esse fim, só não era empregado um processo: a grafologia. A grafologia, ciência moderna, ainda não nascera. Parece que o primeiro grafólogo foi um certo Camillo Baldo, bolonhês, que no século XVII publicou um livro sobre as relações da escrita com o caráter. Nos tempos dos astrólogos, dos magos e dos piromantes, — ainda os Crépieux-Jamin e as madamas de Salberg dormiam sono do nada nesse misterioso seio das eras, de onde saem sucessivamente, ao mando de um poder incompreensível, os homens e os acontecimentos. Também, nesse tempo, a grafologia, se já existisse, não seria de grande utilidade: pouca gente, então, sabia escrever; os reis eram analfabetos, eram analfabetos os conquistadores e os santos, e apenas alguns monges se dedicavam ao estudo da ciência do alfabeto, — que era uma das mais ocultas de todas as ciências ocultas...

A grafologia é um processo de hoje, um processo adequado a esta era de civilização. Cada era, cada processo. Já não acreditamos que todas as criaturas nascidas cá em baixo tenham a sua sina gravada lá em cima no rutilante expositor das estrelas; não podemos admitir que uma certa conjunção de astros, verificada hoje, possa daqui a cinquenta anos governar a vida do homem que nasceu sob a sua influência; — mas acreditamos e admitimos que a alma e o corpo, num mesmo indivíduo, se relacionam de tal modo, que o caráter desse indivíduo pode ser revelado por alguns dos seus caráteres físicos ou por alguns dos vestígios que ficam da sua ação e do seu trabalho.

A escrita (dizem os grafólogos, — e já o grande Gœthe tinha essa mesma opinião) de algum modo faz parte da fisionomia do indivíduo: e Lavater considerava a grafologia como uma seção da fisionomia. O Sr. Crépieux-Jamin é mestre, e mestre consagrado, nessa difícil ciência. Por isso, devemos aceitar o seu veredito: a letra do Sr. Affonso Penna é um reflexo das suas qualidades e dos seus defeitos, e pelo estudo do Sr. Crépieux-Jamin ficamos sabendo realmente quem é e o que vale o homem a quem entregamos, por um período de quatro anos, a direção das coisas da nossa terra.

O retratado deve estar satisfeito com o retrato. E todos nós também. Escolho, ao acaso, alguns dos qualificativos aplicados pelo grafólogo ao novo presidente do Brasil: inteligente, ativo, hábil, sincero, perseverante, leal, enérgico, afetuoso, despido de vaidade, etc...

Todas essas qualidades reunidas fazem de um homem um presidente ideal!

Se os astrólogos, os adivinhos e os magos de outrora, chamados a dizer sobre a índole futura e o futuro temperamento de algum príncipe recém-nato, lhe vaticinassem todas essas virtudes, — a corte certamente rejubilaria, e o rei cumularia de favores e de honras os profetas.

Nós, com muito maior razão, devemos estar contentes com o que nos comunica o Sr. Crépieux-Jamin. Não se trata agora, como antigamente, de um príncipe, nascido príncipe, e tendo forçosamente de reinar, bem ou mal; trata-se, sim, de um governante, já homem, já maduro, escolhido por nós; não se trata também de saber que virtudes *terá* esse governante; trata-se, sim, de saber que virtudes ele *tem*, — virtudes que ele nunca mais perderá porque já formam parte integrante do seu sangue e da sua alma. Assim, o que a revelação do Sr. Crépieux-Jamin quer dizer é que nós acertamos, que nós tivemos "dedo", e que a nossa escolha foi ajuizada e prudente. E aí está como, de um só golpe, o grafólogo fez jus a duas gratidões, lisonjeando ao mesmo tempo o governante e os governados...

Agora, o que me parece é que a consulta ao Sr. Crépieux-Jamin deveria ter sido feita antes da eleição. Porque, enfim, o resultado do exame da letra do Sr. Affonso Penna foi satisfatório; mas imaginemos que o Sr. Crépeux-Jamin, com a probidade profissional e a imparcialidade sacerdotal que o caracterizam, nos tivesse mandado dizer o contrário, — isto é: "A escolha foi péssima; esse estadista tem mais defeitos do que qualidades; vocês estão perdidos com tal presidente...” Em que tremenda situação ficaríamos nós, já tendo elegido o presidente e não podendo deselegê-lo!

Bom é que isto nos sirva de lição... Para outra vez, daqui a quatro anos, quando nos aparecerem candidatos à presidência da República, nós teremos a precaução de pedir-lhes que nos apresentem os seus manifestos em autógrafo, e sem assinatura; instituiremos uma junta consultiva de grafólogos, de que façam parte os mais abalizados Crépieux-Jamin e as mais afamadas madamas de Salberg do mundo; ao exame desses luminares da grafologia submeteremos os autógrafos; — e de antemão ficaremos sabendo quais os candidatos que pelo seu bom senso, pela sua energia, e pela sua inteligência podem fazer a felicidade da pátria, e quais os que, pela sua preguiça ou pela sua intolerância, ou pela sua insensatez, nos podem arrastar ao colapso, à guerra, ou à revolução....

(1906)

ALMAS PENADAS

Outro fantasma?... É verdade: outro fantasma. Já tardava. O Rio de Janeiro não pode passar muito tempo sem o seu lobisomem. Parece que tudo aqui concorre para nos impelir ao amor do sobrenatural: o aspecto melancólico da cidade, estas ruas estreitas, estas casas baixas, e, sobretudo, este resíduo de carolice e de *bigotismo* que a educação portuguesa nos deixou na alma.

Agora, já se não adormecem as crianças com histórias de fadas e de almas do outro mundo. Mas, ainda há menos de cinquenta anos, este era um povo de beatos, de papa-santos e jacobeus. Que o homens maduros, que lerem estas linhas, se recordem das lendas ouvidas quando meninos...

Hoje, era a complicada história de um lobisomem, "filho nascido depois de uma série de sete filhas, que todas as terças e sextas-feiras saía, pela calada da noite, a correr o fado, visitando sete adros, sete vilas, sete partidas do mundo, sete outeiros, sete encruzilhadas, até que uma alma caridosa dizia sete vezes *Ave Maria,* e ele rebentava dando um grande estouro..." Amanhã, era o caso de uma pobre alma penada, condenada a viver no gonzo de uma porta; depois, o estranho sucesso de uma casa cujas janelas se abriam e fechavam por si mesmas, ou cujos corredores se enchiam de repente do retinir de correntes invisíveis. Enfim, todo um mundo de tolices e de fantasias.

Os tempos melhoraram, mas guardam ainda um pouco dessa primitiva credulidade. Inventar um fantasma, é ainda um magnífico recurso para quem quer levar a bom termo qualquer grossa patifaria. As almas simples vão propagando o terror, e, sob a capa e a salvaguarda desse terror, os patifes vão rejubilando.

O novo espectro que nos aparece é o de Catumbi. Começou a surgir vagamente, sem espalhafato, pelo pacato bairro, — como um fantasma de grande e louvável modéstia. E tão esbatido passava o seu vulto na treva, tão sutilmente deslizava ao longo das casas adormecidas, — que as primeiras pessoas que o viram não puderam em consciência dizer se era duende macho ou duende fêmea. Alguns juraram ter visto sobre o peito branco do trasgo espessos rolos de veneráveis barbas; outros falavam de pálidas feições de mulher moça; outros afirmavam ter percebido, entre as dobras de um capuz alvo, as rugas e o nariz adunco de uma face de mulher velha. O fantasma não falava, — naturalmente por saber de longa data que pela boca é que morrem os peixes e os fantasmas... Também, ninguém lhe falava, — não por experiência, mas por medo. Porque, enfim, pode um homem ter nascido num século de luzes e de descrenças, e ter mamado o leite do liberalismo nos estafados seios da Revolução Francesa, e não acreditar nem em Deus nem no Diabo, — e, apesar disso, sentir a voz presa na garganta, quando encontra na rua, a desoras, uma avantesma...

Assim, um profundo mistério cercava a existência do lobisomem de Catumbi, — quando começaram de a aparecer vestígios assinalados de sua passagem, não já pelas ruas, mas pelo interior das casas. Não vades agora crer que se tenham sumido, por exemplo, as hóstias consagradas da igreja de Catumbi, ou que os empregados do cemitério de São Francisco de Paula tenham achado alguma sepultura vazia, ou que algum circunspecto pai de família, certa manhã, ao despertar, tenha dado pela falta... da própria alma. Nada disso. Os fenômenos eram outros. Desta casa sumiram-se as arandelas, daquela outra as galinhas, daquela outra as joias... E a polícia, finalmente, adquiriu a convicção que o lobisomem, para perpétua e suprema vergonha de toda a sua classe, andava acumulando novos pecados sobre os pecados antigos, e dando-se à prática de excessos menos merecedores de exorcismos que de cadeia.

Dizem as folhas que a polícia, competentemente munida de bentinhos e de revólveres, de amuletos e de sabres, assaltou anteontem o reduto do fantasma.

Um jornal, dando conta da diligência, disse que o delegado achou dentro da casa sinistra, — um velho pardieiro que fica no tope de uma ladeira íngreme, — alguns objetos singulares que pareciam instrumentos "pertencentes a gatunos". E acrescentou: "Alguns morcegos esvoaçavam espavoridos, tentando apagar as velas acesas que os sitiantes empunhavam."

Esta nota de morcegos deve ser um *chic* romântico do noticiarista. No fundo da alma de todo o *repórter* há sempre um poeta... Vamos lá! Nestes tempos, que correm, já nem há morcegos. Esses feios quirópteros, esses medonhos ratos alados, companheiros clássicos do terror noturno, já não aparecem pelo bairro civilizado de Catumbi. Os animais, que esvoaçavam espavoridos, eram sem dúvida os frangões roubados aos quintais das casas...

Ai dos fantasmas! E mal dos lobisomens! O seu tempo passou. Hoje, quando aparecem, dispostos a visitar "sete adros, sete outeiros e sete partidas do mundo" arriscam-se, — tarefa muito menos bela! — a visitar... sete estações policiais...

(1902)

FORA DA VIDA...

Perco-me muitas vezes, por dever profissional, visitando escolas, no alto destes morros que entumecem de espaço a espaço a topografia do Rio de Janeiro, — Conceição, Pinto, Livramento, confusos dédalos de ladeiras íngremes, em que se acastelam e equilibram a custo casinhas tristes, de fachadas roídas e janelas tortas, cujo conjunto dá a impressão de um asilo de velhas desamparadas e inválidas, encostando-se e aquecendo-se umas às outras.

É uma cidade à parte...

O Rio já é uma, aglomeração de várias cidades, que pouco a pouco se vão distinguindo, cada uma adquirindo uma fisionomia particular, e uma certa autonomia de vida material e espiritual. O bairro de Copacabana, por exemplo, um bairro nascido ontem, já tem a sua população fixa, o seu comércio, os seus passeios, os seus clubes, — e até o seu jornal, *O Copacabana,* uma folha diária cujos redatores escrevem gravemente "os interesses de Copacabana", como escreveriam "os interesses de Roma, ou de Berlim, ou de Nova York"...

Mas de todas essas cidades, que formam a federação das urbes cariocas, a mais original é a que se alastra pelos morros da zona ocidental, e onde vive a nossa gente mais pobre, denso formigueiro humano, onde habitualmente: se recruta o pessoal barulhento das bernardas, de motins contra a vacinação obrigatória, contra o aumento do preço das passagens dos bondes, contra a fixação do peso máximo das carroças.

É essa a mais original das nossas subcidades. A mais original e a mais triste. Algumas ladeiras desses morros não conheceram nunca, por contato, ou sequer de vista, uma vassoura municipal. Em muitas delas, apodrecem lentamente ao sol, durante semanas e semanas, sob nuvens de moscas, cadáveres de galinhas e de gatos. E as faces humanas que por lá se encontram têm quase todas esse ar de asiática indiferença que vem do largo hábito da miséria e do desânimo.

Indiferença por tudo, pelo prazer e pelo sofrimento, pela vida e pela morte...

Há nesses morros muita gente que nada sabe do que se passa cá em baixo, e cujo espírito só tem como horizonte vital o espaço limitado por duas ou três ladeiras tortuosas e sujas.

Há poucos dias, no morro da Conceição, lá no alto, encontrei uma velha mulher, lavadeira, que não vem ao centro da cidade há trinta e três anos! Trinta e três anos, — toda uma existência!

Foi ali morar, em 1874 e ali tem vivido, sem curiosidade, sem desejos, sem aspirações, ganhando o minguado pão, vendo todos os dias as mesmas pessoas, dormindo todas as noites o mesmo sono, sem compreender a significação do barulho que estronda na planície, — conflitos, festas, tragédias, apoteoses, revoluções, lutos, glórias, — desgraças... Fizemos cá em baixo a Abolição e a República, criamos e destruímos governos, passamos por períodos de vacas gordas e por períodos de vacas magras, mergulhávamos de cabeça para baixo no sorvedouro do "Encilhamento", andamos beirando o despenhadeiro da bancarrota, rasgamos em avenidas o velho seio urbano, trabalhamos, penamos, gozamos, deliramos, sofremos, — vivemos. E, tão perto materialmente de nós, no seu mono, essa criatura está há trinta e três anos tão moralmente afastada de nós, tão separada de fato da nossa vida, como se, recuada no espaço e no tempo, estivesse vivendo no século atrasado, e no fundo da China ou da Austrália....

Não sei se é desgraça ou felicidade, isso. Talvez seja felicidade: vibrar é sofrer; quando não é sofrer, é fazer sofrer; e essas criaturas apagadas e tristes, apáticas e inexpressivas, que vivem fora da vida, se não têm a glória de ter praticado algum bem, podem ao menos ter o consolo de não ter praticado mal nenhum, consciente ou inconscientemente...

(1908)

A HISTÓRIA DE UM ANO

(1907)

O ano está morto. Não está enterrado, mas está morto. A vida aparente, que ainda o anima, é apenas um clarão indeciso, como esses vagos tons de rosa e ouro que ficam sorrindo no céu e no cume das montanhas depois do desaparecimento do sol.

O pobre 1907 já deu tudo quanto podia dar. São Silvestre já está à espera dele, à beira do grande abismo... Está morto, e bem morto: já nem pode, ao menos, aproveitar-se, para o seu testamento, da lei da liberdade de testar. E, ainda que dessa lei se pudesse aproveitar 1907, que importância daria o jovem 1908 às últimas vontades do defunto? Ano defunto não tem vontades. E ano que nasce não aceita imposições.

Já poderíamos, portanto, fazer o elogio fúnebre, e a história de 1907. Tomá-lo-íamos no berço, infante amimado e adulado, vê-lo-íamos ensaiar os primeiros passos, assistiríamos à explosão luminosa da sua puberdade, acompanharíamos a sua virilidade operosa, e sustentá-lo-íamos, titubeante, na velhice; e, ao cabo, diríamos: "Não foi um ano muito bom, nem um ano muito mau; teve tais virtudes e teve tais vícios; poderia ter sido melhor, mas também poderia ter sido pior..." E com esse responso banal e apressado, nos despediríamos do cadáver, para abrir os braços a 1908, que aí vem, pimpão e peralta, cheio de promessas e de sorrisos. Pimpão e peralta, como nenhum outro, com um ar marcial, já fardado e armado trazendo na fita do chapéu o número com que foi contemplado no sorteio militar.

Mas para que pudéssemos escrever, ainda que sucinta e rapidamente, a história de 1907, seria preciso que tivéssemos aqui à mão todos os documentos da sua vida civil, desde a certidão de batismo. E esses documentos estão de tal modo espalhados, e está fazendo tanto calor, que o trabalho da documentação seria esfalfante e mortal.

Se a vida de um homem, de um só homem, já é tão complexa e complicada, a ponto de obrigar Voltaire a escrever que "é mais difícil fazer uma biografia do que fazer um bom poema", — que dizer da vida de um ano, em que se agitaram e misturaram as complicações das vidas de tantos homens?

Se houvesse leis e regulamentos a que se pudessem sujeitar os cronistas, gente radicalmente fantasista e insubordinada, — todos eles seriam obrigados, no fim de cada ano, a reler todas as suas crônicas, e a resumi-las numa página sintética, escrevendo assim, para uso e edificação da posteridade, a história de cada período de doze meses; no fim de um decênio, as dez crônicas, resumidas anualmente, seriam ainda apertadas e espremidas em uma só crônica; ao cabo de cada século, um historiador trituraria no almofariz da sua crítica os elementos das dez histórias decenais, — e estariam assim escritos, sem grande trabalho, os fastos da Civilização...

Mas que cronista se atreveria a reler todas as suas cinquenta e duas crônicas de cada ano? A muitas decepções e a muitos desgostos se arrisca quem desenterra opiniões mortas...

Tive um amigo que, no primeiro dia de certo ano, espantado e alarmado pela flagrante irregularidade boêmia da sua vida, resolveu tomar juízo. E, tendo ouvido dizer que não pode haver juízo onde não há método nem experiência, deliberou esse desajuizado começar vida nova, mantendo, no ano que então principiava, um registro diário de todos os seus atos e pensamentos. E assim viveu, durante os doze meses, nessa nobre preocupação de ser o historiador de si mesmo. Na primeira página do canhenho, escreveu as palavras com que Montaigne abriu os *Essais*: *"Mes défauts s'y liront au vif, mes imperfections et ma forme naïve..."* E, todas as manhãs, abria o livro, e nele assentava as suas opiniões e os seus atos da véspera, o que pensara, o que fizera, o que ganhara, o que gastara, os seus amores, os seus desgostos, as suas alegrias, as suas cóleras, os seus risos...

No fim do ano, na noite de São Silvestre, o meu amigo abriu o registro na primeira página, e começou a reler o que escrevera de janeiro a dezembro.

Quando acabou a leitura, nascia o primeiro sol do ano novo. E o desgraçado, lívido, suando frio, com horror de si mesmo, atirou o livro ao fogo, e jurou que nunca mais repetiria a experiência! Porque a exumação era horrenda! As tolices, as contradições, as injustiças, as vaidades acumulavam-se naquelas páginas, compactamente, avassaladoramente, como as camadas da tiririca em um campo abandonado... As opiniões, que em tal dia ele registrara em tal página como opiniões de um alto bom senso, agora lhe pareciam opiniões de jumento. O que, então, se lhe apresentara como um ato de caridade, agora avultava como um ato de revoltante egoísmo. E o exumador do passado reconhecia que adorara o que deveria ter queimado e queimara o que deveria ter adorado; que mil vezes confundira a verdade com a mentira, e mil vezes fizera justamente o contrário do que pretendera fazer; que, com a sua ânsia de ser sincero, só conseguira enganar-se a si mesmo; que negara apoio à inocência perseguida, e levantara até às nuvens a insolência criminosa; que, para não perder uma frase engraçada, envenenara muitas vezes a existência dos seus melhores amigos; que ferira os corações que mais o amavam, e bajulara o orgulho dos espíritos que mais o desprezavam; que, enfim, vivera um ano inútil, e que mais lhe valera ter morrido logo no primeiro dia desse ano...

Tal foi o resultado da experiência desse homem, que desejou reconstruir todo um ano da sua própria existência.

E qual seria, ó cronistas meus irmãos! O resultado da nossa experiência, se quiséssemos exumar e rever, neste fim de ano, o que pensamos e o que escrevemos durante todas as semanas de 1907? Cada um de nós ficaria tão revoltado contra si mesmo, que quebraria a pena, e iria procurar outro ofício...

Nenhum de nós pode ver com os mesmos olhos, hoje e amanhã, o mesmo fato.

A contradição é uma condição essencial da vida. Porque a falta de contradição seria uma estagnação das forças mentais... O meu cérebro de hoje não é o meu cérebro de ontem. Tudo se muda, dentro e fora do homem. Daí, a diversidade das nossas opiniões, que, sobre o mesmo assunto, variam de dia em dia. A Natureza, — a própria Natureza, à qual os poetas dão o qualificativo de *impassível,* — tem quatro estações por ano; — que muito é que cada um de nós tenha quatro critérios por semana?

Não! Se houvesse uma lei, que nos obrigasse ao resumo anual de todas as nossas crônicas, nós preferiríamos a morte ao cumprimento dessa lei. O que lá vai, lá vai.

Não escrevamos a história do ano, — e não escrevamos a nossa própria história.

Morra 1907 sem biografia, — e vamos à consoada do Natal!

A CIVILIZAÇÃO

Na avenida. Cinco horas da tarde...

— Boa tarde!

— Boa tarde? Péssima tarde, é o que devemos dizer! Céu enevoado, solo úmido, um vento gelado que retalha as carnes, bronquites, gripes, reumatismos. E estamos no Rio de Janeiro, na terra clássica do calor! Também, tenho visto tantas novidades, nestes últimos anos, que já nada me espanta. Quando pensei que ainda teria de recorrer aqui, no meu escaldado Rio de Janeiro, às flanelas grossas com que na Europa costumo desafiar a inclemência do inverno? Creio que ainda hei de ver a avenida coberta de neve, e desfolhadas todas as árvores do Passeio Público, e convertida em duro gelo a água dos lagos do Parque da República. Tempo virá talvez, em que o carioca, em vez de fugir no verão para Petrópolis ou para Friburgo, trate de fugir no inverno para o Amazonas ou para a costa da África!

— Dizem que as condições de vida de todo o planeta estão atravessando uma crise misteriosa. Caiu neve em Paris nos fins de junho... De que dependerá a crise? Da proximidade de Marte? De uma deslocação do eixo da Terra? Da passagem do cometa?

— Talvez dependa de tudo isso, e talvez não dependa de nada disso. Toda a Criação sempre foi e sempre há de ser governada pelo Absurdo.

No dia em que todas as coisas fossem explicáveis, no dia em que a Lógica presidisse a vida do mundo físico e do mundo moral, a humanidade morreria de tédio. Nós vivemos para não saber, para indagar, para duvidar, para ansiar. Desgraçados serão os que souberem: estancada neles a fonte da curiosidade e da dúvida, a sua existência passará a ser insípida e desesperada. Felizmente, suponho que nunca há de chegar essa era da completa sabedoria. A Terra e a humanidade continuarão a envelhecer, pelos séculos dos séculos, em pleno domínio do contraste, do absurdo e do inesperado.

— Mas a Civilização caminha...

— Já se dizia o mesmo no tempo de Horácio e de Augusto, no tempo de Péricles e Platão. Está claro que a Civilização caminha. Mas ninguém sabe se caminha para diante, ou para trás, ou nem para diante nem para trás, rodando sempre em torno do mesmo ponto. Tudo é ilusão! Mal comparando, ou bem comparando, a vida humana é como uma dessas plataformas giratórias, que se inauguraram, creio eu, na Exposição de Chicago ou de São Luiz. A plataforma caminha num sentido, os que estão sobre ela caminham em sentido contrário, e, afinal, tudo caminha e tudo fica no mesmo lugar. Tudo é ilusão!

— Bravo! Nunca pensei que o frio fosse capaz de dar-lhe essas ideias... Parece-me que estou aqui, em plena avenida Central, conversando com o velho cético Timocles de Cós, embrulhado num sobretudo castanho.

— Não é o frio que me dá tais ideias, amigo! É a experiência, é a observação das coisas da vida. Acho que, parecendo ter mudado muito nestes últimos séculos, realmente a Vida não mudou. A Civilização é uma chalaça! Os aspectos variam, mas a essência é sempre a mesma. Olhe! Ali adiante, foi inaugurado ontem um cinematógrafo aperfeiçoado, que dá aos olhos da gente uma impressão real da vida, luz, cor, movimento... Imagine que, por milagre, ressuscitasse hoje um homem do tempo antigo, — esse mesmo Timocles de Cós, a que você se referiu há pouco.

Esse homem, vendo os prodígios deste século, sabendo da invenção do telégrafo, e do telefone, e do rádio, e indo ali admirar aquele cinematógrafo, — deixaria talvez, a princípio, por alguns momentos, de ser um cético, e acreditaria no progresso da humanidade. Mas, se, depois de contemplar tudo isto, começasse a contemplar a situação moral dos homens, o sorriso da dúvida reapareceria nos seus lábios; e ele, continuando a dizer que tudo é ilusão, reentraria com prazer no domínio da morte. Por que, enfim, que era o que havia no tempo em que ele viveu, há tantos séculos? Havia ricos e pobres, felizes e infelizes, inteligentes e estúpidos; e, no ponto de vista político, havia povos cultos e povos bárbaros, os cultos atacando, os bárbaros resistindo, — e toda essa luta girando em torno deste móvel: as exigências do estômago. Mudou porventura a situação? Não é justamente isso o que ainda se vê no mundo?

— Já adivinho que quer falar do caso de Marrocos...

— Adivinhou. Que me diz do caso de Marrocos? Em Haia, as nações estão tratando da paz... É o conclave do amor e da concórdia; de repente, abafando o suave murmúrio das frases de afeto, há um estrondo sinistro; é o eco do bombardeio de Casablanca. Bonito, hein?

— Mas, que remédio? A Civilização precisa caminhar!

— Sem dúvida. Mas não esqueça que quem diz Civilização diz comércio, e quem diz comércio diz estômago. Se a França, a Inglaterra, a Alemanha e a Espanha não tivessem fome, os marroquinos ficariam em paz; acredita você que, se não houvesse na África terras fertéis, e florestas ricas, e minas abundantes, os europeus se dedicariam abnegadamente a "civilizar" os africanos?

— Mas não confunda, por amor de Deus, estas guerras de hoje, aconselhadas por uma dolorosa necessidade, com as guerras de outrora, que eram apenas explosões bestiais do instinto sanguinário!

— Como? Mas, meu caro amigo, pode você acreditar que os romanos tenham sido guerreiros por amor da guerra e conquistadores por amor da conquista? Os romanos eram, antes de tudo, lavradores: conquistavam a terra para cultivá-la e para dela tirar o pão. Não era o instinto sanguinário que os impelia: era a fome. Não se iluda! Sempre há de haver povos cultos e povos bárbaros; e sempre os cultos, sendo os mais espertos e os mais fortes, hão de bombardear, esganar e espoliar os bárbaros; e, como os bárbaros sempre se hão de defender, a luta será eterna!

— Mas os bárbaros hão de desaparecer: e, então, a luta cessará.

— Hão de desaparecer? Isso é opinião de civilizado. Veja que o planeta ainda está cheio de bárbaros. Considere o que se está passando agora mesmo no Brasil. Veja esta avenida, este movimento, este esplendor, estes palácios, estes automóveis. Estamos em plena civilização material. E também em plena civilização moral: o Brasil está fazendo uma bela figura em Haia, passou por aqui o Turot, vem por aí o Doumer, temos Academia de Letras, temos conferências literárias, temos progresso... Entretanto, ali adiante, em São Paulo, na Lagoa dos Patos, poucos quilômetros além de Bauru, uma turma de engenheiros e de operários foi há poucos dias trucidada por uma tribo de índios Coroados. O Brasil ainda está cheio de índios selvagens e ferozes. E quantos bárbaros ainda há na África, na Ásia, em toda a América?

— Há muitos. Mas, incontestavelmente, o seu número diminui. A Civilização caminha!

— Caminha. Bom proveito lhe faça! Também diz a lenda que o Judeu Errante ainda está caminhando...Por mais que ela caminhe, sempre há de encontrar selvagens no caminho. O movimento civilizador nunca será homogêneo e isócrono. Imaginemos que daqui a dois ou três séculos já todos os homens saibam ler, e tenham moral, e creiam em Deus, como nós... Mas, nesse tempo, o que hoje nos parece civilização será barbaria. Haverá homens muito mais cultos do que nós; esses serão então os civilizados; e os que, desse tempo, tiverem a cultura que temos hoje, parecerão aos outros tão bárbaros, quanto nos parecem hoje bárbaros os Coroados e os Zulus... E sempre haverá fome, descontentamento, fúria e sangueira! A Civilização é uma ilusão. Tudo é sonho! Creio que só não é sonho este endiabrado reumatismo que me está triturando os tornozelos... Tudo mais é ilusão!

— Mas, então, não vale a pena viver...

— Como não vale a pena viver?! Que necessidade tem você de compreender a vida para gozá-la? Venha daí! Venha jantar comigo. Continuaremos a discutir o caso de Marrocos, jantando. Comendo, é que a gente pode compreender bem as guerras aconselhadas pelas exigências do estômago. Venha daí! Tenho hoje umas admiráveis perdizes recheadas de túberas. Abrirei, para lhe demonstrar que vale a pena viver, duas garrafas do meu velho Borgonha.

— Borgonha? Túberas? Perdizes? Mas veja que tudo isso faz um mal terrível aos reumáticos!

— Quem lhe disse? Os médicos? Os médicos não sabem o que dizem. Tudo é ilusão! Vamos às perdizes...

(1908)

UM AVARENTO

Um dos assuntos palpitantes da vida carioca é atualmente a história do negociante de galinhas na praça do Mercado. Esse homem, morrendo, deixou uma grande fortuna, — perto de mil contos de réis; e três médicos, que o ajudaram a morrer, querem agora cobrar aos herdeiros os seus honorários, cuja importância avaliam em cento e trinta contos.

Há quem ache exagerado o preço de tão simples serviço; mas há também quem o considere insignificante, atendendo a que é muito mais difícil ajudar um milionário a morrer do que salvar a vida de um pobretão...

Não discuto esse aspecto do assunto. Cada um dá ao seu trabalho e ao seu ofício o valor que mais lhe convém. Assim como um vendedor de galinhas impõe ao comprador o preço das suas aves, também um médico pode impor a um doente, ou aos herdeiros dele, o preço da sua assistência.

O que me interessa no caso não é a morte do negociante de ave: é a sua vida. Juntar mil contos de réis mercando aves e ovos parece-me um desses milagres que nem Harpagon seria capaz de realizar.

Imagino o que foi a existência desse homem: uma existência de máquina de contar dinheiro, uma vida totalmente ocupada e lentamente devorada pela paixão absorvente da cobiça e da avareza. E vejo-o na sua acanhada, escura, úmida, infecta loja do Mercado, atulhada de jacás, ressoante do cacarejo das galinhas e do pio dos frangos... Vejo-o, voluntariamente prisioneiro naquele cubículo, mal alimentado, mal vestido, dormindo sobre uma tábua, limitando todo o horizonte da sua vida material e moral ao espaço compreendido entre aquelas quatro paredes cheias de gaiolas... Vejo-o vivendo assim dez anos, vinte anos, trinta anos, sem um desejo de gozar, de viajar, de amar, de brilhar... Em torno daquela pequena loja, a vida humana tumultuava; os dias passavam, passavam os meses e os anos; havia motins, festas, revoluções, alaridos de triunfo, gemidos de angústia, clamores de revolta... E, insensível a tudo, metido dentro de si mesmo, absorvido pelo seu ideal de avarento, o infeliz vivia ali ganhando dinheiro, contando dinheiro, guardando dinheiro, adorando dinheiro...As únicas comoções e sensações fortes da sua vida consistiam provavelmente nisto: ver adoecer e morrer uma galinha, ou descobrir no cesto dos ovos um ovo choco. Quem sabe se não foi um desses desgostos que lhe causou a doença?

Causou-lhe o desgosto a doença; e causou-lhe a morte a presença dos médicos. Ao ver os três esculápios, o avarento naturalmente pensou logo no que teria de pagar-lhes pelo tratamento e pela cura; e ficou tão desesperado, que morreu. E mais depressa morreria fulminado pelo espanto, pela cólera, pela dor moral, se pudesse prever que aquela tríplice visita médica ia custar cento e trinta contos.

Se há outra vida além desta, e se nessa outra vida as almas conservam as suas paixões da existência terrena, a alma do mercador de galinhas deve estar a esta hora fazendo um cálculo apavorante: "Cento e trinta contos! O preço de quarenta mil galinhas, o custo de sessenta e cinco mil frangos, o valor de um milhão e trezentos mil ovos!..."

E a pobre alma suspirará:

— Ai! Senhor Deus! Porque me não destes na vida o dom de adivinhar?!

E o Senhor, sorrindo, perguntará:

— Para que, alma penada?

E a alma:

— Ai! Senhor Deus! Se eu na vida tivesse o dom de adivinhar, teria levantado o preço das galinhas, dos frangos e dos ovos, para mais facilmente poder fazer face às despesas da minha morte!...

(1908)

TIPOS DA RUA

Desapareceu o último dos nossos velhos "tipos da rua". Já lá se foram o "Vinte e Nove", o "Tangerina", o "Pai da Criança", o "Caxuxa", sem falar dos velhíssimos, como o "Castro Urso", o "Natureza" e o "Obá", que os mancebos de hoje já não conheceram. Dos mais recentes, o único sobrevivente era o "Grito de Sogra", bufarinheiro de bonecos e dixes, que também já está a esta hora, no outro mundo, a fazer companhia aos seus companheiros de celebridade barata.

Vi o "Grito de Sogra", pela última vez, na avenida, ao sol da tarde, muito velho, muito sujo, muito murcho, vendendo balões de borracha. Mas já não os apregoava: já não tinha voz. E os balões de borracha estavam também velhos e murchos como ele... Creio que foi essa a única vez que o pobre homem apareceu na avenida: ficou tonto e apavorado com aquela amplidão, com aquele barulho, com aquela luz, — e, sentindo-se um anacronismo, desapareceu para sempre. Daqui a pouco, aparecerão outros: não há cidade que possa viver sem os seus "tipos da rua", sem as suas celebridades grotescas... ou sérias.

Não riamos da celebridade dos "tipos da rua"! É uma celebridade de motejo e assuada, mas, essencialmente vale tanto quanto as outras de entusiasmo e aplauso. Todas nascem de um capricho, e todas morrem por outro capricho do acaso. A moda não regula e governa apenas a largura das calças dos homens e a forma do penteado das senhoras: regula e governa tudo.

Há famas que enobrecem e famas que aviltam. Mas, como quem dá a fama é a multidão ignorante e inconsciente, tão pouco vale a fama, que provoca a inveja, como a fama, que provoca o riso. Felizes os que aceitam a notoriedade somente como um acidente inevitável na vida, e não fazem dela toda a sua preocupação e todo o seu cuidado. Mas quais são e onde estão esses felizes? Nós todos damos o pão da boca e a tranquilidade do coração por uma hora de popularidade...

Tipo da rua ou magnate do pensamento, da palavra ou da ação, — o homem célebre nunca se deveria orgulhar muito com essa glória, conferida pela tolice da multidão, que tanto prestigia os vendedores de balões de borracha como os servidores da ideia e do belo.

E, afinal, as celebridades grotescas, se duram pouco, não duram muito menos do que as outras. Celebridades políticas, literárias, artísticas passam, também, dissipam-se, extinguem-se. Daqui a um mês, já ninguém se lembrará do "Grito de Sogra": daqui a cem anos, já ninguém se lembrará de nós, — ó meus companheiros de fugaz nomeada, ó poetas, ó políticos, ó artistas, ó agitadores de ideias! Umas celebridades morrem em trinta dias, outras morrem em um século: que vale essa diferença, diante da eternidade do tempo, que não teve princípio e não terá fim?

Carlyle escreveu, no prefácio de *Os Heróis*, que "a História é a biografia dos grandes homens". Mas um grande homem, um verdadeiro "grande homem" só aparece na Terra de século em século. E, às vezes, o intervalo é muito maior: entre Sófocles e Dante foi de dezesseis séculos...

Não riamos da celebridade dos "tipos da rua"! É uma celebridade como qualquer outra...

(1909)

NO JARDIM BOTÂNICO

Tive saudade de uma velha amiga: a formosa palmeira real de D. João VI. E tive saudade do velho Jardim Botânico, em que pompeia aquela rainha, gloriosa anciã sempre moça, mãe dos milhares de palmeiras que verdejam e sorriem no Rio de Janeiro.

Fui encontrá-la, no recanto do parque em que vive desde 1809, com o sopé do caule protegido por um gradil de ferro, mais bela e jovem do que nunca. Levantei os olhos. Pelo espique acima, viçam os líquens, as úsneas, os epidendros de verde desmaiado, — multidão de seres fracos que se agarram à pele rugosa do colosso, vivendo à farta da seiva generosa que nela circula. Lá em cima, a trinta e cinco metros do solo, balança-se a copa rutilante, como o cocar de um cacique monstruoso, movendo brandamente na luz os seus grandes leques abertos.

As plantas, que se agacham aos pés da rainha, timidamente, se prostram como um bando de escravas. E a palmeira real, altíssima e soberba, domina todo o Horto. Devem ter ciúmes, devem invejá-la os coqueiros indígenas, as mangueiras de coma alastrada, as gameleiras cobertas de barbas-de-velho, as soqueiras de bambus que gemem com o vento, os gigantescos eucaliptos, e a velha jaqueira a cuja sombra, como reza a tradição, costumava repousar Frei Leandro do Sacramento, organizador e primeiro diretor do Horto Fluminense.

Mas, com certeza, quem mais deve odiar a palmeira de D. João VI é uma certa árvore, que está logo à esquerda do portão principal do jardim: segundo Barbosa Rodrigues, essa planta é o único representante, hoje existente, da floresta virgem que cobria outrora a região. É um itó, uma relíquia de outras eras, um companheiro remanescente da raça livre e selvagem que desapareceu. À noite, quando o vento o sacode, quem sabe se o barulho das suas folhagens não é o dizer de uma queixa? Talvez o velho itó esteja dizendo: "Por que aqui me deixaram abandonado e feio, a mim, filho da selva primitiva, que dei agasalho e sombra aos tamoios, que tantas vezes escutei o rumor da poracé bárbara, que tantas vezes fui testemunha das batalhas, das festas e dos sacrifícios das tribos, — porque aqui me deixaram para assistir, humilhado, ao triunfo irritante dessa pedante estrangeira, vinda da Ilha de França? Sozinho, de toda a minha raça, aqui vejo a forasteira desmanchar-se em filhos: todos os anos, abre-se a sua longa espata, carregada de sementes; e eu, deserdado e infecundo, sem beleza e sem descendência, vejo de junto deste portão estender-se diante de mim, a perder de vista, a imensa alameda das filhas da pérfida usurpadora..."

Mas a palmeira real, se ouve e compreende essa queixa, deve sorrir com desdém. É ela a rainha! Para ela, o primeiro beijo do sol, quando todos os canteiros e todas as moitas, em baixo, ainda estão cheias de sombras; para ela, o primeiro raio de prata da lua; para ela, a primeira carícia das asas dos pássaros, que a madrugada acorda; quando anoitece, quando a treva pesa sobre a face dos lagos, ainda o seu cocar está lá em cima recebendo o adeus da luz derradeira; e é ela, alta noite, no silêncio e no recolhimento da Natureza, quem mais de perto fita o formigamento esplêndido da Via Láctea...

Foi D. João VI quem a plantou com as suas mãos reais, em 1809. A planta bem-fadada ficou sendo, desde logo, a menina dos olhos do administrador Serpa Brandão. O extremado carinho agravou-se em avareza. Quando a rara planta floresceu e frutificou, o administrador, zeloso do tesouro, colheu e queimou as sementes da magnífica olerácea; e, por anos adiante, perseverou na aturada precaução, impedindo que a formosa palmeira se vulgarizasse em muitos exemplares. Haverá alma em palmeiras? Se há, imagino que esta deveria indignar-se contra a sovinice de Serpa Brandão, contra aquele crime que a condenava a uma infecundidade egoísta... Mas os escravos do Jardim Botânico tinham fome, não tinham dinheiro, e não eram incorruptíveis; e cedo viram que aquelas sementes lhes dariam uma pequena fortuna. Assim começou o furto, assim começou a escalada noturna, às ocultas, em quanto o astuto Serpa dormia o sono da inocência. Os escravos subiam pelo espique, colhiam os frutos, e iam vendê-los. É de crer que a palmeira, agradecida, amorosamente balançando os leques verdes sobre os propagadores da sua suprema beleza, abençoasse o furto...

Grande palmeira de D. João VI, é espantoso que, nesta terra de tantos poetas, ainda ninguém celebrasse a tua glória centenária!

(1896)

ARCHER

Faleceu o comendador Archer, que foi o plantador da floresta da Tijuca. Muitas, muitíssimas, das árvores admiráveis que coroam aquela serra, são filhas desse homem cujo corpo está hoje sepultado no cemitério da Ordem do Carmo.

É pena que, em vez de confiar os seus restos mortais a um cemitério, não se lhe tenha cavado um túmulo mais digno, no recesso da sua floresta amada, à sombra das grandes árvores plantadas por suas mãos. Uma pedra tosca assinalaria a última residência desse amigo da Natureza; e, sobre as letras do seu nome, esculpidas na ara, choveriam, como uma muda e comovida homenagem, as flores que a primavera abrisse nas velhas ramadas, e as folhas amarelas que o outono lhes arrancasse.

Quem nos pode provar que não existam realmente essas divindades florestais, que os gregos e os romanos adoravam, Dríades e Hamadríades, Faunos e Silvanos, Sátiros e Egipans? A Terra está cheia de muitas vidas misteriosas que o nosso olhar não percebe e o nosso espírito não compreende...

E, se não existem esses numes da floresta, é pena que os homens não continuem iludidos, acreditando na sua existência. A crença nas divindades dos bosques e das montanhas impediu durante muitos séculos a devastação das matas: os homens, quando feriam um tronco, feriam-no com o braço trêmulo e o olhar amedrontado, perguntando a si mesmos se o machado, ao golpear o cerne, não estaria magoando o corpo de uma ninfa infeliz...

Faunos e Egipans, Silvanos e Faunos, Dríades e Hamadríades, se existem, ficariam contentes, se porventura o corpo desse morto de ontem fosse repousar na terra abençoada da Tijuca, num túmulo modesto, rústico, entre o aroma das plantas e o canto dos pássaros, em vez de ir descansar num cemitério vulgar, sob um feio e banal mausoléu de mármore. E, para embalar o sono do bom amigo das árvores, as ninfas invisíveis dançariam perpetuamente em torno da sua sepultura florida, e o velho deus Pan tiraria da sua velha flauta os sons mais puros e suaves...

AS CARTOMANTES

Os jornais publicaram, há dias, uma longa lista de nomes de homens e de mulheres — principalmente de mulheres —, que se dedicam ao estudo e à prática da quiromancia, da cartomancia, do sonambulismo, e não sei se também da lampadomancia, da alectoromancia, da hidromancia, e de outras das inumeráveis subciências em que se divide a grande ciência da *mântica,* a cujos sacerdotes Severiano de Rezende dá o nome, admiravelmente bem achado, de "Charlatãs do Além".

Parece que a polícia, depois de organizar o catálogo estatístico dessa gente, vai persegui-la sem piedade, devassando-lhe os antros proféticos, varejando-lhe as cavernas sibilinas, vascolejando-lhe as criptas misteriosas, opondo ao Tarot o Código e à trípode de Delfos o banco dos réus.

Dir-se-á, sem maior exame, encarando a coisa pela rama, que a polícia se vai assim empenhar num simples e fácil trabalho de saneamento moral, perseguindo algumas dúzias de exploradores da credulidade pública, com o mesmo direito com que persegue os passadores do "conto do vigário" ou de notas falsas.

Não há tal. O que a polícia vai fazer é pôr a sua mão imprudente numa tradição multissecular, numa eterna e indestructível mentira, criada pelo medo ou pela curiosidade dos primeiros homens, e sustentada pela irremediável tolice de todos os outros que lhes sucederam e lhes hão de suceder no gozo e no sofrimento dos bens e dos males da vida. Querer destruir uma mentira, que há de viver perpetuamente, e combater uma tolice, contra a qual nunca se há de achar remédio, — é a preocupação mais vã de quantas podemos ter neste mundo vão. E desde já podemos lamentar que a polícia vá perder nesse trabalho ingrato e inútil um tempo preciosíssimo que poderia ser benéfica e providencialmente aproveitado em outras empresas muito mais fáceis e urgentes.

A superstição é velha e eterna como a inteligência.

Que fez a inteligência, assim que desabrochou, como uma flor luminosa, no primeiro cérebro humano? Quis saber o que era ela própria, e o que era a humanidade, e o que era a terra, e o que era o universo. E endereçou então a tudo essa grande pergunta ansiosa e dolorosa, que ainda não teve resposta...

Naturalmente, a primeira interrogação foi dirigida ao céu distante e profundo, onde os astros esplendem, na sua eterna viagem, cegando-nos com o seu brilho e intrigando-nos com o seu segredo inatingível; nasceu assim a astrologia. Depois, a pergunta foi dirigida pelo homem a si mesmo, aos seus pensamentos, aos mistérios da sua vida fisiológica: aos sonhos, às linhas da mão, à configuração da face, à faculdade da visão, à loucura, à epilepsia, ao sonambulismo. Depois, o eterno curioso interrogou os acidentes físicos do meio que o cercava: o fogo, a luz, o ar, o curso dos rios, a inquietação do oceano, as correrias das nuvens pelo céu. Passou depois a investigar todo o reino animal: e foi assim que se fundou a classe dos arúspices que procuravam ler o futuro nas entranhas dos animais, no voo dos pássaros, no rastejar dos répteis, no canto dos galos, nos círculos que as aves de rapina traçam no céu, no grunhir dos bácoros; depois, chegou a vez do reino vegetal, do reino mineral: examinavam-se a forma e a direção dos ramos, o barulho dos galhos sacudidos pelo vento, a forma e a estrutura das folhas e das flores, o peso e o brilho das pedras preciosas, o fulgor e a dureza dos metais; fundou-se uma ciência, a *aleuromancia*, sobre o estudo da farinha! O âmbar foi adorado como uma divindade! E milhões e milhões de cérebros arderam e estouraram no trabalho vão de criar a pedra filosofal!

Tudo foi inútil; mas a inteligência não desesperou. Não há século que não veja nascer uma nova religião; e as superstições, suas filhas, nascem todos os dias, — e às vezes nascem por si mesmas, espontaneamente, por um processo de autocriação; há ateus, ateus convencidos, inimigos e negadores de todas as religiões, e, entretanto, profundamente supersticiosos: não creem em Jeová, nem em Brahma, nem em Júpiter, nem em Ísis, — mas creem na fatalidade da concorrência de treze convivas à mesa, ou na influência do mau-olhado dos *jettatores*, ou na ascendência nefasta dos sapatos que se deixam no chão com a sola para cima.

Há quem pense que, com o progredir da civilização, diminui o número dos supersticiosos. Completa ilusão. Nunca houve tantos supersticiosos e tantas superstições como agora. A civilização causa o naufrágio e a bancarrota das religiões, mas não aplaca esta sede de saber e esta ânsia de compreender que ainda não foram satisfeitas. Morrem e sucedem-se as religiões, mas não se altera o instinto religioso; reformam-se as superstições, mas a Superstição é eterna.

Todos nós costumamos rir das crendices... É um riso exterior e postiço, com que mascaramos o nosso medo. É de crer que, para não perder o seu ganha-pão, os delegados de polícia, obedecendo às ordens do chefe, varejem as casas das cartomantes; muitos deles, porém, cumprirão esse dever com um certo terror. E até o chefe... quem sabe que superstições terá o chefe? A investidura de tão alto cargo não destrói dentro da alma de um homem as estratificações de preconceitos que séculos e séculos de humanidade e de fraqueza têm deposto nas almas de todos os homens.

Eu, por mim, confesso que não creio na ciência das cartomantes. Mas...

Foi há muitos anos, — há vinte e dois ou vinte e três anos, se me não engano. Fui consultar Madama X., cartomante famosa, que tinha a sua trípode assentada num sobradinho da rua de São José. Não sei porque lá fui: provavelmente para rir dela... Subi uma escada íngreme, andei por um corredor escuro, bati a uma porta, entrei em uma saleta quase sem luz. E, ocupando uma vastíssima poltrona, vi a profetiza; quarentona, gorda e vermelha, de mãos papudas e colo enorme estalando o corpete. Recebeu-me com um sorriso cativante, e indagou logo o que ali me levava: — tinha perdido alguma coisa? Ia casar? Queria conhecer o autor de alguma carta anônima?... Expliquei que não: queria conhecer o meu futuro, queria espiar por uma fresta dessa janela sempre fechada que deita para o porvir. Ela examinou, primeiro, as linhas da minha mão esquerda, palpou-me longamente as falangetas, — e, tomando o baralho, misturou as cartas, remexeu-as, estendeu-as em leque sobre a mesa, — e, antes de falar do meu futuro, começou a falar do meu passado.

Não posso aqui reproduzir tudo quanto me disse. Vinte e dois anos de vida varrem da memória da gente coisas tão sérias, que pareciam eternas!... Como não hão de varrer futilidades e tolices? Lembra-me só que a anafada senhora me disse tantas coisas falsas e absurdas, que desatei a rir perdidamente.

Ela, apoplética, indignou-se. Labaredas de cólera crepitaram nos seus olhos, entre as pálpebras gordas. Mas conteve-se, antegozando a vingança: e, fixando os olhos nos meus, principiou a falar do meu futuro. Já eu não ria... O futuro!... Todo o terror, toda a curiosidade, todo o sofrimento da ignorância dos meus brutíssimos avós do período mioceno despertavam na minha alma: e foi com um frio agudo na medula que eu ouvi a profecia tremenda. Combinando as revelações do Tarot com uma certa interrupção da linha da vida na palma da minha mão, disse-me a sacerdotisa da rua de São José: "O senhor há de morrer de morte violenta: desastre, assassinato ou suicídio!"

Paguei à cartomante, sorrindo, — com o sorriso exterior dos fortes, — e saí. Mas, ao descer a escada, vim pisando cautelosamente os degraus com medo de alguma queda. No largo da Carioca, esperei que passasse um bonde que ainda vinha longe. Aproximou-se um cão: encolhi-me. Vi um andaime: afastei-me... E assim vivi alguns meses, sempre sorrindo da profecia, e sempre pensando nela. Já lá se vão vinte e dois ou vinte e três anos! Ainda não me assassinaram, nunca me vi a braços com um desastre sério, e nunca pensei (como espero que nunca hei de pensar) no suicídio. Mas, às vezes, — como agora — penso na face gorda da adivinha, nas suas mãos papudas, nos seus olhinhos coléricos, e sinto de novo na medula aquele calafrio sinistro.

Por Apolo! Para que vai a polícia perseguir as cartomantes? Para dar cabo da cartomancia? Seria preciso, primeiro, dar cabo da tolice humana, — e o raio capaz de fulminar essa tara hereditária e perpétua não há de ser forjado na rua do Lavradio!

É bom notar que a cartomancia é uma das mais velhas superstições, porque é filha legítima e direta da astrologia. Essas madamas que deitam cartas são sucessoras daqueles sacerdotes da Caldeia que vaticinaram a Alexandre a conquista da Ásia. O Tarot, com as suas 78 cartas, é uma astrologia simplificada: a cartomante acredita ler nas cartas, como o astrólogo acreditava ler nos astros.

É possível que a polícia esteja segura de matar uma imbecilidade e uma especulação que há quarenta séculos se mantêm?

O "conto do vigário" nasceu ontem, e a polícia ainda não conseguiu extingui-lo. O "jogo do bicho" é um vício infante, e a polícia ainda nada pôde contra ele. Por quê? Porque não é difícil prender e castigar o passador do conto do vigário e o banqueiro do jogo do bicho; mas é impossível exterminar a raça dos tolos; e, enquanto houver tolos que queiram ser enganados, eles próprios inventarão quem os engane.

Não perca a polícia o seu tempo, que é contado, e aproveite-o em coisas úteis. Porque, sem ter deitado as cartas, e sem acreditar muito na cartomancia, já sei qual será o resultado da perseguição: em vez de cinquenta ou sessenta cartomantes, teremos cinco ou seis mil, — e até as autoridades policiais comprarão baralhos de Tarot, e começarão a estudar a ciência perseguida....

(1901)

A POLÍTICA

Abriu-se o Senado, abriu-se a Câmara dos Deputados, abriu-se o Conselho Municipal. É a febre política que volta, providencialmente, para dar assunto aos jornalistas e distração ao povo.

Já no dia 2 encontrei na rua um velho conhecido, em cuja face notei um desusado rebrilhar de alegria. Parecia ter a cabeça dentro de uma auréola fúlgida. Dei-lhe parabéns pelo seu aspecto ridente, e indaguei: "Que é isso? Tirou a sorte grande? Vai casar? Deu-lhe o Papa um condado? Prometeram-lhe uma cadeira na Academia?" Ele sorriu, e disse: "Pois não sabe que se abrem as Câmaras? Já tenho em que empregar as minhas tardes..."

É que esse homem pertence a essa espécie de gente que vive mergulhada em tédio e tristeza durante os poucos meses em que não pode ouvir os discursos do Senado e da Câmara. É uma gente à parte: faz política por amor da política; e gosta dela, não pelo que ela lhe possa dar de proveito ou de glória, mas platonicamente, desinteressadamente. Não há quem não conheça, na Câmara e no Senado, esses infalíveis espectadores das sessões.

Não perdem um dia de frequência. As suas tardes todas se passam na penumbra suave do salão imenso em que deputados ou senadores discutem com calma ou com zanga. O presidente, quando se encaminha para o estrado, já vê lá em cima, perto do teto, aquelas fisionomias familiares, que são sempre as mesmas. Não parecem criaturas vivas: parecem móveis pertencentes à casa; dir-se-ia que passam ali a noite, e que, todas as manhãs, os serventes os espanam e arejam, recolocando-os nos mesmos lugares, como partes integrantes da decoração da sala... Ao meio-dia, já estão a postos, na galeria pública; contam, um a um, os legisladores que entram; assistem à chamada, ouvem a leitura do expediente, conhecem todos os deputados e senadores, sabem quais são os novos e quais são os reeleitos. Alguns, durante a sessão, dormem ali, na galeria, a sua sesta; outros mastigam biscoitos; outros conversam em voz baixa; outros leem livros ou jornais; outros, poetas, rabiscam versos... E ficam ali até o último momento. É um hábito, uma mania, um vício.

O conhecido que encontrei no dia 2 é um devoto da Câmara. Tem, creio eu, alguns prédios ou algumas apólices: vive das suas rendas, é celibatário, perdeu o hábito do trabalho, e dedicou a sua vida a acompanhar os trabalhos parlamentares, como quem executa um dever, como quem cumpre um fadário.

Pouco antes do meio-dia, se está conversando com alguém, interrompe a conversa, e diz: "Até logo! São horas... não posso faltar à sessão!" Quem o não conhece, fica naturalmente pensando que é um deputado, um deputado pé de boi, desses poucos que não perdem sessão e ganham honradissimamente o subsídio, respondendo todos os dias à chamada. Mas, não: é um simples fiel da galeria. Frequenta a Câmara há trinta anos: é a crônica viva do Parlamento; diz de cor, sem titubear, e na ordem cronológica, todos os ministérios monárquicos de 1875 a 1889; e sabe na ponta da língua tudo quanto ali tem havido de 1889 até hoje. Nunca pediu favores a deputados, nunca requereu concessões, nunca foi candidato a qualquer emprego público. Vai à Câmara por devoção. A Câmara é o seu jardim, o seu teatro, o seu único divertimento. E nunca foi ao Senado! Porque o que há de mais interessante na vida singularíssima destes frequentadores de galeria é que os clientes da Câmara nunca vão ao Senado, e os do Senado nunca vão à Câmara. Cada uma dessas duas igrejas tem os seus devotos. Quem reza em uma delas não reza na outra.

Dos fiéis do Senado, também conheci um, que era típico.

Era militar reformado, e exercia o cargo de chefe dos guardas do jardim do campo de Sant'Anna.

Depois do almoço, atravessava o jardim, e ia ocupar o seu lugar na galeria do velho palácio da rua do Areal. Todos os senadores gostavam dele: alguns, quando iam para o Senado, ou quando de lá voltavam, entravam na casinha pitoresca, em que morava o velho tenente, entre as árvores do parque, e aceitavam uma xícara do seu saboroso café. E o velho tenente já se considerava também um pouco senador do Império; à noite, dizia, em conversa: "Hoje discutimos isto, amanhã discutiremos aquilo!", e falava familiarmente de Cotegipe, de Otoni, de Sinimbu, de Saraiva, como de camaradas do mesmo ofício.

Quando em 1889 caiu o Império, esse homem recebeu um choque moral terrível. Vivia com os olhos dilatados de espanto, perguntando a si mesmo porque era que o céu, não desabava também sobre a terra, para que a catástrofe fosse completa; e, muitas vezes por dia, ia até o fim do parque, chegava ao portão da rua do Areal, e ficava contemplando as portas e as janelas fechadas do casarão do Senado, com o olhar empanado pelas lágrimas: — assim, depois do pecado, devia Adão contemplar as trancadas portas do Éden...

E instalou-se o Senado republicano. O velho tenente resistiu muito tempo à tentação. Mas, certo dia, não teve mão em si, e foi assistir a uma sessão. Voltou de lá indignado! Todas as caras eram novas; já não havia, dominando as bancadas, aquelas austeras faces de outrora, umas raspadas, outras barbudas, mas todas revestidas da majestade da velhice. Havia ali rapazelhos de pouco mais de 30 anos! E nenhum daqueles novos senadores conhecia o velho frequentador! Nenhum lhe fazia, lá de baixo, um daqueles gestos de familiar amizade, que tanto lhe alegravam o coração, quando partiam de um Saraiva ou de um Sinimbu! O pobre frequentador do Senado sentia-se ali na situação equívoca de um ressuscitado entre vivos, de uma alma penada voltando da eternidade... Voltou de lá indignado, — e nunca mais pôs o pé naquele lugar maldito. E, quando alguém lhe perguntava: "Então? Tenente, que diz dos senadores de hoje?...", — ele resumia o seu desencantamento e o seu desdém nesta simples frase: "Fui vê-los outro dia... e sabe o que me pareceram? Jurados!..."

Pobre tenente! Morreu dali a algum tempo.

Mas, depois dele, apareceram outros fregueses da galeria do Senado. E outros hão de aparecer, no Senado e na Câmara, quando houverem desaparecido os que já lá estão agora, todos os dias, gozando o seu divertimento favorito. A raça desses adoradores platônicos da política é eterna.

Dizem velhos cronistas que já as sessões da nossa primeira Constituinte, em 1823, eram um espetáculo concorridíssimo. Os nossos avós, ávidos de retórica, desertavam as suas lojas, e iam estremecer de gozo, ouvindo os Andradas, Montezuma e o padre Belchior.

E um hábito velho, e inofensivo. Uma coisa apenas se observa: é que as senhoras, outrora tão dadas também a frequentar as tribunas do Senado, principalmente da Câmara, já não aparecem por lá.

Sebastianismo, — como o do velho tenente do Campo de Sant'Anna?

Suponho que não. O motivo é naturalmente outro. O vocabulário parlamentar tem sido enriquecido, nestes últimos tempos, com a aquisição de certas palavras crespas, que nem todos os ouvidos podem ouvir sem espanto. Já houve ali discussões, que empalideceram os reposteiros vermelhos e avermelharam o estuque branco do teto da sala! Isso basta e sobra para explicar a deserção das senhoras.

É pena! Se, este ano, algumas delas teimassem em assistir às sessões, — talvez a Câmara, que está cheia de gente moça e elegante, procurasse banir do seu repertório as discussões violentas que afeiam a face e quebram a compostura dos contendores...

(1903)

BAUCIS E FILEMON

Baucis e Filemon, uma velhinha e um velhinho da Frígia, paupérrimos, tendo como única fortuna o amor que os unia, deram uma noite hospedagem a Júpiter, que andava pela terra, disfarçado, a experimentar o coração dos homens. Não sabiam que hospedavam o maior dos deuses: mas ofereceram lhe um pouco do seu pão minguado, e um pouco da sua água; Júpiter agradecido, revelou-se-lhes em pleno esplendor da sua glória olímpica, e perguntou-lhes o que queriam como recompensa. "Queremos morrer juntos, na mesma hora, e ficar unidos na morte, como unidos estivemos na vida!" E morreram juntos, como desejavam, e foram transformados num carvalho e numa tília, cujos galhos perpetuamente se enlaçavam, à feição de braços amorosos...

Esta formosa lenda pagã veio ter a sua reprodução real e verdadeira numa pobre e obscura localidade do Brasil, perto de Macaé, — como nos refere esta notícia, que o *Jornal do Comércio* transcreveu de uma folha provinciana: "Foram registrados no cartório de Carapebus, no mês de novembro último, com poucos dias de diferença um do outro, dois óbitos deveras interessantes. São eles de Antonio Rodrigues Noya, com 122 anos de idade, e de sua esposa, Anna Maria da Conceição, com 115, que estavam casados há nada menos de um século! Efetivamente, Noya casara com Anna quando essa contava as suas 15 primaveras e ele 22, tendo reinado sempre entre ambos toda a harmonia, como afirma o filho mais moço desse ditoso casal, que carrega às costas a carga regular de 65 anos."

Cem anos de casamento, sem briga, — coisa fabulosa! Parece que o caso não é daqui, nem desta época, mas da Frígia, e daquela época maravilhosa, em que os deuses ainda tinham a coragem de andar pela Terra e a curiosidade de estudar o coração humano...

Ao Filemon e à Baucis de Carapebus não houve jamais um deus que pedisse hospedagem... Não houve? Houve, sim. Houve um, e o mais poderoso e o mais misericordioso de todos, — aquele que resgata com as suas dádivas todas as misérias da vida, e o único que ainda é capaz de operar milagres na terra...

Foi o Amor quem um dia bateu à porta de Antonio e de Anna Maria: entrou, e ficou ali residindo com eles, entre os dois, unindo-os e igualando-os no carinho e na ternura. E deu-lhes a mesma ventura, e concedeu-lhes a mesma divina esmola que Júpiter outorgou outrora ao casal da Frígia: matou-os juntos, e consentiu que fossem continuar no seio do aniquilamento aquela doce união e aquela rara harmonia que santificaram a sua existência terrena.

E, quem sabe? Decompondo-se no fundo da terra, integrando-se na vida universal, esses dois corpos alimentarão talvez duas plantas, que se defrontem e namorem, no cemitério de Carapebus, trocando, como beijos, o aroma das suas flores e o canto dos seus passarinhos!

(1902)

BARBACENA

Quem nunca se queixou da Sorte foi esse velho e ilustre visconde de Barbacena, que parecia eterno, com os seus 103 anos desempenados e rijos, — e de uma serena alegria. Vivia, amava deliciadamente a vida, e carregava com tranquilidade a sua velhice, como aquele velho filósofo grego, que costumava dizer: "A velhice não é coisa inteiramente boa; mas que havemos de fazer, se a vida é uma coisa tão agradável, e se envelhecer ainda é o único meio de viver muito?"

Para nós, brasileiros, e para o nosso orgulho patriótico, foi uma decepção a morte desse homem. Quando a notícia se espalhou, houve incredulidade: "Quê? Morreu o Barbacena? Mas é impossível!..." É que, realmente, ele parecia ter enganado a morte, ou ter feito com ela um pacto misterioso. Imaginávamos até que a morte o houvesse esquecido no mundo, — como se ela fosse capaz de esquecer alguém ou alguma coisa, no seu implacável e inexorável mister de dar cabo de tudo e de todos. E, quando dizíamos: "O nosso Barbacena...", era como se disséssemos: "O nosso Fontenelle, ou o nosso Matusalém..." Havia, no afeto e no respeitoso carinho com que pronunciávamos o seu nome, um pouco de vaidade patriótica. Barbacena era já, para todos nós, uma figura decorativa, uma preciosidade nacional, uma relíquia da nossa história: e era, mais ainda do que isso, um argumento vivo em favor da excelência do nosso clima, e um protesto animado e palpitante, rebatendo as calúnias que contra este clima se inventam.

Era ele o primeiro a apresentar-se como um recurso de propaganda nacional. Quando completou 100 anos de idade, organizaram, em honra sua, uma festa encantadora. E o ilustre ancião, respondendo às saudações que lhe eram endereçadas, disse, com um bom humor cativante e uma modéstia sedutora: "Bem vejo, senhores, que estas homenagens não são prestadas somente ao brasileiro, servidor do Brasil, — mas também, e principalmente, ao *velho*. Compreendo que vedes em mim, na minha velhice próspera, na minha ancianidade sadia, um atestado da força do Brasil. Quando me vedes passar pelas ruas, ainda firme e sozinho, sem auxílio de braço estranho, sentis a satisfação de verificar que esta terra não é produtora só de jequitibás seculares, mas pode também criar homens capazes de competir, em idade e força, com esses gigantes da mata!..."

E era, realmente, um belo espetáculo o da passagem desse velhinho pelas ruas da cidade, — velho sem artifício, não procurando esconder a velhice, antes jactando-se e gabando-se dela, e conservando, na extrema idade, o mesmo garbo, a mesma correção, e a mesma dignidade da juventude e da idade madura.

A velhice só é triste, quando perde a compostura e a nobreza. Lembra-me isto uma página triste, que li há pouco, sobre a velhice de Malborough, o célebre duque, diplomata, guerreiro, herói inglês, cuja recordação ainda vive na famosa cançoneta: "*Malborough s'en vat-en guerre, mironton, tonton, mirontaine...*" No fim da vida, Malborough riquíssimo, e completamente caduco, vivia numa residência luxuosa; e os seus criados, a troco de uma gratificação adicional, mostravam, aos visitantes do castelo suntuoso, o velho herói de Höchstadt, de Ramilies, e de Malplaquet, paralítico, idiota, caído em demência, — como lhes mostrariam um animal raro ou um objeto extravagante...

Assim, a velhice é triste. Mas não é triste, quando o velho conserva, como Barbacena conservava, a sua galhardia e o seu desempeno, e quando nenhum artifício de gamenhice vem profanar a austera majestade da vetustez.

O que a muitos anciãos priva da beleza e da graça é a faceirice da pintura. Um velho pintado é a caricatura de si mesmo. A face de um velho só é verdadeiramente bela com o seu tom de pergaminho venerável, com as suas rugas, com a moldura dos seus cabelos de neve. Conta-se de um certo Corbinelli, poeta centenário, que, como lhe achassem, depois de uma grave moléstia, a face muito abatida, respondeu: "Que importa a aparência da minha face? Já é muito que eu ainda possa ter uma face nesta idade!..."

O velho Barbacena tinha a dignidade da sua velhice. A dignidade e a alegria. Vê-lo, era um consolo; tratá-lo, era um prazer. E com que prazer o mostrava o Brasil aos estrangeiros!

Há mostrar, — e mostrar. O velho Malborough era mostrado, como numa feira, pelos criados gananciosos; e quem o via saía de junto dele com dó e comiseração, — e até com terror, porque via no espetáculo daquela decrepitude uma como antecipação do seu próprio futuro. Mas o velho Barbacena era mostrado, num gesto de nobre orgulho, pelos seus compatriotas entusiasmados; e, quando o mostrávamos, dizíamos: "Vede esta resistência, vede esta bizarria, vede esta força de corpo e esta elegância moral num centenário que passou a vida a trabalhar! Amigos, no Brasil também se vive, no Brasil também há força física e força intelectual, no Brasil também há jacarandás humanos, como este, de seiva prodigiosa e de raízes sólidas!..."

(1901)

GRAMÁTICOS

Noticiavam há dias as seções telegráficas dos jornais que houvera, em Belém do Pará, entre jornalistas, um grave conflito, provocado por questões políticas. Era um equívoco... A verdade dos fatos foi hoje restabelecida pelos correspondentes. Houve realmente conflito, e conflito grave, entre jornalistas, mas provocado por questões... gramaticais. Não se sabe se o ponto controverso, em que se estabeleceu a contenda e de que se originou a pancadaria, foi a colocação dos pronomes pessoais, ou o uso do infinito impessoal dos verbos, ou o apassivamento obrigatório das orações em que entra o reflexivo *se*. Sabe-se apenas que a pugna foi devida a uma discussão gramatical, — e isso basta para explicar a ferocidade com que os adversários se esbordoaram; porque a gramática, sendo apenas, segundo os léxicos, a arte que ensina a falar e escrever corretamente, é, segundo a observação de todos os dias, a arte que mais ferozes, intolerantes e ásperos artistas produz...

Não sei se no resto do planeta se observa a mesma coisa. Mas aqui, no Brasil, as inimizades entre gramáticos são as mais terríveis. Não há aqui discussão filológica que não degenere em descompostura, se não em vias de fato. Não conheço dois gramáticos que sejam amigos: até os que mais amigos parecem, mantêm entre si relações desconfiadas e precavidas, e vivem em pé de guerra, conservando, dentro das luvas da polidez, bem açacaladas as unhas para o ataque e a defesa.

Naturalmente, têm a mesma intolerância os gramáticos de todos os países. E essa intolerância não é apenas a mesma em todos os países: tem sido a mesma em todos os tempos.

Já Diógenes, há vinte e quatro séculos, dizia que os sacerdotes da gramática, no seu tempo, só pensavam nos erros do estilo, esquecendo os erros da alma...

Bayle, o autor do precioso *Dictionnaire Historique et Critique*, narrando uma famosa contenda gramatical, que houve em 1622, no Palatinado, escreve que "*ces messieurs les philologues et grammairiens sont très faciles à se fâcher, et très difficiles à apaiser*". Essa luta gramatical, que ficou célebre nos anais da descompostura, teve como protagonistas os gramáticos Felipe Pareus e João Gruterus. Começaram os dois a discutir um verso de Plauto, irritaram-se, escaldaram-se e esvaziaram os sacos das injúrias. Diz Bayle: "*Ils se traitaient de mulet, de verrat, de bélier, de bouc, de porc, et de stercoreus grammaticalis cellœ inquilinus...*" Enquanto eles discutiam, os espanhóis cercavam a cidade de Neustad. Todos tremiam, todos choravam. Mas, indiferentes ao perigo, Pareus e Gruterus não deixavam de insultar-se. A cidade foi tomada de assalto, saqueada, incendiada; e, sobre as suas ruínas fumegantes, os dois comentadores de Plauto continuavam a brigar, até os invasores os separarem a pauladas...

(1908)

NAS CALDAS

Em Poços de Caldas, por uma gloriosa manhã de ouro e safira.

No centro do largo anfiteatro de serras verdes, a vila sorri, formosa e friorenta, no esplendor do dia que nasce, abrindo ao sol o seu estendal de casas brancas. É verdade que estamos em março, no mês dos ásperos calores? Não pode ser verdade!... Nunca mais doce inverno ameigou a face de mais lindo pedaço da terra.

Ao lado do *Hotel da Empresa,* as termas rumorejam, cheias da multidão jovial dos banhistas. É a hora, entre todas amável, em que os corpos, enferrujados pelo excesso do trabalho ou do prazer se vão entregar à ação do banho untuoso e cálido, cuja carícia voluptuosa faz lembrar a do olhar da Sulamita, segundo o ardente poeta do *Cântico dos Cânticos:*

> *"É doce... porém tão doce,*
> *como se um óleo nos fosse*
> *escorrendo pela pele..."*

E, enquanto o sol invade o horizonte, e chiam ao longe os carros de bois, a vasta praça que os hotéis circundam é cruzada de instante a instante pelos devotos de Súlfur. Aí vêm os artríticos, — vítimas da boa mesa, convivas assíduos dos banquetes da vida, os náufragos das tormentas do pensamento, estragados pelo abuso das delícias da existência ou pelas torturas do labor intelectual; aí vêm os dispépticos, de face pálida, e os obesos, de banhas oscilantes; aí vêm os cloróticos e os anêmicos, que a tísica faminta vive sitiando e espreitando; e aí vêm aqueles que Vênus seduziu e traiu, aqueles que não desconfiaram dos sorrisos de Eros, aqueles que transpuseram sem cautela a porta fatal de que fala o apóstolo: *Mulier, lata porta quæ ducit ad perditionem...*

Vinde, ó combalidos! A terra, que é a fornecedora dos males, é também a fornecedora dos remédios: vinde, que a fonte de Juventa vos espera!

Esta risonha vila, esses grandes hotéis, esta alva casaria que se atropela no vale, estes formosos chalés que se derramam pelo pendor das colinas, — tudo isto é moço.

Há trinta anos, o ilustre Dr. Pedro Sanches de Lemos, o nume tutelar de Caldas, o gênio benfazejo da vila, o homem em cuja alma o talento e a bondade se uniram no abraço esponsalício, veio encontrar aqui um descampado, com quatro casinhas de telha vã. Os sofredores, que vinham pedir alivio às águas abençoadas, traziam barracas, que armavam ao redor dos lameiros sulfurosos, e acampavam ao Deus dará; levantava-se um rancho para os misteres da cozinha; faziam-se preces para que não caíssem chuvas importunas; e, quando o enxofre terminava a sua obra milagrosa, o romeiro, que se via curado enrolava a barraca, e, dando um último olhar de gratidão e saudade à lama rejuvenescedora, lá se ia de novo a caminho das perdições do mundo.

O descobrimento das fontes termais não é também muito antigo. Já as Minas Gerais estavam exploradas e povoadas, quando alguns caçadores portugueses vieram achar no meio do sertão as nascentes fumegantes. As antas esquivas corriam a dessedentar-se nas barreiras da mata; os caçadores voavam atrás delas; — e alguns deles, um dia, pasmaram, vendo que um dos bebedouros dos animais do sertão era uma toalha d'água fervente, de cuja face redomoinhante subiam línguas de fogo. O acaso, deus misterioso, de olhos cerrados à luz, ainda é e sempre será, neste incerto mundo, o grande descobridor dos tesouros...

O documento mais antigo que o Arquivo Mineiro possui sobre os Poços de Caldas, é um ofício do governador da capitania, Luiz da Cunha Menezes ao ministro Mello e Castro. Esse precioso pedaço de prosa tem um raro perfume de antiguidade; é pena que não haja neste livro espaço bastante para a sua integral transcrição.

Luiz da Cunha Menezes não era um governador indiferente; inquieto e curioso, não tratava apenas de cobrar impostos e sufocar motins; estudava a terra, interessava-se por tudo, examinava tudo. E, assim que teve ciência do achado das fontes ferventes, deu parte delas ao ministro e "comunicou a interessante notícia por toda a capitania e pelas demais confinantes":

"Pelas assíduas recomendações que tenho feito e faço a todos os comandantes dos Distritos desta Capitania (escreve ele ao ministro) sobre todos os conhecimentos físicos e naturais que me puderem adquirir, um dos mais úteis que novamente se tem conhecido é o de haver aparecido umas águas termais tão virtuosas que têm curado entre várias moléstias a do grande Mal da Lepra que tanto persegue este Continente Americano."

Mais adiante, o governador que, versado em "conhecimentos físicos e naturais" não tinha a alma crédula, sorri da ingenuidade das gentes supersticiosas: "Do mesmo lugar já havia uma ignorante notícia, e bem própria do povo pouco iluminado, de que naquele mesmo Sítio andava O Diabo, por se ter visto aparecer por várias vezes Lanças de fogo tão fortes e tão enxofradas, que haviam chegado a queimar os matos de uma grande parte da sua circunferência, e com o terrível cheiro do dito enxofre..."

Não é de estranhar que o povo pouco iluminado atribuísse o nunca visto fenômeno às artes do Rebelde. O enxofre é o elemento em que sempre se deu bem o Diabo. Já na mitologia grega, o Tártaro era uma incomensurável e formidável planície de enxofre em chamas; os cinco rios infernais, o Estige, o Cócito, o Aqueronte, o Lete e o Flegetonte rolavam ondas de enxofre aceso; o hálito das três goelas de Cérbero vinha saturado de enxofre em fumo; e, quando Minos e Radamanto, no tribunal do Averno, julgavam as almas dos homens, a luz que os alumiava era a lívida e pavorosa luz dos archotes de enxofre.

O Cristianismo conservou e manteve essa crença. Eram de enxofre as labaredas que Dante viu no inferno, "di fuoco dilatate falde", chovendo

"come di neve in alpe senza vento..."

E, ainda hoje, não há padre católico que não cite, no púlpito, para amedrontar as almas pecadoras, "as caldeiras do enxofre infernal".

Em um dos *Dramas Filosóficos* de Renan, *A Água de Juventa,* — uma timorata monja, a irmã Ducelina, ouvindo falar do maravilhoso elixir de Próspero, exclama: "Cette eau ne peut venir que de l'enfer! Il n'est pas étonnant qu'elle brûle... De l'eau qui brûle! Comment voulez-vous que ce soit naturel?"

Os caçadores portugueses, que descobriram as termas de Minas, tinham a mesma simplicidade da irmã Ducelina. O Diabo tem costas largas... E foi por isso que uma das fontes de Caldas adquiriu o nome, que ainda hoje conserva, de fonte de Pedro Botelho.

Mas bem depressa o Diabo desapareceu da cena, e todos os milagres terapêuticos que se lhe atribuíam passaram a ser atribuídos à misericórdia de Deus, e à intervenção generosa dos Santos. Deus e o Diabo... — a inteligência humana, quando quer dar um nome ao desconhecido, oscila entre esse dois extremos do mistério; são dois rótulos diferentes, que se alternam perpetuamente sobre a tampa da caixinha dos desejos humanos...

Não longe do estabelecimento dos banhos, sobre uma das montanhas que rodeiam a pacífica vila, há uma capelinha, humilde e velha, onde se guardam as ofertas piedosas dos curados. Até há bem pouco tempo, o doente, que aqui chegava com as juntas perras, penosamente arrastando-se entre pragas e gemidos, — não deixava, depois de curado, de ir depositar no interior dessa capela as muletas com que amparara, durante os dias negros do sofrimento, os passos mal seguros. Imaginai com que alegria, com que lepidez de corpo e com que leveza de alma galgariam a montanha esses redivivos, esses lázaros arrancados às garras da dor e da morte, — eles, que, antes dos banhos remoçadores, mal podiam rastejar na planície, aos coleios como cobras, ou aos saltos como sapos!

Atualmente, nenhuma nova muleta enriquece o santuário. A incredulidade dos tempos que correm é feroz! Quem fica bom, atira as muletas às urtigas... ou passa-as adiante, por metade do custo.

Também, a fisionomia atual da vila dos Poços de Caldas não diria bem com essas manifestações de misticismo. O homem, com a sua audácia sacrílega, captou as águas do Tártaro, senhoreou-se delas, enclausurou-as como tesouros em reservatórios, canalizou-as para confortáveis banheiras; e, em torno das termas, afeiçoou para regalo dos olhos e da alma a natureza rude... Como há de florescer a superstição neste claro vale perfumado, cheio de um ar macio e leve, batido de dia pela soalheira jovial, e iluminado à noite pela claridade argêntea das lâmpadas elétricas? O Diabo, se ainda perde o seu tempo por aqui, está homiziado nos clubes, enchendo de tentações os tapetes verdes, e ironicamente piscando os olhos maliciosos nas casas dos números fatídicos, do 0 ao 36...

Doce terra da promissão, de seio aberto aos que a vida fatiga e enferruja! Se uma superstição pode aqui medrar é a superstição da tua eterna e providencial bondade! Que pode haver que não dês aos homens, aos pobres vermes que se arrastam sofrendo pela tua face, ó antiga e veneranda Telo, ó farta mãe carinhosa?! O pão que alimenta, o ouro que abre as portas do gozo, as árvores que purificam o ar, as flores que adornam a beleza, os remédios que remoçam o corpo, — tudo sai dos teus flancos maravilhosos, de uma fecundidade incomparável e de uma inalterável saúde!

E vai alta a manhã... O sol esplende no azul sem nuvens; a casaria branca rutila e faísca; pela janela do quarto, em que se alinhava esta crônica, entra uma grande borboleta, com pedrarias acesas nas finas asas inquietas; e o cronista cuida ouvir a voz cariciosa da terra, clamando na paz da vila formosa:

— Vinde, ó combalidos! Vinde que a fonte de Juventa vos espera!

(1901)

JUDAS

Quando esta crônica aparecer, já se terão rasgado nos templos os véus negros, já todos os sinos terão celebrado com a revoada dos seus alegres repiques a glória da Aleluia, e já a Igreja terá esquecido a feia traição de Judas para somente se lembrar do esplendor da ressurreição de Jesus.

O pobre Judas!... Com o passar dos lustros, dos decênios e dos séculos, o horror inspirado pela memória do discípulo traidor tem diminuído consideravelmente. É que a humanidade cada vez se habitua mais à ideia da traição: e tão frequentemente e com tanta abundância encontra traidores dentro do seu seio, que já se acostumou a considerá-los como elementos necessários...

Lembra-se, leitor amigo, da fúria assassina com que há vinte anos a garotada caía, no sábado de Aleluia, sobre os judas de palhas e trapos? Antes de ser entregue à ação vingadora das chamas, o boneco simbólico sofria todas as injúrias e todas as torturas; não havia moleque que resistisse à tentação de lhe magoar com uma paulada as costas flácidas, ou de lhe cuspir um sarcasmo na face grosseiramente pintada, ou de lhe apuar o peito com um pontaço de vara; sob a saraivada dos doestos, lá ia o mísero espantalho, aos trancos, pelas ruas, arrastado por uma corda, que lhe deslocava o pescoço, com a pobre cabeça oscilando e batendo pelas quinas das calçadas.

E cada bairro tinha o seu Judas; e, de Botafogo ao Saco do Alferes, o patife dos trinta dinheiros recebia, por toda a cidade, à mesma hora do mesmo trágico dia, o pagamento da sua hedionda traição.

Hoje, a cidade está mais civilizada, e está, por isso mesmo, mais tolerante. Dezenove séculos de castigo, infligidos ao que traiu o fundador da religião da misericórdia e do perdão, já parecem pena dura demais: e, se Judas ainda não foi perdoado de todo, já as almas começam a compreender a sua fraqueza e a achar atenuantes para a sua falta. Além disso, quando Judas atravessava uma rua, perseguido e pisado pelos vagabundos peraltas, — muitos dos moradores dessa rua, homens consideráveis e respeitáveis, sentiam-se no íntimo d'alma ofendidos, e de qualquer sorte atingidos pelo espetáculo desse ignominioso castigo... Era preciso dar cabo dessa ignomínia tradicional, para que a consciência de muita gente séria e abastada não fosse obrigada a sentir dores em um certo dia do ano.

O pobre Judas!... Como se não bastasse, para lhe enegrecer a memória, o fato simples e único de ter ele traído o seu mestre, — ainda os sinóticos timbraram em sobrecarregar de mais espessas camadas de tinta escura o negror desse fato. São Matheus, São Marcos e São Lucas, sem dúvida para tornar mais dramática a cena da prisão do Redentor, dizem que o Iscariotes deu um beijo na face do traído, para assim mais claramente o designar aos centuriões que vinham apresá-lo. E ainda atribuem o crime a um móvel de pura cupidez, dizendo que o mísero o cometeu a troco de trinta dinheiros. Mas, Santo Deus, não é verdade que Judas era o *caixa* dos doze, o tesoureiro dos dinheiros da companhia, quem se encarregava de comprar os víveres, de pagar as hospedagens, de distribuir as esmolas? Para que precisaria ele dos trinta dinheiros das gentes da Sinagoga e de Roma?

O que é fato é que, se não houvesse Judas, a Cruz não dominaria o mundo... Esta luz precisava daquela sombra; este astro precisava daquela treva; e pode-se dizer do desgraçado Iscariotes que, se ele não tivesse existido, força teria sido inventá-lo. As duas colunas do templo simbólico de Salomão, uma branca e redonda, outra negra e quadrada, representam nitidamente essa dualidade indispensável e eterna, que é a própria significação da vida. A sístole e a diástole do coração, o fluxo e o refluxo do mar, o dia e a noite, Abel e Caim, Jacob e Esaú, — completam-se e são inseparáveis... E porque não há de ser perdoada a Judas a sua negra ação, se ao apóstolo Pedro, pedra básica da Igreja, foi perdoada a ingratidão, com que medrosamente, e por três vezes seguidas, negou o seu divino mestre?

Não esqueçais, ó homens severos, que os contrastes dominam e governam a vida. Nada pode perturbar o perfeito equilíbrio do que o bem e o mal devem manter entre si. Se não soubéssemos que no fundo das podres lagoas vivem sapos imundos, não acharíamos beleza nas alvas ninfeias, que nadam e esplendem sobre a face desses mesmos depósitos de limo e lodo. Nas comédias e nos dramas, que deliciam o nosso sentimentalismo, quem apreciaria a coragem e abnegação do galã, a pureza da ingênua, a honestidade do pai nobre, — se não houvesse na peça a figura abominável do "pérfido", Basílio ou Iago, Tartufo ou Mefistófeles, maquinando e praticando tramoias e enredos perversos? E havemos de odiar para todo o sempre o desventurado ator, que é designado para desempenhar esse duro papel, feito de maldade e treva?

Não esqueçais também que o drama da vida de Jesus não foi apenas religioso: foi também um drama político. E, na vida política, as traições não têm o mesmo peso nem a mesma importância das quais se praticam no terreno da vida privada. Tal sujeito, que, nos atos da vida particular, é incapaz da mais leve mentira e da mais ligeira infidelidade, torna-se, assim que se mete numa luta partidária, capaz de todas as perfídias negras e das mais desassombradas deslealdades. Os políticos, que se julgarem limpos de toda a culpa lancem a primeira pedra ao desventurado Judas!

Em todo caso, já a esta hora não se trata de Judas...

Já o sol redourou a cruz em que agonizou. Jesus, transformando em símbolo de glória perpétua o símbolo da ignominia. Já Maria Salomé e as outras mulheres piedosas, indo ao túmulo do Senhor, apercebidas de óleos aromáticos, com o caridoso intento de lhe embalsamar o corpo, — acharam vazia a sepultura, e viram dois lindos arcanjos que lhes anunciaram a ressurreição do Mestre. Já a doce Maria de Magdala, chorosamente errando, como um espectro, por aqueles tristes lugares, conseguiu, por uma graça especial concedida à sua fé e ao seu amor, ver e tocar o corpo do redivivo, e correu a comunicar a grande nova a todas as gentes. Consumou-se e cumpriu-se o doce e sobre-humano mistério.

Já não ressoa, no interior dos templos, o *stabat mater:* órgãos e coros, à compita, entoam o cântico triunfal da Redenção.

O dia é de paz e de júbilo. Vamos comer o anho tenro, em família, e deixemos esquecido, no passado remoto, o nome do pobre Judas.

(1896)

CAMPOAMOR

O sutil Anatole France explica bem, em curtas linhas, o encanto singular dos poetas líricos: "En faisant leurs confidences, ils font les nôtres, et cela nous flatte; pendant qu'ils nous content joliment les affaires de leur cœur, nous croyons entendre celles de notre propre cœur, et nous sommes ravis..."

Quem pôde um dia ler as *Doloras*, sem imaginar que estava lendo a história dos seus próprios amores, dos seus próprios delírios e sofrimentos? E Campoamor tinha sobre a imensa maioria dos poetas líricos esta superioridade: não fazia apenas sentir, — fazia também pensar. Era dos poetas, que, no dizer do grande Núñes de Arce: "*No cantan como el pájaro en la rama, estraños á cuanto les rodea...*"

Quem não sentiu a beleza daquelas estrofes de *Quien supiera escribir*, — a ingênua história da aldeã que vai pedir ao padre-cura a redação de uma carta ao noivo ausente? Quem, depois da história das três singelas quadras de *Los dos espejos*, não se deixou ficar pensando na irreparável miséria das coisas da vida?

Dolora, palavra criada pelo poeta, exprime (ninguém sabe bem por que) uma composição poética, em que o sentimento deve estar casado ao fundo filosófico. É raro encontrar em Campoamor um verso em que a filosofia não tempere o amor: filosofia cética, ligeira, graciosa, — sem o amargo travor da ironia de Heine. Quando a amante o engana, o poeta não se desespera, sofre e perdoa, porque sabe que a traição não pode andar separada do amor:

"Para querer á un rico que es un necio,
Por pobre me entregaste al abandono:
Si ha sido por codicia, te desprecio...
Si ha sido por amor, — te lo perdono!"

Quem pode dar firmeza ao coração humano, e que são os vários amores de um coração senão formas várias de um mesmo eterno e incontentado amor?

"Porque amaste en tres años á tres hombres
Te juzgas una infiel? No, vida mia!
El amor se transforma, y no varía:
Un mismo amor puede tener mil nombres!..."

E esse eterno Proteu foi, apesar de todas as desilusões e de todos os estragos da velhice e do enfaro, o grande inspirador de toda a longa vida do poeta. Toda a paixão da raça espanhola se encarnou na alma desse espanhol, que viveu oitenta e três anos cantando o Amor, — o amor das duquesas, como o das camponesas, o amor que mata, como o amor que sofre em silêncio.

Ás vezes, o espírito de Campoamor agitava-se nas lutas políticas, perdia-se nos meandros da controvérsia filosófica, e era presa de uma insaciável curiosidade que o levava, depois de velho, a estudar química e bacteriologia ao lado dos jovens alunos da Escola de Madrid; mas, tudo isso passava e desvanecia-se: o que ficava era a preocupação perpétua do Amor.

Com que enternecido carinho e com que profunda mágoa acompanhariam as mulheres de Madrid ao cemitério o corpo do seu poeta, se não estivessem atualmente tão ocupadas em apedrejar os padres!

Se alguém, neste baixo mundo, pudesse livremente escolher o dia da sua morte; e optar por esta ou por aquela forma de homenagens póstumas, — Campoamor teria escolhido outra época para morrer.

Porque o extraordinário poeta das *Doloras* odiava as revoluções e os revolucionários. Era um conservador exaltado, um pilar das instituições, um sustentáculo do trono e da igreja. Ele mesmo o disse: "El hecho revolucionario es insoportable por lo antiesteticamente con que se suele realisar."

Vê-se bem que a morte não o poderia fulminar em pior ocasião. Toda a Espanha está sacudida de um largo movimento de revolta, — um desses movimentos, fortes, mas fugazes, violentos, mas rápidos, que tão facilmente abalam aquela inquieta e explosiva gente.

Madrid, no dia em que se enterrou o poeta, estava mudada em um vasto campo de batalha. Estendia-se nas ruas asfaltadas uma espessa camada de areia para facilitar as cargas de cavalaria. Os conventos, trancados e adarvados como cidadelas, preparavam-se para resistir ao arremesso dos populares: e lá dentro casava-se o rumor das preces ao estrépito das coronhas das espingardas sobre as lages. Gritos de raiva e de ódio reboavam. Voavam pedras zuniam balas, corria sangue. E o enterro daquele amável cético, daquele risonho poeta, serviu de pretexto para novos motins e novos conflitos...

Se Madrid estivesse calma, se o liberalismo, a propósito de um drama de Galdóz, não andasse a perseguir os frades com a mesma gana com que estes outrora perseguiam os liberais, esse enterro seria uma afetuosa e tranquila apoteose. Mas não houve flores sobre o caixão em que iam os despojos mortais do cantor das *Doloras*. A revolução "antiestética" afeava as ruas da capital da Espanha, quando, a caminho da derradeira morada, passou o poeta...

Quem pode lá saber se o Destino é realmente cego e impassível? Talvez tenha havido em tudo isso uma apurada malícia do sombrio deus...

Campoamor, que tão conservador se dizia, era em verdade um inquieto, um insubmisso, um cético, um revolucionário. Se discursava no Parlamento, se discutia política com Castellar, se terçava armas nos ateneus de filosofia com os livres pensadores, o seu amor dos princípios estabelecidos estrondava e ostentava-se orgulhoso e claro. Mas, quando sobre o papel a pena do poeta ia traçando os versos que todo o mundo conhece, toda a inquietação, todas as dúvidas, todas hesitações da sua alma vinham sorrir e chorar no bico dessa pena privilegiada, a um tempo ferina e suave, consoladora e venenosa.

Um de seus críticos, Leopoldo Alas, não hesitou em dizer-lhe esta verdade: "Don Ramon de Campoamor es conservador por broma, por la broma más pesada de las suyas."

Não seria *broma*... Era com certeza uma ilusão. Quem percorre as *Doloras* e os *Pequenos Poemas*, não pode compreender como neste homem conseguiam viver, de mãos dadas, uma política tão conservadora e uma poesia tão revolucionária. Era esta a ideia que o poeta fazia da organização social:

"Y el amor? Y la dicha? Los nacidos
No han de tener más fin
Que el de ser comedores e comidos
Del universo en el atroz festin!"

E do homem:

"Solo le han de afectar, á pesar mio,
Calor, hambre, interés, amor o frio..."

E da consciência:

"Añade á tu experiencia:
Que el hambre es quien regula la conciencia..."

Não teria sido uma ironia do destino malicioso a passagem do féretro de Campoamor pelas ondas revoltas da multidão amotinada?

Pouco importa! Os motins passarão, as ideias políticas se esfalfarão nas lutas estéreis, e novas gerações continuarão a apoiar ou a combater os reis ou os padres. Mas as flores, que não caíram sobre o caixão em que ia deitado o grande lírico, aparecerão, por anos sem fim, cobrindo a sua sepultura. É que tudo passa na vida, menos o Amor:

"Y cuando el mundo al fin sea extinguido,
Y se oiga en las regiones estrelladas
Del orbe entero el ultimo crugido,
En inmenso fragor,
Dios de nuevo la nada bendiciendo,
De ella hará otros almeces y otros mundos;
Y irá un hervor universal diciendo:
— Amor! amor! amor!"

(1901)

SOBRE UM CRIME[1]

Crimes não nos têm faltado, mais ou menos cruéis, mais ou menos covardes, revelando maior ou menor ferocidade. Este, porém, dói mais do que os outros, horroriza mais do que todos, fere mais fundo a nossa piedade e levanta mais alto a nossa indignação. Por quê? Pela mocidade das duas vítimas. Tenho para mim, com o meu entranhado e absoluto respeito da vida, que a mocidade ainda é mais sagrada do que a velhice. A velhice, quando não é um sofrimento, é uma resignação; a mocidade é sempre uma esperança, uma ambição, uma ânsia, uma glória: matar sofrimentos e resignações pode ser, às vezes, uma obra de misericórdia inconsciente; matar esperanças e glórias é sempre um requinte de maldade, — um crime que brada aos céus, e que os céus fulminariam com a sua cólera vingativa, se fossem capazes de ira e vingança.

Vinte e um anos, 18 anos... Nessa idade, a vida é um latejar ansioso de seiva forte, um hino largo de fecundidade, uma fúlgida palpitação de nebulosa em que ardem mundos... E as mãos de um assassino apertam, esmagam, sufocam tudo isso dentro da garganta de um homem!

É isso que reveste de maior horror a tragédia sangrenta que infamou esta malsinada semana. Não nos horroriza tanto o móvel do crime... Matar para roubar, — ainda é a mais frequente forma e o fim mais vul-

1 Assassínio de dois meninos, caixeiros de uma joalheria, no Rio.

gar do ato de matar. Há quem mate por orgulho: são os que matam, segundo o eufemismo consagrado, "por motivo de honra"; há quem mate por egoísmo: são os que matam, segundo outro eufemismo usual, "por amor"; mas a grande maioria é a dos que matam para roubar, para ter dinheiro, para satisfazer os seus apetites de luxo, os seus hábitos de mandriice, o seu amor da ociosidade e do regabofe. Que importa o móvel do crime? O que mais nos horroriza é a crueldade com que, para roubar um punhado de joias, os bandidos sacrificaram aqui, não a vida de um velho Harpagão de existência inútil e asquerosa, vivendo apenas para contar moedas·, nem a vida de uma sórdida onzeneira, egoísta e feroz, como aquela hedionda velha que é assassinada pelo sombrio Raskólnikov do *Crime e Castigo* de Dostoiévski, — mas a vida de dois adolescentes, fortes e sãos, apenas desabrochados à grande luz triunfal da existência e do amor.

Há quem tenha mais pena do mais moço, Paulino, do que do outro, Carluccio...

Triste destino, o deste Carluccio! A princípio, quando o cadáver do irmão mais moço foi encontrado na loja saqueada, — sobre Carluccio começou a pesar uma negra suspeita infamante. Onde estava ele? Fugira de certo com os outros, de quem fora cúmplice, depois de os ter ajudado a arrombar e saquear a casa, — tendo até, talvez, auxiliado o assassínio do irmão... Onde estava Caim? Estava talvez fazendo o inventário do que lhe rendera a morte de Abel... Mas, em breve, o seu cadáver apareceu, sinistramente boiando à flor das águas, ao sol, como a protestar contra a suposição aviltante. A simpatia, provocada por esse desmentido dado pelo ar à calúnia, não durou muito. Agora, o que se diz é que o desgraçado moço era amigo e sócio de contrabandistas, e que essa amizade pouco honrosa foi que o levou à morte.

É o que se diz, sem fundamento, sem prova, sem um só indício, — e só pelo prazer de dizer mal, — tanto é verdade que todos os homens são mais amigos de suspeitar o mal do que de supôr o bem. Por que não admitir, de preferência, a hipótese de uma cilada de amor? Aos 21 anos, pensa-se mais no amor do que na riqueza: para quem tem 21 anos, os olhos e os lábios de uma mulher bonita valem mais do que todos os tesouros da terra!

Mas, seja como for, os dois cadáveres ali estiveram, no necrotério, — dois cadáveres de crianças, atestando a que extremos de bestial crueldade podem chegar os homens, quando os domina a fome do dinheiro.

Morreram na mesma noite os dois irmãos, um no mar, outro em terra, vitimados pelo mesmo gênero de morte e ambos sacrificados pela cupidez que inspiravam as riquezas confiadas à sua guarda...

Carluccio morreu no mar.

Dizem que o mar é um grande mestre de lealdade. Será! Mas longe da terra, longe das praias em que se debruçam as cidades, longe dos litorais em que formigam as multidões humanas com o seu luxo e os seus vícios... No mar alto, na solidão infinita, entre as águas que rugem e o céu que esplende, o homem fica melhor: o isolamento, o silêncio, a concentração de espírito, a falta de distrações adormecem a animalidade e abrem as asas do Pensamento. No seu eterno movimento, ansiando para a altura, fartando-se de ar puro, as águas do alto mar têm uma saúde física e moral, que se comunica ao homem, purificando-o.

Mas, perto da terra, as águas do oceano ganham o triste contágio da nossa vida. É uma infecção medonha de cisco e maldade. Tudo quanto as cidades segregam de torpe e asqueroso, os dejetos de sua monstruosa nutrição, o lodo das enxurradas, o lixo das ruas, os restos das cozinhas, — tudo isso fica boiando, remoinhando, indo e vindo, fugindo das praias, a elas voltando, sitiando as ilhas com a sua ronda imunda, sujando os cascos dos navios, num eterno vaivém, acompanhando o fluxo e o refluxo das marés, e perpetuando sobre a face do mar a sua profanadora presença. É a infecção material.

Mas a infecção moral ainda é mais torpe.

As águas litorais têm a cumplicidade fácil... Nelas acaba o desespero dos suicidas, nelas vão apodrecer os corpos dos assassinados. Com raras excepções, a sua discrição é completa: abrem o seio verde-escuro, em que boiam as imundícies num tapete podre, e fecham-no de novo sobre a sua presa. Quando o corpo do suicida ou do assassinado vem à tona, já os peixes vorazes lhe comeram os olhos, já lhe roeram os lábios e o nariz, já lhe suprimiram a fisionomia, já o transformaram numa inominável e irreconhecível espurcícia confundida no anonimato de todos os detritos que a preamar impele para as praias.

Essas águas não recebem apenas as secreções materiais da terra: recebem também, como cúmplices, as confidências e os segredos da escória viva que a terra possui, — ladrões e assassinos, arrombadores de portas e servidores da morte. Durante o dia, coalham-se essas águas de barcos esbeltos, em que os pescadores e os catraieiros labutam alegremente; à noite, porém, sob o manto das trevas, outros barcos, sinistros, andam por elas, numa ronda misteriosa: são as embarcações do roubo e do crime, onde os contrabandistas, os ladrões do mar, os assassinos de profissão, detritos morais da vida da cidade, fazem à flor das vagas concorrência aos outros detritos de que a urbe se alivia pelas barcaças de lixo e pelos canos de esgoto.

Foi nessas águas malditas e sujas que Carluccio morreu — quando voltava talvez de um encontro de amor, ou quando para ele ia, ou ainda (quem sabe?) no momento em que beijava, embevecido e extático, alguma mulher, cúmplice dos remadores sinistros...

Paulino, o mais moço, — e que só por ser o mais moço é o mais digno de pena, — morreu em terra, no silêncio e na escuridão da loja fechada, alta noite. Calcular o que deve ter sido a cena do seu assassínio, no fim daquele dia de passeio e ventura, é imaginar um episódio de horripilante crueldade. O mocinho vinha cansado e feliz: fartara os olhos na contemplação das coisas belas da vida, gozara a delícia de viver, enchera os pulmões de ar puro, admirara e cobiçara as lindas mulheres encontradas ao acaso do passeio, perfumara os lábios talvez com um beijo de amor, — e vinha dormir. Bateu longo tempo à porta, longo tempo, longo tempo, com impaciência a princípio, com irritação depois, depois com raiva. Impaciência, irritação e raiva, que o aproximavam da morte. Quando enfim se abriu a porta, é provável, é certo que do peito de Paulino rompeu um suspiro de alívio: enfim! Ia dormir... Ia dormir para sempre! Braços rijos e ferozes lhe rodearam o corpo, na treva, mãos de ferro lhe taparam a boca, sufocando-lhe o grito de surpresa e pavor; uma tira de pano se lhe enroscou ao pescoço; e todo aquele viço de mocidade, todas aquelas esperanças e todos aqueles sonhos de adolescente, toda aquela alegria e toda aquela força acabaram ali, num trágico minuto; e, ao cabo desse minuto, só restava de tudo uma inerte massa miserável, estendida no chão, — enquanto os assassinos continuavam o saque interrompido...

Pobrezinho! Fotografaram-lhe as retinas, a ver se nelas encontravam o retrato do assassino... Esperança vã! Nem a retina humana pode conservar por tão longo tempo as imagens que a impressionam, — nem qualquer imagem se poderia ter gravado na retina de Paulino, na densa escuridão em que certamente foi perpetrado o crime... Naquele momento, o infeliz nada viu, nada compreendeu: sentiu apenas que morria, sem socorro, sem esperança, sem luz... Se a retina humana pudesse guardar, depois da morte: as impressões recebidas nos últimos instantes de vida, — talvez se encontrasse na retina daquele adolescente, não a imagem feroz de um assassino, mas as imagens risonhas da vida da rua, de onde ele vinha, — luzes, gente alegre, prazer, movimento, delírio...

Vinte e um anos tinha um, 18 anos tinha o outro...

Parece, porém, que, para certa gente, as criaturas dignas de compaixão não são as duas crianças assassinadas: são os seus assassinos. Já, compassivamente, os advogados de alma piedosa correm a pedir *habeas corpus* para esses interessantes sujeitos.

Habeas corpus, somente? Por que não estátuas também?

Pobre Carluccio! Pobre Paulino! Há quem se esqueça de vós, da vossa mocidade inocente, da vossa vida cortada em botão, — para só pensar no que pode render um pedido de *habeas corpus* favoravelmente despachado!...

UM CONQUISTADOR

Não me malsinem por isto os patriotas exaltados...

Por mais que procure estimular o meu patriotismo, não consigo odiar esse extraordinário Sebastião Magali, que, à frente de um eletricista, de um carteiro, de um ator, de um corretor de companhia de seguros e de três caixeiros viajantes, tentou a conquista do Brasil, começando pelo assalto de Ilhéus, — essa mesma pequenina urbe de Ilhéus, fundada por Francisco Ramiro em 1535, uma cidadezinha heroica e predestinada, à qual, depois da glória de ter várias vezes resistido aos ataques dos Tupiniquins, dos franceses e dos holandeses, ainda estava reservada a glória de resistir à investida destes canadenses e destes *yankees*.

Não posso odiar Magali, nem sequer nutrir contra ele algum sentimento de rancor. Sinto por ele, ao contrário, um outro sentimento, em que há tanto de admiração quanto de piedade.

Principalmente de piedade...

Sebastião Magali é um homem deslocado no tempo. E são sempre profundamente infelizes os homens que nascem fora do tempo em que deveriam nascer, — ou muito cedo ou muito tarde, — vivendo como exilados numa época que lhes não convêm. Magali veio ao mundo muito tarde; também ele, se fosse poeta em vez de ser conquistador de nações, teria achado o verso admirável, em que Musset exprimiu o seu amor das coisas antigas e a sua saudade das eras de ouro em que os deuses desciam à baixeza da terra:

"Je suis venu trop tard dans un monde trop vieux..."

Para brilhar e triunfar, para ter estátuas e coroas, para ser aclamado herói e semideus, não teria Magali necessidade de nascer no tempo das velhas civilizações da Hélade e de Roma. Já lhe bastaria ter nascido no século XVI ou no século XVII, naquelas épocas em que conquistar e depredar eram os caminhos mais seguros para a fortuna e para a glória, — tempos de bravura louca e de crueldade fria, em que os mares arfavam ao peso dos navios dos flibusteiros, e em que os conquistadores, tão belamente celebrados por Heredia:

"Fatigués de porter teurs misères hautaines,
De Patos de Moguer, routiers et capitaines
Partaient, ivres d'un rêve héroique el brutal..."

Então, para conquistar cidades e terras virgens, Magali não conseguiria apenas reunir sob a sua bandeira negra de corsário oito pobres diabos famintos e ambiciosos. Não faltariam reis que lhe fornecessem navio, homens, colubrinas, mosquetes e pólvora; os banqueiros de Gênova e de Cartagena desapertariam, em proveito dele, os cordões das largas bolsas pejada de ouro; e Magali seria duque ou príncipe, e os seus descendentes ainda hoje conservariam, no brasão da família, como uma insígnia gloriosa, uma garra de ave de rapina, nimbada de ouro e luz.

Mas o mísero Magali nasceu muito tarde. E isso explica a piedade que ele me inspira.

A minha piedade, porém, não é desdenhosa nem humilhante: há nela uma larga dose de admiração.

Para os mais exaltados, o conquistador Sebastião é um bandido; para os menos exaltados, é um maluco. Mas o velho Sêneca disse também que Alexandre, o Grande, era um bandido. E que diferença há entre Alexandre e Sebastião? Apenas esta: Alexandre *conquistou* a Ásia, e Sebastião *tentou conquistar* Ilhéus; o primeiro teve estátuas de ouro e templos de mármore; o segundo está metido numa enxovia; — o que deu a glória ao primeiro foi o triunfo; o que dá o opróbrio ao segundo é o fracasso.

Um maluco! Mas só os malucos são capazes de fazer grandes coisas no mundo! E as maluquices que dão bom resultado passam a ser demonstrações de gênio; ao passo que os gênios, que não vencem, passam a ser cretinos...

Em todo o caso, se Magali é maluco, é um maluco tão completo, tão inteiriço, tão apurado, tão interessante: que só pode inspirar admiração.

Este nosso Brasil, com a sua imensa costa desguarnecida, sempre foi uma tentação para todos os aventureiros. Já nem é preciso lembrar as invasões e as ocupações da terra brasileira organizadas e realizadas pelos franceses e pelos holandeses, — expedições regulares, bem planejadas, bem apercebidas de homens e de dinheiro. Lembremos apenas os ataques dos flibusteiros; Cavendish, Cook, Davis, Lancastre, João Venner, Hartmann, foram outros tantos Sebastiões Magalis. Cook e Davis, em 1591, ancoraram perto da ilha de São Sebastião. Daí saíram para a barra de Santos. Meteram-se com mais vinte homens em dois escaleres e desembarcaram. Era domingo. Os santistas estavam ouvindo missa. Os corsários cercaram a igreja, tomaram conta da cidade, e teriam assassinado toda a população desarmada, — se não tivessem caído numa orgia feroz, que os deixou estendidos na praia, bêbedos de aguardente e orgulho...

Mas eram 22 homens! E tinham ali perto os seus navios cheios de gente! E esperavam o reforço e a ajuda de Cavendish! Que vale essa proeza, comparada com a de Magali, que serenamente se apresta para a conquista, armando-se dentro de uma grande cidade policiada e guarnecida de tropas, como a Bahia, e mais serenamente ainda, em companhia dos seus oito soldados, vai de armas na mão estabelecer um governo provisório em Ilhéus?

Tudo isto é maluquice, mas é maluquice sublime. Cem malucos como este reformariam todo o mundo. E este mesmo maluco, sozinho, se viesse há alguns séculos, teria operado façanhas que ainda hoje estariam bem vivas na memória dos homens.

Todos os grandes apóstolos e fascinadores de homens foram mais ou menos loucos...

Não podemos admitir que os oito homens, de que se rodeou Magali, — três caixeiros viajantes, um ator, um corretor de seguros, um carteiro e um eletricista, — sejam absolutamente imbecis e cretinos... Se esses homens se deixaram convencer e seduzir por Magali, acompanhando-o em tão absurda e estapafúrdia aventura, é porque o seu chefe é um desses grandes tentadores, cuja palavra ardente abala montanhas e escraviza almas. E é bom notar que não foi apenas um exército (um exército muito reduzido, mas sempre um exército) o que ele conseguiu com a sua lábia: conseguiu também dinheiro, e não pouco, — porque, enfim, não é com pouco dinheiro que se transportam, que se equipam, que se armam, que se alimentam nove homens...

Não! Não posso odiar nem desprezar Magali. Admiro-o.

Magali, com a sua bravura, com o seu desplante, com a sua confiança em si mesmo, com o seu soberano e incomparável topete, é uma criatura excepcional, um ente raro nesta época de prudência, de cautela, de contemporizações, de diplomacia e de precatada malícia.

Dizem que esse homem fenomenal é brasileiro. Se é verdade, creio que, em vez de maltratá-lo e encarcerá-lo, devemos chamá-lo a nós, seduzi-lo, aproveitá-lo, utilizá-lo. E estou até em dizer que é esse um dever... da nossa gratidão.

Porque esse homem acaba de prestar-nos um grande serviço. A sua aventura não é tão louca como a princípio parece.

Reflitamos nisto. Há um ano que temos ciência do plano de Magali. Todos os dias nos mandavam dizer os correspondentes telegráficos que Magali vinha conquistar o Brasil. E Magali veio, de fato. Veio, desembarcou, com os seus oito homens, na Bahia. Hospedaram-se todos no melhor hotel da cidade. Compraram armas e cavalos sem regatear. Esses preparativos consumiram semanas. E, afinal, os oito flibusteiros atacaram Ilhéus. E, se a gente de Ilhéus não fosse uma gente decidida, legítima descendente da gente que outrora repeliu Tupiniquins, holandeses e franceses, — talvez a esta hora o exército invasor, engrossado pelas adesões do medo, da ingenuidade e do fanatismo, estivesse tomando conta do sertão, de conquista em conquista... Pois bem! Não houve, na Bahia, polícia que desconfiasse de Magali e dos seus companheiros! Quando Cook e Davis, em 1591, desembarcaram em Santos, — Santos estava ouvindo missa. Agora, quando Magali saltou na Bahia, — a Bahia estava... politicando.

Não achais que há em tudo isto uma lição que não deve ser perdida? Devemos muita gratidão a Magali: é preciso que lhe demos uma pensão, e que o conservemos aqui, bem perto de nós, como um exemplo vivo de que pode fazer a temeridade de um homem e do que pode resultar da indiferença de muitos...

Conservemo-lo aqui; — e sempre que o olharmos, tenhamos bem presente ao espírito esta verdade: o que constitui o banditismo e a maluquice de um aventureiro é a sua infelicidade. Quando o aventureiro é feliz, não é bandido nem maluco: é herói, é deus, — e governa o mundo.

(1900)

AS XIFÓPAGAS[1]

Bendito seja para todo o sempre este carinhoso, este meigo, este santo interesse com que toda a população está acompanhando o drama de bondade e de amor que se representa na Casa de Saúde de São Sebastião.

Nem só as misérias da política e do jogo, as pequeninas tricas da ambição, as intrigas sórdidas do partidarismo, podem comover este povo amável. De cada casa voa agora uma bênção para junto dos leitos em que Rosalina e Maria convalescem; de cada alma de mãe sobe uma prece em prol das duas operadas; e não há homem, por mais empedrado que tenha o coração na prática do mal, que, ao ler de manhã nos jornais as notícias últimas sobre o caso, não se interesse pela sorte desses dois corpos frágeis, condenados ao sofrimento por um destino feroz, e provavelmente agora restituídos à vida, à saúde, à alegria e ao amor.

Não saiamos deste assunto. Fiquemos nele, como num oásis fresco, aberto na aridez da vida vulgar. Não é verdade que a sorte de duas criancinhas vale muito mais, infinitamente mais do que a sorte de todas as câmaras e de todos os senados do mundo?

1 Operadas em 1901, no Rio de Janeiro.

Já é quase certa a salvação das duas pequeninas. Nem Deus poderá consentir que se aniquile tanto trabalho de piedade e de coragem...

Porque, enfim, Deus deve amar os homens que deram remédio a um erro seu!

Há num romance de Voltaire, *Histoire de Jenni ou L'athée et le Sage*, um certo Birton, sujeito descontente e inquieto, que acha a máquina do mundo muito mal fabricada: "Qualquer homem, entendido em mecânica, poderia, se tivesse em seu poder todos os infinitos recursos de Deus, fazer obra mais acabada, mais sólida, mais bela... e menos incômoda!"

Realmente, quanta coisa absurda, quanta coisa mal feita na terra! Para que é que existem os desertos adustos da África? Para que servem as solidões geladas do polo? Por que é que há erupções vulcânicas, e terremotos, e inundações, e tantos outros flagelos e tantas outras calamidades? Decididamente, se o homem, apesar de toda a sua fraqueza, se não resolvesse, de quando em quando, a emendar e corrigir a obra divina, — a vida seria intolerável, e o primeiro Schopenhauer, que aparecesse, seria facilmente escutado e atendido, quando aconselhasse à humanidade o remédio supremo do suicídio em massa! Que seria, por exemplo, dos míopes e dos presbitas, se o homem não houvesse inventado as lentes bicôncavas e biconvexas?

O Birton de Voltaire era um ateu. Mas, francamente, ainda acreditando inabalavelmente na existência de Deus, ainda sendo mais crente do que Santo Agostinho e menos desconfiado do que São Thomé, — pode qualquer um de nós afirmar que a obra divina não esteja cheia de defeitos feiíssimos?

Haverá porventura maior crueldade, injustiça maior, mais requintada perversidade do que extrair do escuro seio misterioso da criação duas criaturas confundidas numa só, como essas duas crianças xifópagas que a abençoada audácia de Chapot Prevost acaba de separar?

Nas penitenciárias, a maldade humana, quando quis inventar para os criminosos um castigo maior do que a reclusão celular, teve a ideia diabólica de amarrar os galés dois a dois.

Oh! Nunca poder estar só! Nunca poder ter um desses deliciosos momentos de absoluta solidão, de absoluta liberdade de corpo e de espírito, — um desses raros e divinos momentos, em que, longe de todos os olhos, apartado de todas as curiosidades, emparedado com as suas ideias no ergástulo do seu egoísmo, o homem pode, desafogadamente, respirando, dizer: "Eu sou eu!"

Oh! O profundo horror, a indizível tortura da perpetuidade da vida em comum! O desespero sem termo, a agonia sem fim de viver assim, arrastando ao pé uma grilheta humana, uma grilheta que se move, que vê, que ouve, que fala, que pensa!... Não dar um passo sem sentir ao lado o passo de um outro homem! Não viver um instante, sem sentir ao lado do coração o pulsar de um outro coração! Não ter um pensamento que não seja espiado, um desejo que não seja compreendido, uma ideia que não seja adivinhada! E nem ao menos poder estilar dos olhos tristes uma lágrima só, que seque sobre a face, ignorada e pura, que se suma e desvaneça sem vestígio, que se apague sem ter sido profanada pela vista do ódio, da indiferença ou do desdém!... Zimmermann, doce e melancólico poeta da *Solidão!* Por que privaste desta estrofe o teu poema?...

Dizem as folhas que, acabada a operação, suspensa a ação do clorofórmio, quando um silêncio trágico reinava naquela sala em que acabava de ser afirmada a gloria da ciência humana, a Mariazinha, a que mais sofrera, a que mais sangue perdera, a que mais receios devia dali por diante inspirar, logo ao despertar, agitou fracamente uma das mãos no ar, e disse adeus à irmã...

Há dias, um cronista, na pressa de transmitir aos leitores as suas impressões pessoais, não soube compreender toda a significação desse *adeus*... Pareceu a essa alma apressada que havia ali, naquele gesto eloquente da pequenina, a manifestação da primeira saudade, da primeira mágoa da separação, do primeiro desgosto do apartamento...

Não era isso, não! Aquilo era o adeus aliviado e consolado, com que o galé se despede da calceta, com que o acusado se despede do banco dos réus, com que a alma da gente se despede de uma preocupação dolorosa, com que um devedor ameaçado de penhora se despede de uma dívida, com que todos os que sofrem se despedem do sofrimento!

Como quereríeis vós que se amassem aquelas pobres almas, condenadas ao eterno convívio? Como quereríeis vós que se não repelissem aqueles dois corpos, condenados ao eterno contato?

Quando no corpo e na alma de uma das duas crianças rebentasse, cantando e fulgindo, a primavera do primeiro amor, — quando o egoísmo inevitável da primeira paixão desse a uma delas o desejo irreprimível de se trancar a sete chaves, dentro da torre de ouro e marfim do seu primeiro arrebatamento de moça, — como quereríeis vós que se não odiassem as duas, odiando ambas a sorte fatal que as amarrara à mesma tortura?

Não! Aquilo não foi o adeus torturante da saudade: foi o adeus delicioso do libertamento!

E, quando a Mariazinha, olhando Chapot Prevost, murmurou: "Como ele é bom!", na alma e na boca da criança agradecida estava palpitando e vibrando, inconscientemente, a grande voz da natureza, — da natureza que não quer calcetas...

O CAFÉ CANTANTE

Nestes últimos dez anos, quantas manias temos visto desabrochar, viçar e morrer, nesta versátil e inconsequente cidade! Passageiras, precárias manias... ficam tão pouco tempo no coração da cidade, quanto no coração da mulher duram esses amores, que parecem eternos, e são, afinal, mais fracos do que a vida de uma borboleta.

A princípio, tivemos a mania das corridas de cavalos. Lembram-se?

Às quintas-feiras e aos domingos, abriam-se ao povo três, quatro, cinco prados de corridas. Os bondes levavam gente nos bancos, nos estribos, nas plataformas, nos tejadilhos. As locomotivas da Central arrastavam comboios de dez e doze vagões atulhados de uma multidão risonha e bulhenta. E era ver o espetáculo do prado, — as arquibancadas, como vastos canteiros de flores humanas, pompeando ao sol o esplendor das claras toilettes de verão, num delírio de cores, num emaranhamento deslumbrante de fitas, de plumas, de rendas; o recinto da pesagem, cheio da turba dos *sportmen* suados e ofegantes, discutindo, rixando, berrando; e os bolos de gente ávida, junto dos *guichets,* disputando as *poules* a murro e a pontapé; e os botequins reboantes de clamores, de tinir de copos, de estalar de rolhas; e a raia, em baixo, lisa, balida, inundada de luz, por onde os cavalos voavam em nuvens de poeira dourada, entre as aclamações delirantes!

Era uma coisa assombrosa! Todo o mundo falava a gíria do desporto. Todos os homens usavam na gravata o alfinete clássico da ferradura. As fazendas, em que as senhoras cortavam os seus vestidos, tinham estampagens de chicotes, de loros, de casquetes de jóquei. E se acontecia adoecer um cavalo dos bons, dos gloriosos, dos que mais vivamente mereciam o amor dos entusiastas, — que mágoa, que terror, que consternação na cidade!

Depois, o bookmaker matou o hipódromo; outra mania... O sujeito, que apanhava meia dúzia de contos de réis, alugava uma loja da rua do Ouvidor, e começava a aceitar apostas.

Depois, veio a mania do jogo da péla. Um frontão em cada bairro. Às duas horas da tarde, o povo desertava a rua do Ouvidor, e ia apinhar-se junto das canchas amplas, em cujo cimento batiam as pelotas leves, e por onde, em saltos felinos, desnudando ao sol os braços peludos, de bíceps inchados, os pelotares iam e vinham, na azafama da quiniela, surdamente ferindo o solo com os chinelos de trança.

Depois, surgiu o jogo da bola. E a gente ia pasmar diante da larga tábua em declive, por onde, impelidas por marmanjos em camisa de meia, as bolas vinham rolando, no meio de um silêncio comovido, rolando, rolando até que destroçavam o batalhão dos marcos de pau.

Mas apareceu logo o ciclismo. E isso é que foi um delírio! Não houve mancebo que se não adestrasse no dar de pés ao pedal das máquinas voadoras. As ruas ressoavam com o campainhar frenético dos tímpanos; ainda assim, que atrapalhação! Ia um homem descuidadamente, pensando nos seus negócios, nas suas dívidas ou nos seus amores... e trac! Desabava sobre ele uma dessas aranhas de aço. Moças do tom não hesitaram em vestir pantalonas fofas, sacrificando a compostura e as saias ao gosto do pedalar. E houve até matronas anafadas, carregadas de anos e de tecido graxo, que seguiram o exemplo das raparigas, e cavalgaram velocípedes de duas rodas... para provar à evidência que essas máquinas são capazes de suportar sem perigo o peso de três mil libras de carne.

Por fim, chegou o *bicho*, e matou tudo. Tem sido essa a mania de mais pertinácia no viver. E provavelmente não será vencido pela mais recente, pela de agora, pela do café cantante.

Tereis notado, certamente, que, em menos de seis meses, o Rio de Janeiro ficou abarrotado de teatrinhos equívocos. Não tratemos dos dois ou três bem montados, que aí estão funcionando, com plateia, com orquestra, com palco, com bastidores, e com um pessoal, mais ou menos bem sortido, de estrelas de primeira ou... de nenhuma grandeza.

Esses não são novidade: desde o tempo de ouro do *Alcazar* da rua da Valia, a boa gente carioca tem o amor da cançoneta picante e do tango maroto...

Tratemos dos outros, dos que brotam não se sabe como, à feição de cogumelos, da noite para o dia.

Tu estás habituado, leitor pacato, a comprar fumo, ou velas, ou papel em certa loja de certa rua. Uma noite, levam-te a essa loja os teus passos já afeitos ao caminho. Pasmas, ouvindo dentro da casa, tão tua conhecida, a voz fanhosa de um piano, o canto escorchador de uma guitarra, o garganteio esganiçado de uma mulher... Entras. E, em lugar do teu charuteiro ou do teu merceeiro, encontras uma rapariga que te oferece um *chopp*. A tua loja é uma cervejaria! Ao fundo, com um estrado velho, improvisou-se um palco. À beira dele, um piano inválido desmancha-se em lundus e em xibas. E eis ali surge, de saias curtas, uma cantora a chalrar...

Não há rua, por mais esconsa, por menos frequentada, que não possua atualmente o seu café cantante.

Há quem se arrepele por causa disso; há quem, enchendo os olhos de lágrimas de profunda agonia, brade e soluce contra essa pouca vergonha, que afasta o povo dos teatros sérios, e que pouco a pouco lhe envenena o corpo com a calamidade da cerveja mal fermentada e o espírito com a desgraça das modinhas indecentes... Vamos lá! Por que se há de privar o povo daquilo que ele prefere, da arte barata que lhe dá no goto, da cerveja ruim que lhe espanta as mágoas?

Além disso, esses cafés cantantes de baixa qualidade vieram prestar um serviço: arrebanharam os cantores populares, de que já ninguém tinha notícia.

Oh! O nosso tipo clássico de trovador da rua, tão perseguido da polícia que já nem tinha a ousadia de sair à meia-noite, levantando à fria claridade da lua a gaforina inspirada, arranhando com as unhas longas as cordas gemebundas do violão, e perturbando o sono casto dos casais burgueses com o choroso quebro do

"A brisa corre de manso
Por entre as trevas de além",

ou com o riso brejeiro do

"Eu adoro uma yáyá,
Que, quando está de maré,
Me chama muito em segredo
Para me dar cafuné!"

Por onde andava ele, o cantor de Elvira e de Ursulina, o mártir de amores vários, que, antigamente, depois de haver toda a noite quebrado o coração em gritos de afeto e ciúme, acabava sempre quebrando o violão na cabeça de algum companheiro de infortúnio e de serenata?

Agora, aqui o temos, modificado no vestuário e nas maneiras, mas sempre o mesmo na essência, no lirismo, na malícia e nos pés quebrados dos versos. Aqui o temos, na cervejaria cantante, alegre e pernóstico, dando com as suas modinhas um sabor novo à cerveja que escorre pela goela do freguês.

Já não traz o antigo violão clássico, companheiro querido das noitadas sem destino, passadas em claro pelas ruas dormidas, ao acaso dos cruzamentos de esquinas; agora, o trovador popular canta ao piano, ou com acompanhamento de orquestra, como Paulus *(excusez du peu!)*; agora, o vagamundo chega sorrindo à beira do estrado, saúda o público, com um faceiro meneio de cabeça, pigarreia, e principia:

"Bem sei que tu me desprezas..."

Que importa? É sempre o mesmo... E confessemos que ouvir um capadócio carioca da gema cantar com a sua simples brejeirice nativa o "Quizera amar-te, mas não posso, ó virgem" ou o "Nas horas calmas do cair da tarde", sempre é mais divertido do que ouvir os *couplets* franceses, mais ou menos avariados, de cançonetas já sovadas por dez anos de uso em todos os *boulingrins* de Paris.

Ai! Vamos ver quanto há de durar a nova mania! E, depois desta, que outra virá?

(1900)

FIM

POSFÁCIO

ANDRÉ CARAMURU AUBERT
(AUTOR DE ESTEVÃO)

O Brasil da passagem do século XIX para o XX passou por mudanças tão radicais que fica até difícil, para nós, hoje, nos darmos conta da dimensão. Se você tivesse nascido, por exemplo, em 1860, teria passado infância e adolescência em um país, atrasado, rural, monarquista, de aparência colonial e escravocrata, com cidades iluminadas por velas e lampiões e estradas precárias que eram vencidas apenas por mulas e carros de boi. Mas você teria chegado à idade adulta e à velhice numa república que, mesmo com muitos problemas, abolira a escravidão e se industrializava. De repente havia trens, luz elétrica, telefones, automóveis, jornais de grande circulação, e ainda por cima um brasileiro, em Paris, estava inventando o avião. Aquele universo de grandes transformações pode parecer, hoje, infinitamente distante de nós, mas essa é uma sensação enganosa, algo de que nos damos conta quando aprendemos a respeito dos fatos e das pessoas que viveram aquele período. E uma delas, fundamental pelo que viveu e defendeu, mas principalmente pelo que escreveu, foi Olavo Bilac (1865-1918). Ele até mesmo foi, curiosamente, o primeiro brasileiro a provocar um acidente de trânsito.

Bilac é conhecido principalmente como poeta, uma vez que foi o autor dos versos mais celebrados daquele período, dentro da escola literária então dominante, o Parnasianismo. Exceto por alguns amantes deste estilo de se escrever poesia, e talvez por quem seja obrigado a lê-los para os vestibulares, os poemas parnasianos são hoje um dos aspectos menos valorizados daquele período (ainda que, na época, fizessem muito sucesso). E isso por dois motivos principais: o primeiro é que os poemas parnasianos, ao darem excessiva importância à forma (métrica, rimas, figuras de linguagem, inversões, vocabulário rebuscado) e a temas distantes de nosso contexto (por exemplo, mitologia greco-romana), tornam a leitura difícil para o leitor. O segundo é o movimento literário que o sucedeu, o Modernismo, principalmente a partir da Semana de Arte Moderna de 1922, e que marcou toda a literatura recente no Brasil, defendia quase que exatamente o oposto: forma livre, linguagem cotidiana, resgate da cultura popular brasileira, fosse ela negra, indígena, sertaneja ou mesmo das camadas populares das grandes cidades. No entanto, ainda que para nosso paladar contemporâneo a estética modernista seja muito mais palatável, isso não quer dizer que tudo o que os parnasianos fizeram era ruim, e nem que tudo que os modernistas e seus sucessores escreveram era bom.

Olavo Bilac é a maior prova disso. Se hoje ele é pouco lido, nós, brasileiros do século XXI, faremos um enorme favor a nós mesmos se mudarmos esse quadro. Bilac foi muito mais que o maior poeta parnasiano de nosso país; ele é, independentemente da época, um dos grandes poetas da literatura de língua portuguesa, assim como o foram, antes dele, Camões, Castro Alves, Gonçalves Dias e Guerra Junqueiro. E ele foi não apenas um poeta único, mas um prosador – especialmente no campo da crônica – maravilhoso. Além disso, não custa lembrar, Bilac chegou a ser uma das maiores celebridades brasileiras (em qualquer área) de seu tempo.

Como tudo o que é parnasiano, não surpreende que, como dissemos acima, uma centena de anos após a Semana de 22, os versos de Bilac possam soar estranhos aos nossos ouvidos modernos; por outro lado, é inegável a qualidade e força que eles conservam. Vejamos, por exemplo, o soneto *Língua Portuguesa*:

Última flor do Lácio, inculta e bela,
És, a um tempo, esplendor e sepultura:
Ouro nativo, que na ganga impura
A bruta mina entre os cascalhos vela...

Amo-te assim, desconhecida e obscura,
Tuba de alto clangor, lira singela,
Que tens o trom e o silvo da procela,
E o arrolo da saudade e da ternura!

Amo o teu viço agreste e o teu aroma
De virgens selvas e de oceanos largos!
Amo-te, ó rude e doloroso idioma,

Em que da voz materna ouvi: "meu filho!"
E em que Camões chorou, no exílio amargo,
O gênio sem ventura e o amor sem brilho!

A beleza e a atualidade de *Língua Portuguesa* são indiscutíveis. E uma leitura atenta mostrará o parentesco com *Língua*, uma das mais sofisticadas canções de Caetano Veloso. Em uma antecipação moderna digna de nota, Bilac, da mesma maneira que faria Caetano um século depois, situa a ideia de pátria na língua, e não na geografia ou na etnia.

Um dos traços essenciais da poesia parnasiana, como apontamos acima, é a rigidez da forma, com métrica inflexível e rimas obrigatórias. Esse predomínio da forma sobre o conteúdo permitia que poetas medíocres, mas aplicados, compusessem poemas corretos, mas frios e pouco líricos. Olavo Bilac, no entanto, com um talento muitos degraus acima da média, pairava além do universo parnasiano, e era capaz de, ainda que respeitando a forma, escrever poemas riquíssimos em... poesia!

E tanto os versos quanto a prosa de Olavo Bilac, afinal de contas, foram avidamente lidas e absorvidas pelos modernistas que vieram logo depois dele. Bilac foi muito mais do que o poeta de poemas rebuscados que muitas vezes, infelizmente, só lemos na escola porque somos obrigados. Ele foi, na realidade, um autor de verdadeiras obras-primas em língua portuguesa, e *Ironia e Piedade*, que o leitor tem agora em mãos, é uma delas.

OLAVO BILAC

Olavo Brás Martins dos Guimarães Bilac veio ao mundo no Rio de Janeiro em 16 de dezembro de 1865, de uma família razoavelmente bem posicionada na sociedade carioca. Ainda que não fossem ricos, os Bilac eram respeitados e levavam uma vida confortável. O pai do poeta, o Dr. Brás, estava ausente quando Olavo nasceu, pois havia embarcado, cinco meses antes, para servir como oficial médico do exército brasileiro na Guerra do Paraguai. Quando o pai regressou, condecorado, o filho, que o idolatrava, já tinha quase cinco anos de idade. O Dr. Brás Bilac, um sujeito rígido, insistia para que o filho seguisse seus passos na medicina, e fez uso de seu prestígio para conseguir uma autorização especial de D. Pedro II para que Olavo, com apenas 15 anos, entrasse para a faculdade.

O problema é que Bilac não sentia a menor vocação para aquela profissão e, ainda que desse conta das matérias, dedicava todo o tempo livre a fazer o que realmente gostava: escrever poemas e colaborar com o jornal da faculdade. Aos poucos, o estudante de medicina foi sendo atraído pela vida boêmia dos bares do Rio de Janeiro, fez amigos entre os jovens escritores e recebia elogios por seus poemas. Ainda que o filho continuasse a estudar, o Dr. Brás não aceitava o que estava acontecendo. Poesia e boemia, pensava ele, eram coisas de vagabundo, e Olavo deveria parar com aquilo. Como tanto poesia como boemia persistiram, a situação no lar dos Bilac foi ficando cada vez mais tensa, até, que um dia, tarde da noite, ao voltar para casa, Bilac se deparou com o pai acordado, na sala, esperando, houve uma discussão pesada e ele foi expulso de casa. Saiu com a roupa do corpo. Bilac ainda tentaria prosseguir no curso de medicina, mas não conseguiu. Dali em diante, Olavo Bilac seria poeta, cronista, jornalista e conferencista em tempo integral.

Bilac fez sua estreia na imprensa em 1884, com dezoito anos, ao escrever para o jornal interiorano *Gazeta de Sapucaia*. Mas o grande passo, ainda no mesmo ano, foi quando um soneto de sua autoria apareceu na *Gazeta de Notícias*, o qual, como veremos adiante, era o mais importante jornal do Rio de Janeiro daquele período. O talento do jovem poeta foi imediatamente reconhecido, de modo que, a partir de então, não faltaria espaço para publicar textos em jornais.

Um exemplo de obra de Bilac que vem sendo (literalmente) cantada até nossos dias é o *Hino à Bandeira*, cuja letra ele escreveu, e que começa com o inesquecível "Salve lindo pendão da esperança / salve símbolo augusto da paz..." Se tomarmos o *Hino* como se fosse apenas um poema, veremos que não se trata de um ponto fora da curva na produção lírica de Bilac. Como tudo o que ele escreveu, a composição carrega um irrepreensível rigor formal, e traz em si uma das marcas registradas dele: o patriotismo. Mas o nacionalismo patriótico se destacaria, em Bilac, somente em seus anos de maturidade. Na fase inicial, o amor e a sensualidade eram os temas que dominavam sua produção, como podemos observar nas primeiras estrofes do soneto "Perfeição":

"Nunca entrarei jamais o teu recinto:
Na sedução e no fulgor que exalas,

Ficas vedada, num radiante cinto
De riquezas, de gozos e de galas."

Os primeiros anos de Olavo Bilac depois de expulso da casa paterna foram duríssimos. É comum que se destaque o lado boêmio dessa fase da vida do poeta, com as bebedeiras e os debates políticos e artísticos madrugada adentro, nos bares e cafés do Rio de Janeiro, mas a verdade é que Bilac trabalhava muito, dormia pouco, acordava cedo, ia para os jornais, escrevia crônicas, poemas, reportagens, e ainda militava pelas causas em que acreditava, como a abolição. Seus poemas eram elogiados, mas isso não servia para melhorar a renda. Sempre sem dinheiro, o tempo todo ele ia fazendo o possível para conseguir pagar as contas. Foi só em 1888, com a publicação do livro *Poesias*, que veio, finalmente, a consagração como poeta. A partir daí, de maneira gradual, mas constante, a vida material de Bilac começou a melhorar.

Como a maior parte dos intelectuais de sua geração, Olavo Bilac foi um abolicionista ferrenho, além de republicano e democrata. Depois de proclamada a República, em novembro de 1889, ele viveu uma boa lua de mel com o regime, durante o primeiro governo, o de Deodoro da Fonseca, até mesmo ocupando cargos públicos. Mas, assim que, em novembro de 1891, o marechal Floriano Peixoto, com seu estilo militarista e autoritário, assumiu a presidência, os problemas começaram. Junto com outros defensores da democracia, o poeta fundou um jornal oposicionista, *O Combate*, enquanto Floriano decretava estado de sítio e mandava prender diversos grupos de pessoas. Bilac, naturalmente, não haveria de ficar de fora, e acabou por amargar quatro meses numa cadeia militar (um período que não redundou em contribuições para sua obra). Quando saiu da prisão, viajou para Ouro Preto, a então capital de Minas Gerais, para ficar longe de problemas, pois a polícia do Marechal Floriano limitava suas perseguições ao Rio de Janeiro e arredores. Já um poeta famoso, foi muito recebido por lá, escreveu, pesquisou, fez amigos. Mas acabou se desentendendo com um velho fazendeiro mineiro e, mesmo com todo o seu prestígio, precisou fugir às pressas da cidade, refugiando-se temporariamente em Juiz de Fora. De volta ao Rio, acabou preso novamente, mas dessa vez por apenas uma semana. Floriano Peixoto já detinha controle absoluto sobre a situação política, e não haveria ganhos em manter atrás das grades alguém com a fama que Olavo Bilac então gozava.

O problema que obrigou Olavo Bilac a fugir de Ouro Preto merece ser um pouco mais explorado. Ocorre que o poeta, apesar da aparência solene com que está registrado nas fotografias, era um grande piadista, mas às vezes extrapolava os limites do razoável, praticando o que hoje chamaríamos de bullying. Há inúmeras histórias sobre esse traço, e a de Minas Gerais é um bom exemplo. Ele já estava em Ouro Preto havia um bom tempo quando chegou o carnaval de 1894. O endereço preferencial dos bailes era o Hotel Martinelli, o melhor da cidade, e era para lá que Bilac, com seus novos amigos mineiros, ia todas as noites. Eis que, no hotel, estava hospedado um fazendeiro, que estava por lá a negócios, e que até ia aos bailes, mas não sabia muito bem como se comportar, ficando pelos cantos, tímido, observando o movimento. Bilac notou o sujeito e decidiu que seria divertido infernizá-lo. Se aproximou, fez piadas, provocou... mas o fazendeiro, sem disposição para entrar em confusões, ia deixando passar. Até que Bilac, frustrado com o insucesso de suas abordagens, decidiu roubar a carteira do outro, para forçar uma reação mais forte. E a reação, finalmente, veio. Perdendo paciência, o sujeito berrou, chamou Bilac de ladrão e foi para cima do poeta, que, ora só, ofendido, agarrou o fazendeiro pelo colarinho, decidido a ir às vias de fato. Armou-se, então, uma grande confusão, e o povo no salão, quase todo mineiro, em boa parte composto de estudantes universitários, comprou, não sem razão, a briga do conterrâneo. Bilac só escapou de apanhar, e de ser talvez linchado, porque o chefe de polícia, um grande admirador de sua obra, cuidou para que o poeta saísse, em segurança, primeiro do hotel e, na manhã seguinte, da cidade[1].

Olavo Bilac teve uma grande paixão, intensamente retribuída, por Amélia, irmã do amigo, colega de boemia e de poesia Alberto de Oliveira (Amélia também escreveu alguns belos poemas). Quando foi expulso de casa, a residência da família Oliveira, uma chácara nos arredores de Niterói, servia como um refúgio precioso para Bilac, que ali encontrava uma família carinhosa, receptiva e, ainda, fartas refeições. Olavo e Amélia namoraram durante algum tempo, até que, em 1887, resolveram ficar noivos. Receberam a devida aprovação do pai dela e tudo ia caminhando bem, mas a morte precoce e inesperada do futuro sogro de Bilac, o velho José Mariano de Oliveira, estragou tudo. No universo patriarcal daqueles anos, quem assumiu a chefia da família foi Juca, o irmão mais velho de Amélia, o único daquela família que não gostava de Olavo, e que tinha, a respeito de poetas, a mesma péssima consideração que o Dr. Brás Bilac. Assim, Juca não perdeu tempo em revogar o consentimento que o pai havia dado, e o noivado foi cancelado. Olavo fez inúmeras tentativas de levar o cunhado a mudar de ideia, mas sem sucesso, e até mesmo Dona Saninha, a mãe de Amélia, antes bastante carinhosa com Bilac, acabou cedendo aos argumentos de Juca. O poeta foi até mesmo proibido de frequentar a chácara, o que continuou fazendo, às escondidas, quando Juca não estava. O fato é que o casamento não aconteceu, e nem Bilac, nem Amélia, conseguiram superar essa paixão da juventude. Ambos permaneceram solteiros até o fim de suas vidas.

Em 1897, Olavo Bilac já era respeitado o suficiente para ter sido um dos principais articuladores do grupo que criou a Academia Brasileira de Letras. E poucos anos depois, no começo do século XX, ele já era uma grande celebridade literária, talvez a segunda do país, superado apenas

1 Este relato foi tirado do livro *Vida e Poesia de Olavo Bilac*, de Fernando Jorge (5ª edição, Novo Século, 2007. A primeira edição é de 1963), uma excelente biografia de Bilac. Uma outra biografia que vale a consulta é *Bilac*, de Affonso de Carvalho (José Olympio, 1942).

por Machado de Assis (que o achava com cara de burro, mas talentoso). Em 1907, Bilac foi eleito o príncipe dos poetas brasileiros pela então muito popular revista *Fon-Fon*. E, quando Machado faleceu, em setembro de 1908, Bilac passou a reinar sozinho, até morrer, como o maior nome das letras brasileiras. Nessa altura, os apertos financeiros haviam ficado no passado. Ele recebia um bom dinheiro por seus livros, poemas e crônicas, e as inúmeras palestras que proferia, no Rio de Janeiro e em outras cidades, incluindo Lisboa, eram muito bem remuneradas. Ele tinha acesso direto a presidentes, governadores e ministros, e viajava para a Europa quase todos os anos. Chegou a ir aos Estados Unidos e era sempre muito bem recebido em Portugal. Quando viajava pelo Brasil, aonde quer que chegasse, era recebido com bandas e fanfarras, sendo carregado nos ombros por fãs entusiasmados. Ainda que muitos de seus poemas apresentassem uma forte conotação sensual, eram lidos pelas crianças nas escolas, e muita gente, até mesmo nas menores cidades do país, era capaz de declamá-los de cor. Em um tempo em que não havia rádio, TV, redes sociais ou streaming, a maior celebridade de um país podia ser, e foi, inacreditavelmente, um poeta!

Bilac ainda viveria uma década inteira de sucesso e reconhecimento, mas sua saúde foi rapidamente piorando. A juventude boêmia, com todo o comportamento associado a ela, estava cobrando a conta, e não apenas dele, mas de boa parte de seu grupo original. Quase todos morreram jovens. Casos de Francisco de Paula Ney, em 1897, aos 39 anos; Valentim Magalhães, em 1903, aos 44; José do Patrocínio (o grande patrono da Abolição, e quase um pai substituto para Bilac), em 1905, aos 51; Artur Azevedo, em 1908, aos 53; Guimarães Passos em 1909, aos 42; Raimundo Correia em 1911, aos 52; Emílio de Meneses em 1918, aos 51. Olavo Bilac, por sua vez, fechou os olhos em dezembro de 1918, poucos dias depois de completar 53 anos, com edema pulmonar e insuficiência cardíaca. Era intensamente amado, respeitado e admirado.

Nos últimos anos, a atividade diária, as palestras, as crônicas e, de certa forma, a poesia de Bilac mais e mais se voltaram para temas nacionalistas e para a defesa do serviço militar obrigatório. Ele insistia que não era militarista e que defendia a paz, mas via no serviço militar uma maneira de difundir o nacionalismo entre os jovens, pois temia que, num país extenso e novo como o Brasil, o tecido social não seria sólido o suficiente para prevenir a pulverização da nação em pequenas repúblicas, como ocorrera na América Latina de colonização espanhola.

Depois que foi expulso de casa, Bilac e o pai não se falaram mais, apesar dos esforços de dona Delfina, a mãe do poeta, para reaproximá-los. Mas o Dr. Brás era turrão demais para ceder. A mãe costumava se encontrar com Bilac às escondidas, em ruas e esquinas, passava algum dinheiro ao filho, levava as roupas dele para lavar e, quando Bilac precisou fugir para Minas, deu a ele suas joias, para que as pusesse no prego e levantasse os recursos necessários. No entanto, quando o Dr. Brás estava já no leito de morte, pediu para que chamassem o filho. Os dois tiveram um encontro emocionado e se reconciliaram. Dois dias depois, o pai morreu. Escondido, sob o colchão em que jazia, foi encontrado um antigo e puído volume das *Poesias* de Olavo Bilac, que o velho pai costumava ler, secretamente, à noite.

Como mencionamos acima, Amélia e Olavo nunca superaram o noivado interrompido. Muitos dos poemas que ele escreveu ao longo da vida fazem menção velada a ela, e nos últimos anos do poeta, por intermédio da irmã dele, os dois voltaram a se aproximar. Nos últimos dias de Bilac, Amélia era presença constante junto ao leito do enfermo, cuidando o tempo todo do antigo noivo. Quando o poeta morreu, ela encheu uma almofada com cabelo que havia guardado desde os tempos de namoro, e foi nela que o corpo de Bilac, no caixão, teve a cabeça apoiada. Amélia passou a usar uma aliança de esmalte preto com um friso de ouro. Do lado de dentro estavam grafadas as iniciais O.B. e a data de 11 de novembro de 1887, o dia do noivado. Nos anos seguintes, até morrer, muitos anos depois, Amélia ia todas as semanas ao cemitério, sem falta, para depositar flores e cuidar do túmulo de seu amado. Olavo Bilac pode ter sido o maior dos poetas parnasianos do Brasil, mas não há nada mais próximo do romantismo do que sua história de amor frustrado com Amélia de Oliveira.

Outro ponto interessante da vida do autor é o pioneiro acidente automobilístico de Olavo Bilac. A história é a seguinte: aproximadamente em 1897 (há diferentes versões para a data), José do Patrocínio voltou de uma viagem à França trazendo, no navio, um automóvel. Não era o primeiro do Brasil – esta primazia teria cabido a Santos Dumont, pouco tempo antes –, mas, ainda assim, era uma grande novidade. Era um Serpollet, um triciclo francês movido a vapor. Entusiasmado, Patrocínio convidou os membros do grupo para um passeio até o Corcovado, mas todos, com medo, recusaram. Todos, exceto Bilac, que, inclusive, assumiu a direção, levando o dono do carro como passageiro. E então, em uma das primeiras curvas, a estimados quatro quilômetros por hora, Bilac perdeu a direção, acertou uma árvore e destruiu o caríssimo carro do amigo. Felizmente, nem ele e nem José do Patrocínio ficaram feridos.

IRONIA E PIEDADE

Depois de ser expulso de casa pelo pai, Olavo foi acolhido principalmente por duas pessoas, fundamentais em sua carreira e bastante paternais para com ele. Um foi José do Patrocínio, um dos grandes campeões do movimento abolicionista. O outro foi o jornalista José Ferreira de Araújo, sócio-diretor do jornal carioca *Gazeta de Notícias*, que foi quem primeiro viu, no jovem e necessitado Bilac, um enorme talento em potencial, abrigando-o sob suas asas. Cabe dizer que, muito antes disso, Ferreira de Araújo foi um dos maiores visionários da mídia brasileira. O jornal *Gazeta de Notícias*, fundado por Araújo e outros dois sócios em 1875 (ele existiu até 1956), foi desde o início abolicionista e republicano, chegando a ser o mais importante veículo de imprensa do Rio de Janeiro. A *Gazeta de Notícias* foi, por exemplo, o primeiro jornal brasileiro a publicar caricaturas; a buscar o grande público, fazendo grandes tiragens e baixando o preço dos exemplares; a ter reportagens com fotografias; a utilizar a técnica dos clichês, o que permitia uma melhor qualidade gráfica de textos e imagens; foi o primeiro que primeiro publicou entrevistas; foi aquele em que Machado de Assis mais publicou crônicas, e que editou também muitos textos de Euclides da Cunha, Eça de Queirós e do próprio José do Patrocínio, entre outros grandes nomes da época.

Como qualquer aspirante a escritor daqueles anos no Rio de Janeiro, Olavo Bilac, mesmo ainda estudante de medicina, sonhava em ter seus poemas e crônicas estampados nas páginas do *Gazeta de Notícias*. E, por conta da generosidade (e da visão) de Ferreira de Araújo, ele acabou conseguindo. Primeiro como colaborador eventual, e mais tarde como cronista e jornalista permanente. A morte de Ferreira de Araújo, em 1889, causou profunda tristeza em Bilac.

Ironia e piedade, dedicado à memória de Ferreira de Araújo, foi o último livro publicado, em vida, por Olavo Bilac, dois anos antes da morte do poeta. Conforme ele explica no prefácio, a obra é, em sua quase totalidade, uma coletânea de crônicas publicadas no jornal carioca *A Gazeta* ao longo do tempo em que foi um colaborador assíduo daquele periódico, entre os anos de 1884 e 1908. Ou seja, ainda que reunidas e publicadas apenas em 1916, as crônicas haviam sido escritas muito antes. São 52 textos, alguns datados, outros não, reunidos sem ordem temática ou cronológica, com assuntos que variam imensamente, como deve ser na crônica jornalística. A vantagem dessa “organização” é que o leitor pode ler as crônicas na ordem que quiser, escolhendo aquelas cujo tema pareçam mais atraentes e deixando as outras para depois.

Ainda que Olavo Bilac seja mais lembrado como poeta, sua prosa, e especialmente as crônicas, nada ficam a dever em qualidade. Se a crônica não é uma invenção brasileira (a crônica moderna nasceu na França no fim do século XVIII) ou exclusividade de nosso país, entre nós ela ganhou uma popularidade possivelmente única. Quase todo romancista e poeta brasileiro, e muitos jornalistas, se aventuraram pela crônica. Basta que lembremos que entre nossos cronistas estão, numa lista para lá de resumida, José de Alencar, Machado de Assis, João do Rio, Otto Lara Resende, Carlos Drummond de Andrade, Rubem Braga, Nelson Rodrigues, Millôr Fernandes, Fernando Sabino, Rachel de Queiróz, Clarice Lispector, Paulo Mendes Campos, Cecília Meireles, Vinicius de Moraes, Carlos Heitor Cony, Ruy Castro, Mário Prata, Luís Fernando Veríssimo, Fernando Reinach e Antônio Prata, entre muitos outros. E como Olavo Bilac se encaixa nesse universo? Vejamos as palavras do professor Antonio Candido ao destacar seus cronistas prediletos: "As [crônicas] de Alencar são muito boas; são excelentes as de Machado de Assis e Olavo Bilac; as de João do Rio ainda se leem com prazer.[2]" Feita de textos curtos que misturam literatura e jornalismo, na crônica o autor procura tratar com leveza, às vezes com lirismo, humor ou ironia, assuntos cotidianos, políticos, religiosos, científicos ou o que lhe der na telha. A única exigência é que a crônica precisa ser ligeira e deve fisgar logo de cara o leitor. É exatamente isso que Olavo Bilac é capaz de nos proporcionar neste *Ironia e piedade*.

Uma das crônicas mais deliciosas é *Contra a eletricidade*, de 1905, na qual Bilac, com fina ironia, critica um amigo saudosista que defende a antiga iluminação urbana e doméstica a vela, lamparina e lampião, que

2 Antonio Candido, *Dois Cronistas*, em *Textos de Intervenção*, São Paulo, Duas Cidades e Editora 34, 2002, p. 205.

considera mais propícias à poesia, e reclamando da luz elétrica, então um recurso relativamente recente. Imperdível também é *A política*, de 1903, em que o autor se diverte com um amigo que ama com tamanho fervor a política e os políticos que não se permite faltar a uma única sessão na Câmara ou no Senado, onde ouve atentamente todos os discursos. Em *Almas penadas*, de 1902, o autor ri da crendice popular em fantasmas, lobisomens e aparentados, contando que uma recente onda de aparições de espíritos, no Rio de Janeiro, nada mais era que um truque de ladrões para roubar residências. Já *Menor perverso*, uma crônica concisa e não-datada, comenta um caso policial recente em que uma criança de dez anos assassinou uma de apenas três. *O sol*, de 1900, exibe o contraste entre as pessoas vivendo tranquilamente suas vidas, em cidades com o Rio de Janeiro, e celebrando a beleza do sol, com os miseráveis retirantes cearenses, massacrados por um sol escaldante que os deixou sem água, esfomeados e sem nenhuma esperança. Vejamos este trecho: "*Ainda, há poucos dias, um jornal cearense contava a chegada de uma leva de famintos, arribados do sertão adusto. Fantasmas errantes, já sem um trapo sobre os corpos imundos, com a pele das nádegas e dos seios pendendo em retalhos, – as mulheres do bando perguntaram logo: 'Onde é o cemitério?'*

Viu-se então que algumas delas sobraçavam telhas de barro, dessas largas e feias telhas que cobrem as casas dos pobres; dentro das telhas, havia crianças mortas de fome durante o percurso da via dolorosa, – miseráveis restos humanos, não mais volumosos do que fetos de treze meses, mumificados pelas soalheiras bárbaras da jornada..."

E isso, reparem, dois anos antes que Euclides da Cunha publicasse *Os sertões*, e muito antes de *Vidas secas*, de Graciliano Ramos, de 1938.

O leitor, tanto poderá ler este livro na sequência, da primeira até a última página, quanto passear aleatoriamente pelas crônicas, avançando, voltando, mas sempre prazerosamente, sempre se surpreendendo.

Em cada uma das crônicas reunidas em *Ironia e piedade*, o leitor terá a oportunidade de viajar não só pelas ruas do Rio de Janeiro da virada do século XIX para o XX, mas, principalmente, pelo pensamento e pelas observações de Olavo Bilac, uma das mais instigantes personagens daquele mundo agitado e em transformação, ao mesmo tempo tão próximo e tão distante de nós.

Cronologia

1865

Nasce, em 16 de dezembro, no Rio de Janeiro, então capital do Império, Olavo Brás Martins dos Guimarães Bilac, filho de Belmira Delfina Gomes de Paula e de Brás Martins dos Guimarães Bilac. O pai, médico, estava fora, havia partido cinco meses antes para servir como oficial médico da Guerra do Paraguai. Olavo só vai conhecer o pai aos quatro anos de idade, quando termina a guerra.

1881

Com apenas 15 anos, por insistência do pai, começa a cursar a faculdade de medicina no Rio de Janeiro. Na faculdade, começa a escrever para o jornal estudantil *Gazeta Acadêmica*, que acaba por tomar, dele, muito mais tempo do que as matérias oficiais. Ao se dar conta de que gosta mesmo é de escrever, e não da medicina, Bilac abandona a faculdade antes de se formar.

1884

Começa a colaborar com o jornal *A Gazeta*, então o principal órgão divulgador de cultura no Rio de Janeiro, para o qual escreve crônicas e poemas.

1885

Passa a colaborar também com a revista *A Imprensa*.

1888

Publica *Poesias*, o livro que trará a consagração definitiva do poeta. Publica *Via Láctea*, coletânea de poemas na qual se encontra o célebre “Ora direis, ouvir estrelas...” Publica *Sarças de fogo*.

1892

Membro ativo da oposição à ditadura do marechal Floriano Peixoto, é detido, em presídio militar, por quatro meses. Ao sair, viaja para Ouro Preto, em Minas Gerais, em um autoexílio voluntário. De volta ao Rio, será preso novamente em 1894, mas dessa vez por apenas uma semana.

1894

A lista de jornais e revistas nas quais publica crônicas e poemas não para de crescer. Passa a escrever também para *A Leitura*, *Branco e Negro* (1896), *Brasil-Portugal* (1899), *Azulejos* (1907) e *Atlântida* (1915). Publica o livro *Crônicas e novelas*.

1897

Sob a liderança de Machado de Assis, é um dos fundadores da Academia Brasileira de Letras, na qual será o primeiro ocupante da cadeira número 15.

1898

Começa a trabalhar como Inspetor Escolar, na época um cargo da alta hierarquia federal.

1902

Publica o poema épico *O caçador de esmeraldas*, que faz grande sucesso e muitos consideram como fundamental na construção do mito do Bandeirante Paulista. Publica *Alma inquieta*. Publica *As viagens*.

1904

Publica *Crítica e fantasia*. Publica *Poesias infantis*.

1905

Publica, em coautoria com seu amigo, o poeta e acadêmico alagoano Guimarães Passos, o *Tratado de versificação*, no qual são expostos os fundamentos teóricos da poesia parnasiana.

1906

Escreve, a convite do prefeito do Rio de Janeiro, a letra do *Hino à Bandeira*. Publica *Conferências literárias*.

1907

Trabalha como secretário do prefeito do Distrito Federal (Rio de Janeiro).

1913

Publica *Dicionário de rimas.*

1916

Publica *Ironia e piedade.*

1918

Morre em 28 de dezembro, com 53 anos recém-completados, vítima de problemas cardíacos e pulmonares.

1919

Publicação póstuma de *Tarde*, coletânea de poemas que alguns, como Mário de Andrade, consideram o ápice da produção lírica de Bilac.

Este livro foi impresso nas oficinas gráficas da Editora Vozes Ltda.,
Rua Frei Luís, 100 – Petrópolis, RJ.